教育·心理研究与探索丛书

丛书主编 ● 赵国祥 刘志军

中学生的写作认知能力与培养

王 可 ◎ 著

科学出版社
北京

图书在版编目（CIP）数据

中学生的写作认知能力与培养/王可著.—北京：科学出版社，2010
（教育·心理研究与探索丛书）
ISBN 978-7-03-029697-9

Ⅰ.①中… Ⅱ.①王… Ⅲ.①作文课-教学研究-中学 Ⅳ.①G633.342

中国版本图书馆 CIP 数据核字（2010）第 238551 号

责任编辑：付　艳　石　卉/责任校对：张凤琴
责任印制：赵德静/封面设计：无极书装
编辑部电话：010-64035853
E-mail：houjunlin@mail.sciencep.com

科 学 出 版 社 出版
北京东黄城根北街 16 号
邮政编码：100717
http://www.sciencep.com

铭浩彩色印装有限公司 印刷

科学出版社发行　各地新华书店经销

*

2011 年 1 月第　一　版　开本：B5（720×1000）
2011 年 1 月第一次印刷　印张：15
印数：1—2 500　　　　字数：276 000

定价：42.00 元
（如有印装质量问题，我社负责调换）

"教育·心理研究与探索"
丛书编委会

丛书序

PREAMBLE

　　关于心理学的出身，学界公认的观点是：哲学是其母体，自然科学研究方法是其催生的力量。由于出身的这种特殊性，心理学诞生后百余年来，一直在"亦文亦理"的道路上摇摆前行。其间，心理学与教育又结下了不解之缘，形成了教育心理学、学校心理学等以教育问题为直接研究对象的分支学科和领域，还有发展心理学、心理测量学、社会心理学等为实施教育提供依据和指导的学科，当然还有最新的认知神经科学，其成果和研究进展都会直接触动教育改革与发展，更新教育观念。可以说，心理学中的若干分支学科的发展与研究成果为教育问题的科学解决起到了不可替代的作用。在教育问题"心理学化"的同时，教育学的发展也在拉动心理学的成长。教育不仅是心理学展示价值的重要领域，也是心理学研究的问题源。在一定意义上，教育学的问题直接影响到心理学若干领域研究的方向、研究的内容以及研究成果的价值。总而言之，教育与心理应该是密不可分的"好朋友"，应该携手而行。河南大学教育科学学院策划出版"教育·心理研究与探索"丛书，集中展示近年来该院在全国著名高校获得博士学位的教育学、心理学年轻教师的科研成果，不仅反映出该院教师队伍建设成效颇显，同时再次表明教育与心理相辅相承的密切关系。

　　该丛书冠以"研究与探索"，直接反映了该丛书的基本特点。即丛书内容是作者深入思考、严密论证、实验求解的结果。每本书不仅是一个领域或一个专题的系统解读，同时还蕴寓有对该领域或该专题的展望。在这个意义上，该丛书的成果有一定创新性。

既然称之为丛书，各册之间应有逻辑关联，应构成一个相对完整的知识体系。这套书仅从题目看，似乎有点散，但实际上还是有一条主线的，只不过是条"暗线"，即主要还是围绕人的发展而展开的。

第一是学生成长的环境——学校，即《反思与前瞻：学校发展变革研究》，向读者展示了学校作为一种社会组织的形成与发展历程，以及当前面临的挑战和走向。第二是学生成长中的重要他人——教师，即《反对的力量：新课程实施中的教师阻抗》，教师作为课程改革实施主体，直接决定着新课程改革的实效，进而影响着学生发展。作者分析、研究了教师在"课改"中的阻抗情况。对深入推进"课改"有直接指导意义。第三是技术，即《现实、历史、逻辑与方法：教育技术研究范式初探》，作者探讨了教育现代化中的关键环节"教育技术"，从学派差异与学科差异两个角度对教育技术学研究范式进行了阐释，为科学理解和运用教育技术、研究教育技术提供了参考。第四是学生，涉及教育中最基本的问题，即《教育学视阈中的人：基于马克思主义人学的思考》关于"人"的看法，直接决定着教师素质中最为关键的成分即"学生观"。该书以马克思主义人学为指导对该问题进行了深入、系统探讨，对提高广大教育工作者的理论水平有重要帮助。同时，关于学生的发展还包括两个最常见、也是一直以来人们比较关注的问题，即《解密学业负担：学习过程中的认知负荷研究》和《中学生的写作认知能力与培养》，这两本书的作者都是从心理学，更确切地说是从认知及认知发展角度入手，吸纳先进"思维理论"和"认知加工理论"，对研究的主题进行了实证研究，从"过程"揭示了问题实质所在。最后，该丛书还有两本探讨公众生活中最为常见的社会心理现象，即《解读述情障碍：情绪信息加工的视角》和《理解·沟通·控制：

公众的风险认知》，对科学认识心理现象与心理问题是有意义的。

我们常说：开卷有益。在今天全球化、信息化的时代，知识经济日益凸显其主导地位，构建学习型社会、学习型组织正为世界各国所重视。"开卷"读书不仅是必须、必要的，开系列之卷，更为重要。

北京师范大学发展心理研究所所长

申继亮

2010年6月于北师大

前 言

preface

本书是在我的研究"中学生写作能力"的基础上完成的，而这项研究是在我的恩师——北京师范大学林崇德教授的直接指导与支持下完成的。多年来，恩师一直引导我认真践行科学教育工作者的职责，引导我共同享受阳光下最神圣的事业所带来的喜悦与快乐。为此，我向我的老师林崇德教授表达我深深的敬意和谢意。

中学阶段是写作能力成长的重要阶段，长期以来，写作能力因其在心理发展与教育中的重要地位而受到广泛的重视。写作心理不仅是心理学研究的一个新领域，也是作文教学研究者关注的焦点（刘淼，2001）。对中学生写作能力问题予以研究，可以为写作心理学理论的发展提供实证依据，为以后的研究工作建立必要的基础，也可以对写作教育提供可靠的、有价值的指导和建议，因而具有理论和教育实践指导意义。

对中学生写作认知能力进行研究，需要探明中学生写作认知能力的构成要素，探讨如何编制写作能力的测量工具问题，探明中学生写作认知能力的发展特点以及各要素之间的关系。中学生写作认知能力研究还必须与写作的具体表现——写作成绩相联系，探明写作认知能力对写作成绩的预测效果。

本书的内容包括对以往写作相关研究的回顾与概括、中学生写作认知能力的构成要素、中学生写作认知能力的发展特点、中学生写作认知能力对写作成绩的预测和中学生写作认知能力的培养五个方面。作者希望这是一本科学、有用的著作，能够为那些关注中学生写作能力发展的读者提供些许帮助。因此，本书努力将所有观点建立在实证研究结果的基础之上，并重视理论与教学实践的联系。

在本书实验数据搜集过程中，得到了洛阳市第二实验中学赵永校长、白振国书记和全体语文教师的帮助，得到了河南省第二实验中学倪鹤英、蒋莉等老师的帮助，得到了洛阳市实验中学张卓燕等老师的帮助，得到了洛阳轴承厂一中和三中的唐秀兰、陈浩等老师的帮助；得到了原北京市五中吴昌顺校长和梁捷老师、原齐齐哈尔市二十一中常枫校长、北京全程超越实验学校金默丽老师的帮助。在此一并表示衷心感谢。

最后，感谢我的母亲对我的养育，母亲的敬业精神对我的影响一直很大；感谢我的妻子郭骞和女儿王卓抽出时间协助我做了大量的统计整理工作。

由于作者水平有限，书中难免存在各种缺点和错误，真诚希望专家、同行及广大读者批评指正。

王 可

2010 年 8 月于郑州

目录

contents

第一章
以往研究回顾与启示

　　长期以来，语言心理学工作者基于不同的理论和研究目的，从不同的角度，对写作能力进行了大量研究，主要涉及写作能力的构成因素、写作中的思维能力、写作过程理论、写作能力的发展和写作测量（将在第二章介绍）。研究者各自从特定的角度对写作能力进行了较为深入的分析和探讨，为后来的研究留下了可供借鉴的宝贵成果。

第一节　写作认知能力的因素

对写作活动产生重要作用的因素很多，这里只对参与写作活动的重要认知因素进行介绍。国内外学者对写作认知能力的观点十分丰富，对这方面的探讨有助于人们获得对写作能力研究的基本认识。

一、国外关于写作能力的观点与要求

(一) 关于写作能力的观点与研究

西方心理学界对写作能力存在两种不同的认识 (Jones，2001)。一些人把写作能力比作智力，认为智力高的人一般有望在记忆、词汇、问题解决方面表现良好，所以写作能力高的人有望在撰写报告、总结、评论、叙述文章等方面表现良好。另一种观点把其看成是智力的特殊能力，认为写作是由特殊技能构成的，而不是一般能力。

也有研究者 (Gregg et al.，2002) 认为，写作能力是多种能力的成功组合，既包括那些所必需的较低水平的转译技能，也包括那些较高水平的基本写作能力。认知和语言的变化受制于环境、任务和写作者，写作能力的发展可能会受到各种因素变化的影响，写作过程的问题可以由多种不同的原因引起。写作者的问题主要表现在手迹 (易读性和速度)、拼写 (音韵学、正字法、词法和拼写发展)、标点使用、词汇、句法、文章结构、读者感和情感因素等方面。

Jay (2004) 在其所著《语言心理学》一书中对读写能力做出如下定义：读写能力是阅读和写作能力，即通过阅读和写作文章达到日常生活的目标。写作能力的一系列复杂技能包括：集中注意并且识别语言模型、词和词义知识、保持工作记忆中的信息、在长时记忆中提取和储存信息、拥有关于世界和个人的文化知识、拥有情感表达的知识。

优劣写作者的差别不在于智力、学业成就或者写作动机，而在于作者怎样使用写作的成分和过程。

美国过去对学生写作能力的测量内容，主要包括写作技巧知识、句子结构、句法和语法（Heck et al.，2001）等方面。

可以看到，国外研究者认为写作能力主要集中于写作的基本知识和技能方面。

近年来，西方写作研究虽然主要集中于写作过程方面，但也可以从一些对作品的评价标准中看到对个体写作能力的认识。Field（2003）在其《语言心理学》一书中明确指出，学生写作的工整和速度直接影响作品的质量，这是因为速度导致短时记忆的丢失。Torrance 等（1999）也认为，清楚而流畅的表达是学生更为重要的写作技能。

Dimakos（1998）在其教师对学生写作技能评价的研究中指出，现行的写作评价均没有能够完整包含写作能力的重要内容。在提出"基于教师的写作能力评价方法"的基础上，他认为学生写作最重要的成分包括十个方面，并把这些成分作为他编制的量表的维度，即字迹易读性、作文流畅性（文章中词的数量）、单词使用（词汇的质量和多样性）、语言使用（句法和语法规则的应用）、拼写技能、文本合成技能（写出结合良好、逻辑、流畅句子和段落的能力）、主题发展技能（深刻细致地发展和展示话题的能力）、创造写作能力、标点符号和大小写技能。

Bruce（2004）提出了 20 条改善写作能力的指导建议，其中一些反映了作者对写作能力的看法，包括：组织与主题有关的内容；阅读；让学生知道写作是要让读者有所感受；改善拼写技术；改善词汇使用；教授建构句子的技术；提高学生独立写作能力；让写作任务对他人有用；教授修改；教学生从文章整体、段落、句子和单词结构的层次去修改；综合与反思；教授编辑与修改的区别。

苏联学者拉德任斯卡雅（1982）提出了写作的七种基本能力，并由苏联教育部向教师推荐，这些能力包括：①审题能力；②表现中心思想的能力；③搜集材料的能力；④系统地整理材料的能力；⑤修改文章的能力；⑥语言表达能力；⑦选择文章体裁的能力。前六种为一般写作能力，最后一种属于特殊写作能力。

Graham 等（2005）根据以往研究指出，由于口述代替笔述后写作数量和写作质量都得到了提高，因此书法和拼写这两项技能是影响写作表现的重要因素。他们同时指出，构思是影响写作的重要因素，原因如下：①熟练写作者使用更多的时间构思写作内容；②年轻的写作者很少在写作中构思；③在叙事写作中如果对内容熟悉，年轻的写作者也能有丰富的构思；④构思策略指导可以有效地改进写作表现；⑤有效构思提供外部记忆，帮助儿童缓解书写过程中的工作记忆超载问题。Graham 等（2003）对小学教师作文教学的调查表明，教师普遍认为构思和拼写十分重要。

美国心理学工作者（Kos et al.，2001）对中学生的写作意识的研究显示，学生们把书写和技能看成是写作中最重要的方面，然而，在实际写作中的表现却更强调想法的产生、故事构思与组织，以及作者与读者意识。这表现出中学生实际上对写作意识的重视。

Winch 等（2001）认为，教师测量写作的主要目标有：掌握不同写作任务的程度，对不同体裁或文章形式、内容、结构的熟悉程度，对写作对象的意识，通过写作传达内容和意思的能力，对标点、拼写和语法的把握，词汇使用量，写作态度，学生作为作者的自我知觉。他认为，根据布卢姆教育目标分类，教师可以测量不同的写作技巧，除句法、词汇和拼写三项之外，还包括学生作品的整体感觉与和谐情况，即：知识——记忆或回忆观念与材料的能力；理解——了解、转化和使用交流内容的能力；应用——在新环境下使用信息的能力；分析——把信息分解成要素及结构再认的能力；综合——组合要素为整体的能力；评价——判断观念价值、使用标准的能力。

可以看到，国外对写作能力的认识有了新的发展，即将整合、创造等方面纳入到写作能力的概念中，开始认识到写作能力除了写作技能之外，还包括更高层次的智力因素。

（二）对写作能力的要求

美国大学入学考试协会于 1983 年推出了关于高中课程改革的提案，该提案列出了写作能力的八项基本技能，认为写作能力应包括如下内容：能够围绕主题，思考执笔的目的和思路；能够系统地梳理、选择思路，形成并发展写作的轮廓；能够准确地遣词造句，写出"标准英语"，能够视种种不同的读者和目的，改变自己的写作风格，能够修饰自己的文字，包括调整、修订和重写；能够从参考资料中收集信息，展开调查，写出报告，正确地引用、改述、摘要，并且适当引用原著；学生应该认识到写作是包含多种收集信息、尝试构思、确定结构、写出草稿、分出段落、推敲润饰要素的过程；应该具有发现观念、写出所思所想的能力；具有适应各种情境、读者对象、目的（说服、说明、描写和表白）进行写作的能力；拥有运用标准英语习惯用法进行写作的技能与自信。

日本 1998 年 12 月颁布的中小学《学习指导纲要》（2002 年 4 月全面执行）中（赵亚夫，1999a，1999b），在对初中国语课内容改革的说明中提出，要重视培养学生根据对象和目的写出具有良好效果文章的能力，须考虑初中学习和小学内容的联系，应重视对各学科的学习有用的语句和词句、句子和文章的组织、构成等内容的指导。教学目标中提出，以必要的材料为基础，形成、加深自我思考，清楚自己的立场，提高有逻辑性的写作表现能力。在对初中三年级学生写作能力培养方面提出如下注意事项：从广阔范围发现课题，收集必要的材料，加深自己的见解和思考方法；明确自己的立场和要传达的事实、事情；根据文章形态恰当地构成自己的文章；向对方合理地传达自己的意见，能写论据鲜明、逻辑清楚的文章；反复阅读所做的文章，经过整理使之成为有说服力的文章；学生相互阅读所写的文章，注意其中的逻辑叙述方法和有效利用素材的方法，用以提高自己的表现能力。初中写作学习的主要活动包括：写说明文、记录、书信、感想，为准备报告书或发表意见做成简洁易懂的文章或资料。

英国于1988年建立了英语工作小组，其任务是对5～16岁学生的语文能力提出要求，以此统一英国在这方面不一致的争论。其中对16岁学生的要求如下：①能够带着对写作目的和读者情况的自信意识，采取各种形式，进行长度适当的写作；②能够清楚而有效地将复杂的内容加以组织，能够写出结构完整的文章，在各个段落之间运用适当的连词和短语；③能够选择恰当的语法结构和扩展的词汇，以使自己的写作产生变化，并能够在文章中保持一致的风格；④具有一定的评论知识，能通过评论来判断不同类型的书面语言的特点。

国外研究对写作能力的看法综合来看大体可归纳为五点。第一，写作需要认知能力的参与（支持多种写作技能、并在其间起协调统合作用的智力品质），包括记忆、注意、自我知觉与读者感、理解、分析、综合、创造、评价、构思、逻辑和流畅性。第二，语言文书能力是基本能力（即文字基础），包括词汇、词法、句法、语法、书写、拼写、标点、体裁和文章结构。第三，写作必须具备形成文本的基本操作技能（形成文本所需的基本执行能力），包括确定中心、收集材料、整理材料、言语表达等。第四，写作应具备所需的相关知识（关于文章主题的知识）。第五，重视写作能力的整体感觉和和谐，既要表现写作的不同方面，也要表现出其发展的递进水平。因此，国外对写作能力的认识可以概括为：写作能力是由多种认知能力参与的，整合智力、知识和专门写作技能的，体现不同层次水平的综合能力。

二、我国关于写作能力的观点与要求

(一) 关于写作能力的观点与研究

我国研究者对于青少年的写作能力结构作过不少理论分析，结果并不一致。一种观点认为，写作是观察分析、思维、想象、创造、记忆、建构文本框架和文书能力的表现，是智力因素和语言特殊能力的综合。另一种观点认为，写作是积累、选材、安排结构、文字表达、修改和修辞等方面能力的表现，是一种特殊能力。

在我国代表写作是综合能力观点的主要有刘荣才、张鸿苓、万云英等人。

刘荣才（1986）认为写作能力包括四个方面：观察和分析能力；审题能力（揭示体裁）和确定中心的能力；搜集材料和组织材料的能力；语言的组织和表达能力。他重视从写作文的心理过程来对写作能力进行分类。

张鸿苓等（1982）认为写作能力结构分为五个方面：观察力、思考力、联想力、想象力；审题能力；运用表达方法和（审题）立意以及布局谋篇（选材、剪裁、组合材料）的能力；运用书面语言的能力；修改能力。

万云英（1988）认为，写作能力结构分为九个部分：动机、兴趣；观察力、想象力、创造性思维能力；审题的正确性；知识结构、生活经验；提炼、构思、立意；搜集材料（实际调查、阅读资料）；布局谋篇；遣词造句、语文表达；反复推敲、精心修饰。

徐小华（1998）认为，写作能力由三个层面构成：必要的积累（词汇、语言素材、生活感受）；写作技能（写作方法技巧）；写作能力（思想认识水平、知识水平、语言表达水平、作文评价水平，其核心是思维）。

马笑霞（2001）认为，写作能力由基础能力和专门能力两方面组成。基础能力包括观察、记忆、思维和想象等能力，专门能力包括积累素材、审题立意、布局谋篇、运用表达方法、语言表达和修改文章等能力。其中思维能力是基础能力的核心，语言表达能力是专门能力的第一要素。写作是学生运用自己的亲身经验（包括间接经验）进行思维，并用自己的语言加以表达的创造活动。

王松泉等（2002）根据语文界中文章写作过程是"物—意—文"双重转化的理论，把写作能力按照摄取阶段和表述阶段分为两个部分。摄取阶段为眼脑之功，包括观察、联想、生趣、立意、选材、组织；表述阶段为手笔之功，包括构段谋篇、定体选技、遣词造句、书写文面。

韦志成等（2004）认为，中学生的写作能力的心理结构应包括写前的摄材能力，写中的思考能力、言语能力和写后的修改能力。

林崇德（1999）提出了学科能力的观点，这个观点实际上是把上述观点在理论的层面上进行了整合与拓展。他指出，学科能力是科学教育与学生智能发展的结晶，是学生通过对学科知识的内化、概括化或类化等智力活动形成起来的比较稳固的心理特征。学科能力有三个含义：①是学生掌握某学科的特殊能力；②是学生学习某学科的智力活动及与其有关的智力与能力的成分；③是学生学习某学科的学习能力。学科能力最直接体现的是某学科的特殊能力，以概括能力为基础，其结构包括思维品质。学科能力具有四个特点：第一，以知识为中介；第二，是一种结构；第三，具有可操作性；第四，具有稳定性。写作能力是一种学科能力，其结构要素构成和发展特点服从于学科能力理论。

在我国代表写作是特殊能力观点的主要有朱作仁、杨成恺、吴立岗等。

朱作仁（1991）的观点较有代表性，认为学生的写作能力属于语文学科领域中特殊能力的范畴，是内部智力技能和外部语言文字操作技能的最高的综合训练成果，是一种综合地、创造性地应用语文知识、技能进行书面表达的本领。学生写作能力应包括六个方面：审题立意能力（理解题意，紧扣题旨写人记事，表达思想观点），选材能力（选材切题、合理，观点正确，意义积极），确定详略能力（详略得当），组织材料能力（层次分明，构段合理，过渡衔接自然，有条理的表达），语言表达能力（语句通顺，用词正确，会使用标点符号），应用修辞手法的能力（使用常用修辞手法，增加语言表现力）。

杨成恺[①]认为写作能力包括积累、构思（审题、立意、选材剪裁、

---

① 朱作仁. 语文测验原理与实施法. 上海：上海教育出版社，1991：303

布局谋篇）、表达、修改和誊正。

吴立岗（1984）认为，写作能力结构分为搜集和积累材料能力、命题和审题能力、提炼和表现中心思想（搜集材料）能力、安排文章结构能力、用词造句能力、修改能力。

刘淼（2001）从作文的成品和能力结构的角度，对国内作文研究进行了全面的综合分析，重点介绍了国内有影响的有关作文能力的研究成果，并提出影响作文的因素还有标点、字数（低年级）、运用词语和语句、篇章结构、段落层次、修辞。

我们可以看到，上述两种观点的根本差别在于是否将分析、综合、创造等方面的能力纳入写作能力的范围。从时间脉络来看，两种不同观点的分歧一直都存在。

我国关于写作能力的实证研究较少，涉及写作能力结构的有祝新华、王权和周泓等人的研究。

祝新华（1993）和王权（1995）使用相同的数据来源，采用因素分析的方法，分别对高中学生的写作能力结构进行了研究。他们在咨询专家的基础上，确定出18种作文变量，包括体裁、中心、材料、分析、思想、首尾、层次、过渡、连贯、详略、叙述、议论、描写、修辞、词汇、语句、文字标点和卷面。祝新华的研究结果表明，高中学生的写作能力结构有五个方面：①驾驭语言能力，包括词汇量大小、语句顺畅简洁、字迹正确端正、标点符号准确、卷面整洁；②确立中心能力，包括中心明确、材料妥当充实、分析透彻有新意；③布局谋篇能力，包括层次清楚、分段正确、过渡顺畅；④叙述事实能力，包括正确区分材料主次、生动简洁论述重要事实；⑤择用方法的能力，包括论证合理、修辞妥当。王权的研究结果表明，高中学生的写作能力结构包括三个群因素：第一个（二阶因素）是作文一般能力的因素，它是作文认知活动的各种能力相互作用的一种协调发展程度（相当于斯皮尔曼所说的 g 因素），包括立意（中心、取材、分析）、布局（思想、首尾、层次、过渡）、体裁（体裁、描写）、表达（连贯、详略、叙述）；第二个（二阶因素）是词语文书能力，包括词汇量、造句等方面，它是写作能力结构中的活跃因素；第三个是词汇量因素，它独立存在于一阶、二阶因素中，表明它是不同阶段认知活动的一个不可缺少的因素。

祝新华的研究结果基本上反映了写作是特殊能力的观点，而王权的研究结果则表明写作能力中存在一般能力，即作文认知活动的各种能力相互作用的协调发展能力。

周泓（2002）在对国内以往写作能力进行研究的基础上，将朱作仁的定性研究和祝新华、王权的定量研究的结果予以综合，参照小学语文教学大纲中的作文内容，提出了小学生写作能力结构。她所提出的六个写作要素为：审题能力（充分利用每一个信息与限定，并形成一个完整的认知）；立意能力（在文章中说明一个道理、表达一种信息）；选材能力（在众多材料中选出能说明中心思想的典型材料）；组材能力［按时间、空间、活动或（和）材料性质，有顺序地、详略得当地安排典型材料］；言语表达能力（准确用词，写出通顺语句，把事物表达得具体而生动）；修改能力（对审题、立意、选材、组材、语言表达的自我监控）。她以此为基础编写了小学生写作能力测验，并进行了系统的相关研究。

此外，何更生（2001）在分析了现代心理学的能力写作观后提出，写作能力是一种由陈述性知识、程序性知识（写作技能）和策略性知识构成的学习结果，认为知识是构成写作能力的基本要素。

(二) 对写作能力的要求

我国《全日制普通高级中学语文教学大纲》（2002），对写作培养提出如下要求：①善于观察生活，对自然、社会和人生有自己的感受和思考。②能有意识地考虑写作的目的和对象，负责地表达自己的看法。③提倡自由作文，根据个人特长和兴趣写作，力求个性、有创意的表达。④作文要观点明确，内容充实，感情真实健康；思路清晰，能围绕中心选取材料，合理安排结构。⑤能根据表达的需要，展开丰富的联想和想象，恰当运用叙述、说明、描写、议论、抒情等表达方式。⑥能调动自己的语言积累，推敲锤炼语言，做到规范、简明、连贯、得体。⑦养成多写多改、相互交流的习惯，提倡展示和评价各自的写作成果。⑧作文一般每学期不少于 5 次。45 分钟能写 600 字左右的文章。三年中课外练笔不少于 3 万字。⑨如有条件，可学习使用计算机写作。

我国心理学、教育学工作者对写作能力的认识，可以归纳为四点。第一，涉及智力方面主要有写作的特殊能力（包括审题立意、选材和组织材料、确定文章结构安排详略、语言组织与表达、应用修辞手法、修改、命题、词语文书、词汇量、运用书面语言、誊正的能力和标点使用）和一般能力（包括观察和分析、提炼、构思、评价、思考力、联想力、想象力、创造、积累）。第二，我国研究者对写作能力的认识比较集中于审题立意、选材和组织材料、确定文章结构、安排详略、语言组织与表达、应用修辞手法、修改等方面，同时不论持何种观点者，都承认思维对写作的影响作用。第三，我国关于写作能力的观点多建立于思辨基础上，实证研究在 20 世纪 90 年代后才逐渐开始，并且较少，因此实证研究的支持或验证较为缺少。第四，综合不同研究者的观点，我国研究者对写作能力的认识较集中于作品的形成过程方面，相对来讲对思维能力和文字知识与技能的具体分析与要求较少涉及。

国内外写作能力的观点和研究可归纳如下：

第一，国内外写作能力所涉及的内容是基本相同的，大体可归于认知能力、基本文书能力、文本形成能力和写作相关知识经验的积累 4 个方面。

第二，国外研究涉及的因素倾向于认知能力和语言文书能力，这既体现出认知研究对写作研究的影响，也体现了对具体操作技能的关注。国外对写作能力的研究多与实际操作相联系，如对作文的评价与要求等。不同观点所涉及的能力因素各有侧重，很少见到较成系统的研究实例，这说明国外在这方面尚没有形成完整、系统的认识。个别研究虽也尽量涉及不同方面，但仍缺乏有力的理论支持。近年来，国外开始明显重视写作的整合能力，这说明除了文字操作技能和写作过程中各要素相互关系及其作用之外，写作所必需的高级认知能力——思维能力正在成为关注的焦点。

第三，我国目前关于写作能力是否包括思维能力的观点分歧较为明显，其焦点在于是否应该把思维能力纳入写作能力的结构内。然而，所有学者都认为，思维能力对写作起着重要作用，只是一些学者认为写作的特殊能力已把思维能力包含在内，这反映出人们对写作能力各因素的作用和相互关系认识的模糊，把作文形成所需的具体操作能力与更高层次的综合思考能力等同看待。同时，语言文书能力也较少受到重视，这可能与文字知识与技能在考试中通常与作文分开考察有关。例如，有的实证研究并没有包括文字书写方面的内容，而在国外，这方面的情况则完全不同，因此应该予以重视。

第四，国内外对写作能力的认识，表现出涉及因素广泛但同时存在结构系统不明确和缺乏理论有力支持的特点，特别是表现出与心理学理论相脱节的情况，这与写作与思维存在密切关系的实际情况不相吻合。我国关于写作能力构成观点多来源于思辨论述，现有的三例关于写作能力的实证研究（祝新华，1993；王权，1995；周泓，2002），试图分析写作能力的构成，但是由于受到数据来源和主观因素的影响，其结果表现出较大差异，因此有必要展开进一步的探讨。

第二节　写作中的思维能力

语言能力始终是心理学的一个重要研究领域，心理学家对语言产生、语言理解、阅读理解和记忆等方面进行了大量的理论与实验研究。

近年，国外心理学家提出，写作常被心理学工作者所忽视，心理学不仅仅包括复杂的语言产生、语言理解、阅读理解和记忆方面的理论与实验，它还包括更高级的思维过程方面的具体操作，这些过程有问题解决、推理和决策等，并认为完整的关于思维和语言的心理学，必定包括对写作的研究（Kellogg，1994）；应该把思维看成是人们集合、使用和修正内心符号模式的一系列过程（Gilhooly，1982），综合写作活动是帮助产生表达信息的一种从事较高水平思维的方法（Randall，1994）。在此影响下，国内外一些心理学和语文教学工作者开始对写作中的思维能力展开研究。对这方面研究的了解，有助于人们对写作活动的进一步认识，及对写作能力的特点进行进一步深入的研究。

一、国外关于写作中思维能力的研究

Kellogg 在其 1994 年所著《写作心理学》一书中，较全面地论述了写作与思维的关系。他认为思维包括一系列心智技能，这些技能创造、利用个人内心生活的符号，将其传达给他人；使用口语和书面文章的方式阐示意义的行为，可以很好地定义人类的特征，写作研究开启了一扇洞悉人类思维方式本质的窗口。在其前后一个时期，特别是近几年，西方涉及写作中思维及其他写作能力特点的研究，在心理学和写作理论发展的双重影响下开始出现，研究内容主要涉及写作与思维的关系、写作不同过程（构思、转译与修改）的不同侧面，以及深度和时间因素对写作表现的影响等一些方面。

(一) 思维与写作的关系

国外广泛使用的关于思维的教科书，对思维的含义及思维与写作的关系，可以归纳为三点（Mayer，1983）。第一，思维发生于内心，但一般是通过行为来间接加以推断。例如，写作中的思维可以通过让作者出声思考或分析作者来加以推断。尽管大脑联想技术可以让我们直接观察到思维正在发生，但思维过程的内容仍然是隐蔽的。第二，思维是人们表征所知世界的过程。例如，写作行为包括从记忆中获取信息、在记忆中部分信息的基础上产生新观念、组织构思和语言建构、阅读材料和产生文章，以及其他操作等。思维的类型复杂、操作精深，大量的与多数认知研究相关的成分技能，都同时依赖于思维的活动。第三，人们关于话题所思所知，多指向于特定目标的解决。如果要写出文章，作者的思考必有直接的目标指向性。

Kellogg（1994）认为，使用书面文章的方式阐示意义的行为，可以很好地定义人类的特征。思维包括一系列心智技能，这些技能创造、利用个人内心生活的符号，将其传达给他人。通过使用符号创造意义，是普遍存在的人类行为。写作是思维的一种形式，写作和思维是智能生活的双生子。更具表达性的写作，是更具保留性特征的一半，能够提供思维心理学的真谛，开启了一扇洞悉人类思维方式本质的窗口。

Randall（1994）提出，综合写作活动是帮助产生表达信息的从事较高水平思维的一种方法。这样的活动能让学生在真正问题解决的任务中从事写作。批判性写作通过诸如推理、识别与创建联系，以及综合大量资料，生成原型或整体主题。这种写作要求作者通过分析框架系统检查论题，作者使用这个分析框架识别、集合相关资料，使之成为一个和谐整体，最终发现真理。他指出，批判写作具有如下特点：①个体通过使用框架（组织结构），构建从事更高水平的思维；②个体通过合作学习分享信息并从事批判性写作；③同伴间的评价和修改，促进批判性写作。

（二）写作中的思维能力

2005 年，Baldo 等再次提出，作为高级思维过程的问题解决与语言存在密切关系，这里所说的语言是指有规划的符号表征系统，是语言的不同形式，而不仅仅是口头语言。

（1）写作思维的灵活性

有学者提出，语言，特别是隐蔽的语言支持灵活思维（Hermer-Vazquez et al.，1999），而更早的研究也支持这个观点（Archibald et al.，1967；Borod et al.，1982；De Renzi et al.，1966；Edwards et al.，1976)。Barton 等（2000）提出，读写活动是社交性建构意义的实践，人们用其达到多种独特的目的。而语言学习者必须选择最适合本人社交和（或）文化情况的读写方式（Street，2003）。Cline（2005）在初中学生的数学方法课程中设置了五种开放性项目，同时提供各种可能的方法，要求学生写出完成的过程，用以了解学生在处理模糊、复杂真实问题时对方法选用的情况。结果表明，学生在其探索中表现出良好的系统性和对不同方法的选择能力。他认为，这不仅是在教授学生各种写作技能，而且是在教授学生组织思维技能。这里可以看到，写作存在多种表达方式，人们根据不同的情况灵活地选择适宜的方式进行表达，灵活写作和灵活处理问题的思维能力之间存在密切关系。

（2）写作思维的逻辑、抽象概括、分析综合能力

Kreiner 等（2002）向 82 名大学生提供三篇错误情况各不相同的文章，要求被试对文章作者的智力、逻辑能力和写作能力做出等级评价，并同时对被试进行智力测验，试图证明拼写与智力之间存在相关关系。结果表明，被试的拼写能力与其智力总分、智力测验中的词汇能力和抽象能力之间存在显著正相关。

写作过程广泛伴随着概括、比较、分析和综合等多种思维活动，并且从这些思维活动中获得支持。Chanquoy（2001）在分析以往的写作修改研究时指出，文章的修改通过比较、诊断和操作三个过程去表达。这三个过程作用于写作的文章表征和期望的文章表征。Flower 等（1986）和 Hayes 等（1987）也把写作的修改分成任务确认、文章评价与问题解决、策略选择、执行四个过程。可以看到，这些过程需要经过分析、综合、比较、概括才能够进行。而在修改过程中，写作者所表现出来的深层和表面形式，则表现着写作思维中分析、概括的层次性特点。

最近 Elder 等（2006）明确描述了写作与思维的共时性、依赖性关系以及写作思维的批判性特点。他们认为，接受过良好教育的人，具有清楚、准确和有深度的写作能力，他们能够理解写得出色与思维深

刻的密切关系，在其学习中惯常使用批判性写作方法。写作者在通过写作来深化自身知识和推理技能的同时，促进着自己的写作能力。所有的知识都存在于意义系统之中。当一个人通过写作获得对基本想法的最初理解后，他还必须通过写作对整个系统加以思考，把观念联系起来。思考得越快（在系统内写作得越快），这个系统就越早地变得具有个人意义。Miller（2002）也认为，成功的写作使思路更为开放，有助于把学生发展成为具有批判性的思想者。

国外十分重视写作的批判思维。批判思维是小心、精细地确定是否接受、拒绝或质疑某一主张，或者对准备接受或拒绝某一主张的置信等级的思考（Brooke et al.，2001）。Moore提出，批判思维可以使写作更加具有组织性和针对性，使作品更加清晰、更加具有丰富的社会色彩，令人耳目一新。他还基于这些观点，专门提出了针对这几个方面的训练方法。

Gloria等（2004）通过对大学生的观察认为，学生日记表现了批判性思维。他们描述了日记写作作为一种有效策略对促进二年级学士学位临床实习课的效果。学生报告说，日记增进了他们的批判思维和自己直接学习的能力。而在学习过程中，这两者互为促进，学生们通过日记写作分析了在实习期间发生的重大事件。

（3）写作思维的流畅性

国外研究者还对写作认知活动与写作时间的关系进行了研究。Jay（2004）认为，写作过程中认知活动之间的关系依赖于时间，认知活动对文章的影响随着时间的变化而变化。因此，时间是写作研究的一项基本变量。有研究表明（Kellogg，1988）写作构思过程对文章质量的效应在很大程度上可以归于任务时间因素。当写作不受时间限制时，构思对最终作品质量的影响可能是首要的，但是如果限制时间，任务时间效应就表现出来。

语言的流畅性指在快速状态下产生语言的能力，指语言知识的可达性和可获得性（Chenowith et al.，2001）。西方普遍认为，流畅性是衡量写作思维水平的重要指标（Allal et al.，2004）。写作测量所普遍采用的单位时间内词量的指标，体现着流畅性在写作能力中的重要性。

国外研究明确提出了写作与思维之间存在密切依赖关系的观点，并在理论和实证研究上加以论证和验证。研究涉及写作思维的灵活性、逻辑性、抽象概括能力、分析综合能力，研究同时重视时间因素的作用。

二、国内关于写作中思维能力的研究

我国心理学界对写作能力的研究很早就有，而对于写作中的思维的研究是从 20 世纪 80 年代逐渐开始的。最近几年，有关写作的心理学研究有了一些新的进展。这些研究主要涉及写作中的思维品质、元认知、时间因素的影响效果等方面，此外，也有对国外写作研究进展的介绍与述评。

（一）思维与写作的关系

我国一些心理学和教育工作者一直对思维和写作之间的相互作用和影响十分重视。1986 年，我国心理学家（朱智贤、林崇德，1986）出版了我国第一部关于思维发展的心理学专著《思惟发展心理学》，并专设一章对语言与思维的关系进行了论述。他们提出，思维和语言密不可分，语言是社会的产物，在人的思维发展中起着重大作用，使人的心理具有自觉性和能动性；语言是思维的物质外壳，概括化的语言使人的认识由感性上升为理性思维，概括化的语言成分使人们能够使用概念、判断和推理进行思维、反映事物的本质和规律，并起到传承知识经验的作用；语言的掌握和言语的发展推动思维的发展。他们指出，中小学生在书面言语能力的基础上逐步发展其抽象逻辑思维。

覃可霖（2003a，2003b，2004）认为，语言是思维反映的存在形式，思维是语言符号的内容；语言能够使思维过程模式化，是形成思维的工具，没有语言的参与、巩固作用，难以形成完整、缜密的思想；语言是引起思维的工具，而思维是语言扩展的主要原因；同一思考内容可以用不同的言语方式来表述，同样的言语形式又可表现多种不同的思维内容；思维的清晰、深度和新意决定语言的明确、容量和新颖；语言和思维存在互动关系。

郭望泰（1991）通过被试对写作过程自省的研究提出，在认识基础上所展开的运思活动，是在内部语言伴随下进行的。他认为，写作行为不仅指执笔行文、遣词造句等语言运用能力，更重要的还包括动笔之前那段语言转换的活动，"想"是先于"写"的更为重要的心智能力，是写的基础，思维与语言之间协同开展并相互转换。

此外，张丽娜等（2005）也指出，体裁不同，思维的方法也不同。抽象思维主要应用于议论文、学术论文、文学评论和杂文写作，形象思维主要应用于具体可感知的形象，普遍存在于文学创作、新闻写作和学术研究。

国内研究者一致认为，思维与写作存在极为密切的关系，思维先于语言，语言是思维的物质外壳，语言对思维的发展起着重大的促进作用。在具体写作中，思维和语言相辅相成。

（二）写作中的思维能力

（1）写作中的思维品质

20 世纪 80 年代中期，由林崇德主持的原国家教委"七五"教育科学重点研究项目"学习与发展——中小学生心理能力发展与培养"课题组，在我国思维发展心理学理论的基础上，提出了关于思维与写作的关系的观点（林崇德，2003），认为写作中的思维能力集中表现在写作的深刻性、灵活性、批判性、创造性和敏捷性五种思维品质方面，并提出概括能力是最基本的能力。他以中小学生为被试，针对写作中思维的概括能力的发展进行了研究。研究分为命题作文、修改作文和改写文章三个部分：命题作文要求被试在规定时间内完成一篇作文；修改作文要求被试对经过处理的文章拟题、调整段落、改错、归纳中心思想、续补文字和加标点符号；改写文章要求被试先把 10 个主题句连成逻辑正确的段落，加上标点符号，再根据这段话写出读后感或扩写成一篇文章。研究结果表明，中小学生写作中的理解概括水平、表达方式的灵活程度和文字流畅水平（文章字数及用词质量），在小学四年级到高中二年级的区间内整体上呈显著上升趋势，初中一年级到初中二年级存在一个加速发展阶段。

孙素英（2002）在其博士论文《初中生写作能力及相关因素研究》中，在作文的观点、结构和语言三个方面，以写作思维的概括性、批判性与独创性作为研究维度，对初中一年级到三年级的 165 名学生进行了研究。研究结果表明：在文章观点方面，批判性和独创性随着年级的上升而增强；在文章的结构和语言方面，概括能力随着年级的上升而提高。前述各维度在初二年级到初三年级之间存在一个加速发展阶段。

周泓（2002）在其博士论文《小学生写作能力研究》中，针对小学生审题、立意、选材、组材、语言表达和综合等方面的创造能力进行了研究，研究考察了上述方面产生新颖独特观念的情况。结果表明，组材和语言表达方面的创造力是写作创造力产生的关键因素，其发展制约着写作创造力能否达到较高水平；语言表达创造力对小学生的写作创造力的预测力最佳，其次为综合创造力和组材创造力。

（2）写作中的元认知能力

近几年，受当代心理学理论和写作过程理论的影响，有关写作思维的研究开始指向于写作元认知方面。在写作的具体操作中，形成提纲与修改体现了写作者对思维操作的思考，因此体现着写作者在元认知方面的情况。

戴健林等（2002）对高二年级的 60 名学生进行了"提纲策略对写作成绩影响的实验研究"，用以考察被试在面临不同提纲条件（书面提纲、心理提纲、半书面提纲和无提纲）的情况下，其文章成绩所受到的影响。结果表明，提纲对文章成绩存在积极影响，其中半书面提纲的影响最大，且与书面提纲存在显著差异。研究者认为，提纲作用的机制主要在于它为文章写作的总体构思提供了较高水平的加工。

黄洁华等（2001a）对高中二年级的学生进行了"任务图式对文章修改的影响研究"，结果发现，任务图式有明显的高效应，高低水平写作者均提高了对字面错误与意义错误的正确修改，水平间的差异主要表现在意义错误上。

此外，伍新春（2001a，2001b）根据心智技能按阶段形成的理论，分别对小学四年级和六年级学生写作构思策略进行了培养研究，结果表明，写作构思活动的实践模式可以有效地提高学生的写作构思策略水平。

（3）写作中的时间因素

国内心理学工作者还进行了时间因素对写作的影响的研究。

高湘萍等（2003）进行了"时间压力、创造性激励与初中作文关系研究"，结果发现，变量能对初中作文的创造性指标产生明显作用。

刘淼等（2000）采用自然实验与实验室实验相结合的方法，以五年级学生为被试，进行了"作文前计划的时间因素对前计划效应的影响"的研究。结果发现，作文方式决定前计划用时，前计划用时影响前计划效应，前计划效应决定前计划形式的作用。

戴健林等（2001）对初二年级学生进行了"作文前构思时间分配及其对写作成绩影响的研究"，结果发现：在无限时情况下，优生比差生在构思上使用更多时间并运用较好的构思策略；在限时情况下，构思时间没有显著差异，而构思策略上表现出差异；长时构思比短时构思能够带来更好的文本质量。

国内的实证研究从不同侧面验证了思维在写作中的影响作用，研究涉及写作中的五种思维品质、元认知，以及写作与时间因素的关系等方面。综合多方面的研究结果可以看到，各种形式的思维能力以及时间因素对写作均产生直接影响，其中概括能力的发展起着十分重要的基础性的先导作用。同时，有关研究表明，写作能力可以通过培养得到改善。

从目前国内外的研究成果和观点来看，对写作中思维能力的研究可以归纳为四个方面。

第一，国内外研究者关于写作与思维关系的观点可以概括为三点：①写作与思维同时发生、相伴而行；②写作是真实反映思维的一种可靠方式；③通过写作对思维进行研究，是思维心理学研究的重要方面。没有高质量的思维，便没有高质量的写作，思维是写作的必需条件。

第二，写作研究比其他的问题解决、决策和推论研究更具优势。可供写作研究的产品也极为丰富，它提供写作者思维深层的无尽的变化；写作的过程是多种因素同时作用的过程，其中十分重要的一点就是多种思维在起作用。写作包括了四种在所有思维任务中起作用的认知操作：收集信息、在个人符号范围内构思观念、把这些观念转变成文章和修改观念与文章，大多数写作任务都要求写作者仔细参与所有这四个过程。思维和写作都是必须经过努力才可以进行的有目标的活动，作者还必须监控和评价自己思维和写作的效果。在思维研究方面，可以进行大量的写作研究，同时写作研究也拓宽了思维和语言心理学。因此，写作所特有的复杂特性和结果开放性的本质，使其成为能拓宽心理学中思维研究视野的窗口。

第三，目前国内外关于写作中思维能力的研究，主要集中于组织概括能力、元认知能力和流畅性（时间因素）等方面，代表着写作中思维研究的关注热点，其中国外在概括能力（思维的深刻层次）、元认知能力和创造能力方面基本上是采用理论研究和观察的方法，科学的实证研究较少；国内进行了一些实证研究，但除少数研究之外基本上都是针对某一个具体内容展开，研究结果尚不能较完整地反映写作中的思维特点。现有的研究有些是在当代写作理论框架之下进行的，有些则表现出一定的随意性。受认知心理学的影响，写作思维及相关研究显示出与其他领域研究相同步的特点（如流畅性的研究较多）。总的来看，研究尚处于起步阶段，目前国内外开始研究写作中思维的时间不长，可供研究的方面较多。

第四，我国心理学家提出的思维的深刻性、灵活性、批判性、创造性和敏捷性五种思维品质的理论，较为全面地涵盖了写作思维的有关维度，同时也与当前写作思维研究的具体内容相吻合，可以作为研究指标加以借鉴。

第三节　写作过程

　　欧美传统的写作教学和研究是"成果导向",即重视写作的作品。20世纪60年代,认知心理学对写作教学和研究的影响,使写作研究开始关注写作的过程方面。

一、国外写作过程模型的研究

　　1965年Rohman提出写作由写作前、写作和改写三个阶段构成,此后一个时期,类似的理论大同小异。这种阶段划分有利于教师指导学生,但由于仅仅局限于写作的外部操作、缺乏对作者心理过程的阐述而失于过程的简单化,因而被称之为"线性模式"。

　　Hayes等(1980)通过口语报告分析方法,分析出写作过程的一般性质,提出了第一个具有代表性的写作认知过程模型(图1-1)。

　　在Hayes等1980年的写作模型中,熟练的写作被看成是一种目标导向活动。作者通过确立和组织作文目标及子目标来导引自己的写作过程,通过对构思、转译和修改等认知过程的有机综合而实现写作目标。写作由作者的任务环境、长时记忆和写作过程(工作记忆)组成。任务环境包括两个方面:其一是作者的写作安排,包括写作主题、所写的文章给什么人看以及写作的动机线索,这些方面为作者对写作任务的初步表征提供了框架;其二是外部储存,包括已经写出文章的内容及可供作者使用的外部资源(卡片、提纲、草稿等)。长时记忆包括关于文章主题的知识、关于读者的知识和关于修辞的知识。长时记忆中的有关知识的丰富程度,是形成高速生成、提取观念和使写作过程自动化的重要因素。工作记忆包括计划(构思)、转译和修改。这个模型强调写作过程之间的相互作用,以区别于早期的线性模型。此模型

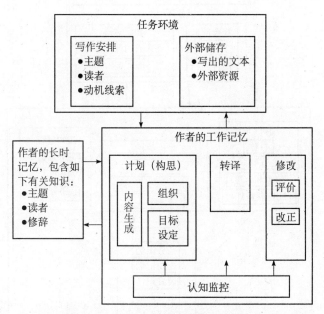

图 1-1 Hayes 等（1980）的写作模型

还强调三个加工过程都需要认知监控加以调节。

随着认知心理学的发展和相关研究的展开，Hayes 于 1996 年提出了一个新的写作模型，以对 1980 年的模型给予补充和修改（图 1-2）。

该模型由任务的环境和个体两个部分组成。1980 年模型与 1996 年模型的主要区别有四点：第一，也是最重要的，后者强调写作中工作记忆的中心地位；第二，后者包含了写作过程中作者对文章的视觉的空间以及语言的表征；第三，后者加入了动机和情感因素；第四，后者强调写作过程中的阅读，尤其是批判性阅读的作用。

1987 年，Bereiter 等提出了针对于新手写作的知识表述模型（图 1-3）。他们强调新手的写作过程与专家不同，是"知识讲述"的过程。新手通常从长时记忆中提取知识直接用于写作的程序，而这种写作策略可以解释为 Hayes 等的计划阶段中的产生过程的简化，使内容产生和文章产生合二为一，而高水平作者则是分步进行的，因此使过程中增加了评价和重组的因素。新手把提取的内容直接写成文章，其

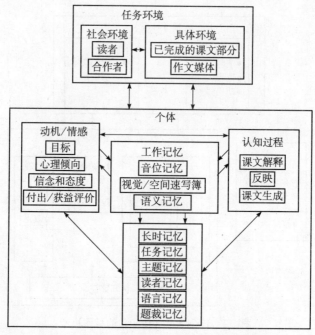

图 1-2　Hayes（1996）写作新模型的一般结构

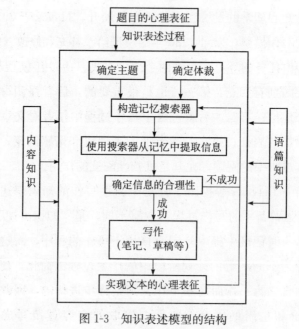

图 1-3　知识表述模型的结构

间缺少评价与重组过程。因此，Beretier 等关于新手的观点仍可用 Hayes 等的模型解释：计划（新手很少做）；转译（新手相对做得多）；修改（新手几乎没有做）。这一点对于写作能力的鉴别具有十分重要的意义。

Alamargot 等（2001）指出，构思过程是文章的内容组织与内容一致性过程的中心。构思主要通过如下方面建立写作计划：①从长时记忆中提取的有关知识；②工作环境中的可用信息（如果该计划在作者记忆中不存在），必须通过三个子过程产生：a. 从长时记忆中产生知识；b. 把知识组织成计划；c. 设定目标——建立检验已写文章与写作目标之间一致性的标准。计划（构思）包含两个步骤（戴健林等，2003），第一步是指任务在计划环境中的表征；第二步是指实施计划环境中描述的任务。以往对构思的评价研究集中于数量和质量两个方面，其中数量是指被试在正式写作前口语报告中包含的从句，而质量包括三个方面：①考虑读者的接受性；②关于文章的中心思想和目的；③文本的结构。

根据 Hayes 等的模型，Alamargot 等（2001）把转译确定为四个操作阶段：精致化、列词成句、体系化和执行。精致化阶段包括对来自文章计划的整体或局部文章内容进行提取和细化；列词成句阶段指使这些首次转译内容成为排列好的句义结构；体系化阶段主要是把先前计划的句义结构组成符合正确语法规划的句子形式；执行阶段指执行形成的语言计划，包括书写以及打字。

修改包括两个子过程：阅读与编辑（Alamargot，2001）。阅读是指找出错误并且评价其与写作目标的适宜关系；编辑是指解决问题的产出系统。而 Fitzgerald（1987）则把修改分为三个过程：确定问题、决定是否改变问题所在的部分和选择策略加以实施。

心理学家普遍认为，写作者在写作活动中的自我监控策略是衡量其写作能力的重要指标，自我监控贯穿于写作过程的三个基本环节。Zimmerman 等（1997）在对前人研究予以综合后提出，写作者在写作过程中主要运用十种策略，包括：①环境结构化——对写作环境有意识地控制，使自己集中注意力，不受无关刺激影响；②对外部资源自我选择——对范文、指导教师和书籍等外部资源的选择；③自我监督；④自我结果——根据作文完成情况对自己进行奖励或惩罚；⑤自我言词表达——通过口述方式帮助自己写作；⑥时间计划和管理——对写作过程各个环节的时间进行分配和控制；⑦目标设定——预先对写作结果进行规定，包括数量、策略和质量；⑧自我评价标准——选择适宜标准帮助自己完善写作；⑨认知策略——写作环节中各种具体技术（如列提纲或图表、检查语法错误等）；⑩心理意向——在一些创造写作中，有意识地运用生动细致的意象，帮助刻画人物、情节或场景。

西方写作过程理论模型的提出继而不断加以丰富的所获得的成果，大量、集中、直接地体现了写作过程中个体对文本进行分析、综合、创建的思维过程，它告诉人们，写作是复杂的思维分析、综合过程。

二、我国对写作过程的研究

我国心理学和语文教学研究者对写作过程的研究，与西方国家相比起步较晚。从能力构成角度上看，前述杨成恺的能力划分，已表现出较为明显的写作阶段划分的特征。

从写作的不同过程看，涉及构思的实证研究有：戴健林等（2002）的"提纲策略对写作成绩影响的实验研究"、刘淼等（2000）的"作文前计划的时间因素对前计划效应的影响"、戴健林等（2001）的"作文前构思时间分配及其对写作成绩影响的研究"、伍新春（2001a，2001b）的小学四年级、六年级学生写作构思策略培养的实验研究、李伟健等（2003）的"目标定向与进步反馈对优差生写作成绩影响的实验研究"，涉及修改的实证研究有黄洁华等（2001a）的"任务图式对文章修改的影响研究"。这些研究已在前面作介绍，此处不再赘述。

朱晓斌等（2004）进行了"工作记忆与小学生文本产生、书写活动的关系"的研究，结果表明，工作记忆中的储存、加工功能对小学生写作的影响不同，储存功能主要与书写活动有关，加工功能主要与文本产生有关，储存与加工相对独立。随年级增长，小学生工作记忆的加工水平逐步提高。

上述研究通过实证的方法对写作的计划（构思）、修改与作文成绩关系的有关方面进行了研究，研究结果表明，写作计划和修改对写作质量产生积极影响。有关记忆的研究表明，记忆与转译过程存在密切关系。

此外，我国近年来还涌现了一批介绍写作过程的理论文章，主要有《西方关于写作构思心理研究的进展》（伍新春，1998），《认知心理学对写作过程的研究及其教学含义》（胡会芹，1999），《西方关于写作过程的自行调控研究的进展》（戴健林等，1999），《现代认知心理学对写作过程的研究进展》（薛庆国等，2000），《写作过程的自我监控实证研究》（司继伟等，2000），《写作修改的认知过程研究新进展》（薛庆国等，2000），《写作修改的认知过程研究新进展》（黄洁华等，2001b），《写作心理学理论研究概况》（罗峥等，2000），《写作的认知过程研究述评》（黄洁华，2001），《西方写作教学研究的新进展》（朱晓斌，2001），《认知心理学视阈中的写作过程》（孙素英等，2002），《近二十年国内写作心理研究述评》（周泓等，2003），《当代西方写作过程模式的研究与发展》（张肇丰，2003），等等。这些介绍与述评，对我国写作心理的研究起到了很大的借鉴和推动作用。值得一提的是，2001年刘淼在其所著《作文心理学》一书中，较系统全面地对国内外写作理论进行了介绍，具有较高的借鉴价值。此外，2003年戴健林等人在其所著《写作心理学》一书中，介绍了当前认知心理学写作过程方面的相关理论，对我国写作心理学研究具有一定的参考价值。

从我国关于写作过程的实证研究可以看到，国内开始逐渐重视对写作过程的研究，但基本上是在国外理论模型的框架之下进行，有关实证研究较少，缺少系统性，而理论论述基本上是对国外研究成果的介绍。

三、写作过程中的影响因素和个体差异

(一) 影响因素

伍新春 (1998) 综合了国外关于影响构思过程因素的研究结果, 指出影响构思的因素主要包括: 关于主题的知识, 信息加工策略, 文章的结构、组织及图式, 连贯性知识, 以及对写作策略的意识程度、决定何时结束文章的能力和对观点进行分类的能力等。其中, 关于主题的知识直接影响观念的产生和组织, 专家明显优于新手; 另一方面, 过于丰富的主题知识会使目标设定过高, 使作品过于专业化, 影响读者的理解, 但对初学者来讲, 往往是缺乏主题知识的问题。信息加工策略指构思的全局性程度, 从年幼写作者到成熟写作者的变化表现为从拿起笔就写, 到局部构思, 再到全局性构思的成长过程。由于构思主要是产生观念和组织观念的过程, 所以检索信息和组织信息能力是构思的主要方面。当写作者不懂得怎样把毫无组织的说明材料整合成文章时, 表明他不明白文章的结构究竟应该是怎样的, 所以文章的结构、组织及图式对写作者十分重要。

黄洁华等 (2001b) 总结以往关于修改的研究后认为, 导致修改困难的因素有察觉能力、读者眼光、理解监控能力等。影响修改的因素有: 对文章主题的熟悉性与体裁、工作技艺、任务图式等。其中, 主题知识有利于意义错误的修改, 熟练写作者比不熟练写作者修改更多的意义错误, 记叙文比说明文更能鼓励相关的加工和推理活动。关于工作记忆, 写作者是否能集中于更高级语义水平的文章表征的工作记忆资源, 依赖于其在更低的词汇和句法水平上对文章加工的良好程度。快速与自动化的辨认使熟练写作者能使用更多的资源进行推理, 又能意识到维持文章一致性的问题, 解决并解释文章的困难信息, 而不熟练的写作者则刚好相反。作者是否进行修改或有效地进行修改, 依赖于他们对工作记忆资源的管理以及反馈到修改过程的程度, 当超过工作记忆容量时, 修改就受到制约。任务图式可能会局限写作者对修改

的任务的认识，低水平写作者可能把修改任务定义为只做局部改变，而不是包括局部和全面的文章改变两种情况。

关于影响写作过程的因素的研究结果表明，主题知识、针对文章的知识与策略、分析综合能力和书写技能等均对写作过程产生影响，这些无论对作文教学还是对写作心理研究都值得借鉴。

(二) 个体差异

我国研究者（黄洁华，2001；胡会芹，1999；薛庆国等，2000；孙素英等，2002）曾对写作的个体差异做过综合论述。写作的个体差异主要表现在计划、转译和修改过程中。

（1）计划。专家与新手的区别在于概念性计划（如设定特定的读者目标），这是经过长时间发展的一种技能。在写作过程中，熟练写作者要计划写作的内容、确定写作对象（写给谁）和如何写。熟练写作者先设定文章的目标，再通过计划去达到这个目标。不管在何时作计划，他们都十分清楚自己的计划（包括读者、语调和修辞），并使用计划去监控自己的写作（包括词汇的使用）。新手则相反，他们很少作计划，特别是写作前的计划，典型的做法是提笔就写，很少先做思考。新手的计划是与写文章同时进行的，在写文章的同时分配出大量的时间用于计划。熟练写作者则使用已有的计划提取内容，通过目标去引导写作过程并在计划中使用文章结构的知识。新手只是使用讲述的过程，从记忆中寻找与主题相关的内容并写下来，熟练写作者使用知识转换的过程，把目标体现在计划中，只把与目标和主题相关的内容写下来（Butterfield et al.，1996）。这里，除了成熟的因素之外，个体对陈述性知识和程序性知识的掌握起着重要的作用。写作计划的目标可以分为三类：第一类目标是交流观念、表达看法，这是高水平写作者具有的特征；第二类目标是知识讲述，这是不成熟写作者具有的特征；第三类目标是避免错误，这是最差写作者具有的特征。

（2）转译。转译包括文章产生和誊写两方面。能否在转译的同时，自动完成拼写、加标点及符合语法规则，反映了熟练写作者与不熟练者的差异。在转译过程中，熟练写作者和不熟练写作者之间的差别还表现在流畅性方面（Mc Cutchen et al.，1994），熟练写作者比新手在句子产生方面更加流畅。

（3）修改。新手较少有修改行为。有效的修改要求写作者对实际文章表征和意图文章表征进行比较，注意文章中前后不一致的地方并修改一致。问题察觉是新手修改的障碍，但并不是唯一障碍，知道怎样改正文章的写作者并不一定能察觉问题。发展中的写作者和熟练写作者都倾向于修改文章的字面特征。在意义修改方面存在个体差异和发展差异，高水平写作者比低水平写作者能修改出更多的意义错误，随着年龄增长，写作者更可能进行意义修改。高水平写作者比低水平写作者做出更多的句子水平的修改，在修改方式上明显使用更多的插入、替换和移动这三种修改方式，而这些都是提高文章质量的关键。

个体差异的研究结果显示，熟练写作者与新手在计划方面的差异主要表现在是否能够根据目标制订计划，在转译方面的差异主要表现在基本文书能力上，在修改方面的差异主要表现在对问题的识别及其深度上。

对于写作过程的现有研究进行综合考虑，我们可以得到以下四个方面的认识。

第一，写作过程理论反映了在文章写作中诸多复杂心理活动共同参与下，个体一系列具体、外在的操作活动（拟定题目、编写提纲、起草文稿、校对修改）的综合情况。从写作过程理论来看，完成写作作品是复杂的心理活动的过程，是问题解决过程。如果仅从认知角度分析，要完成这一过程，如下三方面的因素起着核心而重要的作用，包括：①作者各方面的知识与经验，其中写作知识与主题知识是最为重要的；②作者工作记忆的工作状态，其中基本知识技能掌握水平支持下的工作记忆资源的分配情况是关键因素；③贯穿于各个写作过程中的自我监控，写作者关于写作活动的自我认识与自我调控是写作能力的重要成分之一（戴健林等，2003）。

第二，写作过程理论十分重视工作记忆，工作记忆主要包括计划（构思）、转译和修改过程。在这三个过程中都需要思维的积极参与，同时，写作过程理论强调监控的持续参与。因此也可以说，写作者为了完成写作任务，在不同的过程中积极地进行着多种思维活动，了解与运用写作的基本知识和技能对于写作者来讲是基础性的重要能力，同时自我监控始终存在于写作过程中并起着重要作用。从前述几个模型我们可以看到，基本的写作技能通过不同的个体各自所具有的心理水平，加工着各自的"产品"。最终产品质量的差异，取决于参与整个写作过程运转的思维水平、策略水平和基本写作知识的应用水平。

第三，写作过程理论以认知心理学为基础，针对于写作活动的心理机制，各种模型试图阐明写作中各成分之间的关系，相应的实证研究也因此展开。但在写作过程理论方面的研究，较少见到个体发展的情况。Bereiter 等（1987）提出的针对于新手写作的知识表述模型提出了这方面的问题，但仍缺少随年龄增长的相应的研究数据。由于在心理学研究中，各研究维度的发展变化情况与各研究维度的作用及其之间的关系同样重要，因此应该说这是一点不足之处。此外，在具体写作过程中，不同思维品质发生作用的程度怎样，它们又在如何影响着写作活动，它们之间的相互关系又是怎样的，这些情况还有待于不断地给予研究才会清晰。

第四，国内关于写作过程的研究主要是在国外理论影响下展开的，在理论介绍的同时，开始出现一些实证研究，但验证性质的研究较多。由于写作过程研究代表着近二三十年来写作心理研究的主流，国内应结合我国已有的写作的其他方面的研究结果，进一步深入地开展相应研究。

第四节 写作认知能力的发展

———————————————————————————————

　　心理发展研究的成果是制定教育计划、选择教育手段所必需的基础。写作能力的发展研究成果对心理与教育发展具有直接的现实意义，受到心理、教育领域研究的重视。

一、国外写作能力发展的研究

　　Bereiter（1980）提出，学生写作能力发展表现为五个阶段：①联想性写作（想到就写）；②表现性写作（注意文章风格和语法规则）；③交际性写作（写作对象明确，为了与别人交流而写）；④统一性写作（富有创作力，从文学和逻辑的角度考虑作文）；⑤认知性写作（反省性思维的参与）。

　　Wlkinson（1980）[①] 在主持英国格狄顿研究计划时，通过对三个年龄组360个学生的研究，发现不同年龄段学生的写作能力发展表现出如下特征。7岁组：语言方面，书写速度慢，文章长短和拼写正确程度差异大，标点有时遗漏或误用，运用能力较低；结构方面，只能依序复述事件，写故事欠连贯，发展不合逻辑，不会裁剪材料，无详略之分；行文方面，只能用记叙的表达方式；客观性方面，多以自我为中心，能表现自己的选择和感受，但不能自我批评，文章中会提及他人，但不能作为不同的个体考虑；读者意识方面，不能意识到读者的存在，经常遗漏信息；风格方面仍保持口语特点，很少有修饰语，多用意义具体的词语。10岁组：叙述方面，能依事件先后次序叙述，

———————————————————————————————

　　① 转引自朱作仁，祝新华．小学语文教学心理学导论．上海：上海教育出版社，2001：203

开始有情节安排，有开头结尾和详略，少数学生能用倒叙或回顾的方法，自传体记叙"我"中开始有描写的成分，以阐述情节，除时间外，开始注意空间要素；情感方面，以自我为中心，较少评价自己的感受，开始注意自己以外的人物，并加以简单描述；读者意识方面，部分学生有明显的读者观念，知道写作要符合读者的要求；开始注意语体，如用对话表达情节；风格方面，书面语基本形成，字词运用渐趋正确，字词和成语运用较以前成熟，有人有意识运用新学词汇修饰文章，句法在掌握中，但会写错长句。13岁组：语言运用方面，对不同的文体有较多接触，较熟悉写作范式，有语言区别能力，在不同的文体中会用不同的表达形式；记叙方面，能围绕事情的核心，删除与主旨无关的材料，提供资料，解释原因，使读者对事情的发展脉络更清晰；读者意识方面，明显意识到读者的存在，运用各种手法，使读者掌握更多的信息；对自己和他人的认识方面，逐渐意识到自己和他人的关系，明白自己和他人是不同的个体，尝试描述自己的感受让读者了解，会描写他人的情况，逐步脱离自我中心；虚假感觉方面，因希望独特的生活经验，但缺乏相应的语言描写，而使用不当词语，导致文章夸张失实；风格方面，字句运用较前灵活多变，介绍游戏时能运用适当的术语，运用参照、变化等方法保持行文的一致性和连贯，开始运用反复、对偶、反语、比喻等修辞手法，以提高表达效果。

Owens（2001）指出，学龄儿童在获得口语使用知识后，多数人较容易接受新的书写语言模式。最早的符号关系方面的困难影响了早期成长，口语和书面语之间的关系使得书面语最终能够健康发展。除了儿童的语言知识之外，元语言技能使学生能够脱离文脉关系，以其他方式理解语言。从整体语言的角度来看，更多的能力用来适应读者和环境。儿童能够重新安排有限的资源，进而提高系统的效率。儿童的语言过程经历了从具体到抽象、从依赖表面策略向深层策略的转变，这种转变从小学开始，一直持续到青少年期，反映出学生使用语言信息综合非语言信息的能力的不断增长。到了成年，个体为更为具体的交流而精化词的定义和关系，同时使用修饰语言创造不合标准的关系，其结果是使交流更准确而具有创造性，发展了灵活性。

Kroll（1981）提出，写作发展大体分为四个阶段：①准备期，学会写字母、执笔和抄写单词；②整固期（大约7岁），能够独立依照抄写模式写作，但使用与口语完全相同的形式；③分离期（9～10岁），写作与口语相区别，在写作中使用更多的文学结构；④综合期，分别操作口语和写作，写作者能够精细地把握其差别，甚至能够为了提高效果而精细地将二者相结合，但很少有人可以完全达到尽善尽美的境界。

前述苏联教学法专家拉德仁斯卡雅提出了七种最基本的写作能力，在发展培养方面她指出，根据先一般后特殊的原则，分成两个阶段。第一阶段是四、五年级，其中四年级重点培养审题和表现中心思想的能力，五年级重点培养搜集和整理材料的能力。第二阶段是六、七、八年级，重点培养用各种体裁写作的能力。

国外对写作能力发展情况的描述，涉及内容较为丰富，既有对方式和内容的概括，也有对具体行为的描述，其优点在于较清晰地指出了写作发展的外在行为特点，也涉及智力层面；不足之处在于，研究缺少具体的数据，在描述具体写作行为与心理发展水平的关系方面，尚缺乏完整性。

二、我国写作能力发展的研究

我国心理学和语文教学工作者，根据对学生写作行为的观察研究，对其写作能力的发展阶段进行了概括，主要有以下观点。

写作能力发展的四个程序。赵欲仁（1930）在其所著《小学国语科教学法》中指出："作文能力进步的程序大概是：第一，善于说话，使人听了能够清楚明白——说话能力；第二，能够把语言写成文句——造句能力；第三，能够把零碎的文句连缀成篇——连缀能力；

第四，能够把作成的文章修饰得格外美观——修辞能力。"

写作能力发展的三阶段说。朱智贤（1979）指出，写作能力的发展大体经过三个阶段：①准备阶段，即口述阶段；②过渡阶段，包括口语向复述的过渡和阅读向写作的过渡；③独立写作阶段，即独立思考，组织材料，写出文章。

林崇德（1999，2003）根据原国家教委"七五"教育科学重点科研项目"中小学生心理发展与培养"课题组的研究成果提出：小学低年级是准备阶段（口述阶段）；三年级是由口述向复述过渡；四年级是阅读向写作过渡的开始；小学高年级学生能开始写作，但多处于第二阶段；中学生在第二阶段的基础上，逐步向第三阶段发展，并逐步地以第三阶段的独立写作为主导地位。他同时指出，小学三四年级明显的存在从阅读向写作发展的过程，写作能力的发展一定程度上取决于概括能力的提高，中小学生的写作能力存在较大的个体差异，小学四年级和初中二年级是中小学生写作能力发展的关键期，到高二年级趋于定型，写作能力的成熟期不如一般心理能力成熟期那么稳定，具有较大可塑性。

熊先约（1987）从写作智力活动方式的角度把小学生写作（简短记叙文）发展概述为四级水平：一级水平，图像辨识方式（写通顺训练）或前叙述阶段，是写记叙文的准备阶段；二级水平，顺序认识方式（条理性训练），标志简短记叙文写作的正式开始，处于连句成段、连段成篇的水平；三级水平，比较认识方式（写特征阶段）；四级水平，初级联想方式（展开文思训练），小学生写作的高级阶段，可视为"最近发展区"。

小学生写作能力发展四阶段说。万云英（1981，1988）等研究发现，小学生写作能力的发展一般经历看图说话、看图写作、素描写实范文仿作、丰富生活命题写作四个阶段。在这些阶段表现的特点有：写作形式发展逐步复杂化、独立化，写作体裁逐渐多样化，写作内容逐渐具体、丰富、生动。小学生写作遣词造句和构思特点有变化，用词日益丰富，语句逐渐复杂化。主题思想逐渐切题。小学生写作能力发展快慢不一，写作水平差距很大。小学四五年级学生存在四种不同的过渡性言语表达形态：抄录型、改写型、写话型、写作型。

黄仁发（1990）对中小学生的语言发展进行了较为全面的研究。涉及书面语基本技能方面的结果表明：书面叙述与口头叙述的词量比例在小学二三年级以前是前者低于后者，四年级以后是前者高于后者；对句子成分和复句掌握情况，从小学五年级到高一年级逐步发展，到高一年级以后停止发展。关于命题作文能力，从小学四年级到高中二年级：中心思想方面，初一最低高一最高，差异十分显著；修辞和篇章结构方面，初一最低高一最高，差异显著；标点符号方面，初二最高小学五年级最低，差异十分显著；遣词造句方面不存在年级差异。关于作文修改能力，从小学三年级到高二年级：改字方面小学三年级最低高一最高，改词方面小学三年级最低高二最高，改句方面小学三年级最低高二最高，F检验均达到十分显著的差异水平。

中小学生写作能力发展的五阶段说。朱作仁（1993）参考国外的研究，结合我国的实际情况，总结出学生写作能力发展的五个阶段：写话阶段（小学低年级）、过渡期（小学中年级）、初级写作期（小学高年级）、中级写作期（初中阶段到高中一年级）、熟练写作期（高中阶段乃至以后）。这些阶段既是相互划分，又是一个连续整体。写话阶段的特点主要是从口述到笔录，联词造句，联句成段，先说后写，内容较为浅显，表达的意思简单。过渡期的特点是基本完成口述到笔述，从句、段向篇的过渡，开始注意文章的构思，从不切题到切题，从不能分清段落到分清段落，从会写单句到会写复句。初级写作期特点是能用记叙、描写、说明等方法，注意围绕中心选材、组材，思路日趋有条理，开头结尾多样化，能初步借物抒情，有一定的文字表现能力，初步掌握记叙文的一般写法。中级写作期的特点是能对素材加以提炼、概括，明确中心思想，能运用多种表达方式和注意应用修辞方法，有谋篇布局的能力。熟练写作期特点是能处理内容复杂的材料，综合熟练运用多种表达方式，立意有一定深度，结构完整，逻辑严密，语汇丰富，写作速度快，有文采，出现创作倾向。

我国研究者对写作能力发展的观点表明，写作能力的发展在小学低年级以口述阶段开始，经复述、开始写作阶段，向独立写作发展，到高二年级趋于成熟。国内学者提出了写作能力的发展一定程度上取决于概括能力，也有研究者在描述较高写作阶段时涉及深度、逻辑、创造等方面，这体现了心理发展水平对写作能力发展的作用，但缺少具体数据支持。从整体上看，我国对智力对写作能力发展的作用的研究仍有待于进一步的深入。

对中小学生写作认知能力发展的研究结果可作四个方面的归纳。

第一，国内外学者对中小学生写作能力发展的看法较为一致。综合国内外中小学生写作能力发展研究的成果可以看到，中小学生写作能力的发展可概括为三个部分：①基本文书能力（基本文字、标点、句法、常用修辞与体裁的掌握与使用）不断丰富；②文本形成能力（审题、立意、选材、组材和一般性文字表达）不断提高；③写作中的概括能力、分析与综合能力、逻辑周密性和创造性持续发展。

第二，个体写作能力的发展基本上体现了由随意写作到规范写作，再由交流写作到创造写作，最后到反思写作的成长特点，写作目的逐渐清晰，控制能力不断加强，写作层次不断提高。尽管中小学生写作能力不断提高，但是不同方面能力的变化情况又存在差异。基本文书能力的发展主要在小学到初中前半期，文本形成能力的发展主要在小学中后期到初中阶段，而思维能力的发展则贯穿于整个中小学阶段，其中在中学阶段更为突出。尽管这种差异显而易见，但是从现有的理论观点和研究结果很难较完整地看出不同能力各自具体的发展变化情况和相互关系。

第三，当国内外学者对中小学生写作能力发展情况给予连续化、具体化描述时，尤其是在对高年级进行具体描述时，关于与思维有关的描述逐渐明显和增加。这提示我们，思维能力是客观存在，越到高年级，越显其重要地位和作用。另一方面，上述描述主要针对具体的写作现象，较少涉及心理能力方面。这表明，以往的研究多是站在语文教育的角度进行，而对写作的心理能力层面较少明确、具体的涉及。

第四，国内外研究者在对写作能力的发展作现象表述时，较少涉及发展的内部机制，特别是心理发展水平方面，这种情况使对写作能力发展的研究停留在表面现象的层次。这提示我们，对写作能力发展内部机制的研究有待开展和丰富。值得注意的是，我国研究者（林崇德，2003）从心理学的角度对写作能力进行了研究，明确提出写作能力的发展一定程度上取决于概括能力的提高，这方面的研究成果值得借鉴。

第五节 写作研究面临的问题

写作作为表达思想、传达信息和发展文化的重要手段，在人类历史发展和个体成长的历程中，起着非常重要的作用。写作在语言的四种形式（听、说、读、写）中最为复杂，是语言能力最高水平的表现形式。写作与思维的密切关系，使其成为心理学研究的重要领域。中学阶段是写作能力成长成熟的重要阶段，长期以来因其在心理发展与教育中的重要地位而受到广泛的重视。二十年来，研究写作即是在研究心理的观点，在国内外逐渐成为心理学与教育研究者的共识。

无论何种领域，无论研究者的目的是想描述、解释，还是要预测、控制，都要首先明确研究对象的内容究竟是什么，即研究对象的构成要素有哪些。研究写作首先要面对和解决的问题是，写作能力究竟由哪些维度构成，特别是包括哪些认知因素。目前国内外在这方面的看法尚未统一，这成为阻滞写作研究工作不断深入的一个障碍。

另外，在个体写作能力成长成熟的过程中，写作能力中各种因素自身发展变化的特点也不甚清楚。如果仅从作品水平评价的角度对个体写作能力的发展变化特点加以描述，不宜准确反应写作能力的稳定、真实情况，显然难以达到有效开展心理学研究和指导教学的目的。从发展心理学的角度看，写作能力中各维度的关系也不清楚，这种情况会导致难以确定研究重点和使教育措施陷入盲目操作状态的结果。

从研究的内容看，过去的研究多侧重于写作能力的某一侧面，而直接对写作中思维能力的研究很少，这限制了人们对写作能力的认识视野。从研究的方法看，国内或使用整体印象的主观评价，或采用多项选择的方法；国外则采用基于课程的评价与客观评价相结合的方法。这形成了两个困难。第一，不同测量手段适用于不同的能力，相同的方法很难对不同维度进行测量；第二，主观性评价的维度和水平标准划分并不统一，缺乏成熟理论的支持，导致信度和效度较差的问题，使测量难以达到预期目的。

上述情况都是写作心理发展与写作教育所必须研究解决的问题。对中学生写作能力问题予以研究，可以为写作心理学理论的发展提供实证依据，为以后的研究工作建立必要的基础，也可以对写作教育提供可靠的有价值的指导和建议，因而对写作心理学研究具有理论和实证意义，对教育具有实践指导意义。

因此，中学生写作认知能力研究必须探明中学生写作认知能力的构成要素，探讨如何编制写作能力的测量工具问题，在此基础上探明中学生写作认知能力的发展特点和各要素之间的关系。中学生写作认知能力研究还必须与写作的具体表现——写作成绩相联系，探明写作认知能力对写作成绩的预测效果。中学生写作能力研究的最终目的，是要为写作教学提供依据，对写作教学提出具体有价值的操作建议。

以往的一些研究成果对于上述方面问题的揭示，具有重要的启示意义。

国内外关于写作能力构成要素的相关研究表明，写作认知能力大体包括认知能力、基本文书能力、文本形成能力和写作相关知识经验的积累四个方面，研究者们对写作认知能力的各个方面均给予了关注，只是不同的研究者侧重不同。研究的不足之处在于，研究的结构系统不甚明确和缺乏理论有力支持，不少研究缺乏教育与心理学层面的紧密联系。不少写作认知能力构成的观点来源于思辨论述，缺乏实证研究结果的支持。

国内外学者对写作与思维关系的研究成果，明确展现了写作与思维之间存在的密切关系。对以往研究成果进行综合分析的结果显示，写作与思维同时发生、相伴而行，写作是真实反映思维的一种可靠方式，通过写作对思维进行研究，是思维心理学研究的重要方面。没有高质量的思维，便没有高质量的写作，思维是写作的必需条件。写作本身的丰富性和变化性特点，使通过写作研究认知心理发展具有更大的优势。写作研究因此而成为拓宽心理学中思维研究视野的窗口。

我国心理学家提出的思维的深刻性、灵活性、批判性、创造性和敏捷性五种思维品质的理论，较为全面地涵盖了写作思维的有关维度，同时也与当前写作思维研究的具体内容相吻合，可以作为研究指标加以借鉴。其中，深刻性是指思维活动的抽象程度和逻辑水平，以及思维活动的广度、深度和难度。表现为智力活动中深入思考问题，善于概括归类，逻辑抽象性强，善于抓住事物的本质和规律，开展系统的理解活动，善于预见事物的发展进程。超常智力的人抽象概括能力高，低常智力的人往往只停留在直观水平上。灵活性是指思维活动的灵活程度。它反映了智力与能力的"迁移"，如我们平时说的"举一反三"、"运用自如"。灵活性强的人，智力方向灵活，善于从不同的角度与方面起步思考问题；从分析到综合，从综合到分析，灵活地作"综合性的分析"，较全面地分析、思考问题，解决问题。独创性是指思维活动的创新精神，或叫创造性思维。在实践中，除善于发现问题、思考问题外，更重要的是要创造性地解决问题。人类的发展，科学的发展，如果要有所发明，有所发现，有所创新，都离不开思维的智力品质的独创性。批判性是思维活动中独立分析和批判的程度。是循规蹈矩、人云亦云，还是独立思考、善于发问，这是思维过程中一个很重要的品质。有了批判性，人类能够对思维过程本身加以自我认识，也就是人们不仅能够认识客体，而且也能够认识主体，并在改造客观世界的过程中改造主观世界。敏捷性是指思维活动的速度，它反映了智力的敏锐程度。智力超常的人，在思考问题时敏捷，反应速度快；智力低常的人，往往迟钝，反映缓慢；智力正常的人则处于一般速度。

写作是诸多复杂心理活动共同参与下，个体一系列具体、外在的操作活动的综合情况，其中，作者的知识经验、工作记忆的状态和自我监控起着核心的重要作用。写作质量的差别取决于参与整个写作过程运转的思维水平、策略水平和基本写作知识的应用水平。

中小学生写作能力的发展表现为基本文书能力不断丰富，文本形成能力不断提高，写作中的概括能力、分析与综合能力、逻辑周密性和创造性持续发展。尽管以往研究对这三个方面的发展路线尚缺乏具体清晰的描述，但从现有描述可大体归纳为，基本文书能力的发展主要在小学到初中前半期，文本形成能力的发展主要在小学中后期到初中阶段，而思维能力的发展则贯穿于整个中小学阶段，在中学阶段更为突出。现有的理论观点和研究结果对不同能力各自具体的发展变化情况和相互关系的论述尚不清晰，对发展的内部机制的阐释尚停留在表面现象的层次。

目前为止，尚未见到能够准确有效预测写作表现（写作成绩）的关于写作能力的实证研究。

系统科学有三个基本原理（查有梁，1999）。第一，反馈原理，任何系统只有通过信息反馈，才能实现有效的控制，从而达到预期的目的。第二，有序原理，任何系统只有开放、有涨落、远离平衡态，才可能走向有序。第三，任何系统只有通过相互联系，形成整体结构，才能发挥整体功能。系统由要素构成，具有层次性；系统的结构具有相对应的功能；系统状态的变化体现着过程。根据系统科学理论，写作能力本身是一个系统，系统内部的要素（如基本文书能力、文本形成能力和思维能力，以及对主题知识的把握）具有各自的功能；各要素之间的相互联系与反馈，形成了系统整体的运转状态，这种状态即是写作能力的整体水平。各要素的关系相互制约，并且不平衡，各要素在个体不同发展阶段作用的大小也不相同。这里列举的仅仅是认知因素，如果考虑非认知因素则更为复杂。写作能力同时也受到各种外界因素的影响，不断发生着变化。系统科学理论告诉我们，研究写作能力要从系统与要素的角度入手，研究它们各自的结构功能和相互之间的关系；要从结构功能变化的角度，考虑其动态发展状况，考察写作能力不断发展变化的实质原因和规律。

前述有关写作心理的研究，尚缺乏较为完整的系统框架，同时以往理论缺乏准确地对变化特点的描述，又以思辨为主，因此需要加以整合并通过实证研究予以验证。

第二章
中学生写作认知能力的构成与测验编制

中学生写作认知能力的研究始于对其构成要素的认识和测量。人们应该从更加广泛、系统的角度，对中学生写作能力的构成要素进行思考。尽管在对第一章内容进行概括之后，已经存在一个大体的认识，但是这种以思辨为基础的认识，仍需实证研究的验证予以支持。对写作能力构成要素的认识应该建立在对以往研究的归纳与实证研究数据支持的双重基础之上。

第一节　中学生写作认知能力的构成

关于对写作能力构成要素中是否应该含有思维能力的论题的认识，近年来发生了很大变化。Hayes 的写作模型、Kellogg 等心理学家对写作与思维关系的观点，以及美国的写作教育工作者，使用基于课程的测量手段观察学生写作中整合能力的实践，都说明国外心理学界和教育界对写作中存在思维能力的观点予以认可。国内的研究者也从未否认过写作中需要思维能力，近期的国内研究显示，写作中除了传统观点认可的审题、立意、选材、组材、表达，以及写作所必需的文书能力之外，还有其他因素在起重要作用。对写作能力构成要素的实证研究势在必行。

一、写作能力构成要素及获得方法

写作能力究竟应该包括哪些维度，一直以来没有一个统一的认识。各种观点涉猎了庞杂的因素，其争论表现出两种倾向：一种倾向认为写作能力是特殊能力，应该仅局限于文本形成的写作过程，即审题、立意、选材、组材、表达，有些学者认为还应该包括修改；另一种观点认为凡是与写作有关系的因素都应包括在内，即除了上述因素之外还应包括思维、文字、观察、知识、情感、自我效能感等方面。形成这种情况的一个主要原因在于，学者们的这些看法多来自于自己的观察与推断，因此争论在所难免。人们很少看到针对写作能力构成要素的实证研究的情况，就是一个有力的证明。

建立于思辨之上的写作能力理论，可能会与实际情况形成偏差。目前存在的一个问题是，写作能力本应该是影响写作效果的主要因素，但却常常由写作结果测评的基本维度来替代（叶丽新等，2005）；而另外一个问题则是，审题、立意、选材、组材、表达等能力是否是能够对写作产生重要影响的唯一主要因素，而对于这一点，现有的研究结果和观点并不能做出令人信服的回答。这两个问题恰恰是写作能力研究很关键的基本问题，因为对写作能力构成要素的模糊认识，会使写作能力的其他研究处于盲目状态。因此不得不对现有的诸多关于写作能力论述的可靠性提出质疑，予以验证。

尽管人们可以通过多种途径获得中学生写作能力构成要素的相关结论，但是从更加科学实际的角度出发，通过对语文教师调查获得中学生写作能力的构成要素的方法更为可信。这是因为：①语文学科教师具备必需的有关写作的知识和对写作能力的判别能力；②语文教师对学生的写作能力最了解，他们既了解学生的写作结果（作文表现）、也了解学生的写作过程、还了解学生写作能力的成长过程，因此最清楚哪些因素影响了学生最终的写作效果；③教师清楚在各种写作因素中哪些更为重要，哪些相对次要；④如果一位语文教师教过完整的语文内容和学段，他（她）对学生写作能力及其相关因素的关系的认识是整体性和连续性的；⑤教师是负责任的职业群体，通过教师对学生写作能力进行调查所获得的结果，是可信的。

通过教师获得写作能力构成要素也可能会遇到一些问题，研究中应该给予注意，并尽可能地避免。第一，就教师个体而言，教师所接触的学生群体是有限的，可能会因视野过窄而导致提出片面观点的结果，因此应扩大调查对象的取样范围，调查对象应尽可能地包括所有年级、层次，并考虑不同地区的差异。第二，教师可能会因为教学时间和知识结构的不同而对中学生的写作能力持有不同的看法，因此要在选择调查对象时注意到年龄结构的问题，做到老、中、青结合，比例恰当合理。第三，专家教师和普通教师的看法会有差别，为避免这方面可能形成的差别，要采取两项措施，一是专家访谈与一般教师调查相结合，这样可以获得不同层次教师的观点；二是采用开放式回答的方法，这样可以让教师尽可能地表达个人的看法。因此，采取专家访谈与教师调查相结合的方法获得中学生写作能力构成要素的结果，可以保证其科学性和可靠性。

本研究通过对作文教学专家的直接半结构访谈和对中学一线语文教师的开放式问卷调查，对中学生作文写作的认知因素进行了探查。

专家访谈对象为中学语文特级教师五人。访谈的具体内容为：①请专家根据自身作文教学的实际情况和对写作能力的理解，阐释中学生写作能力应该由哪些方面构成；②请专家谈对一般作文能力构成观点的认识和看法。研究者在谈话前特别提出，专家的观点应以教学观察的实际情况为依据，不要顾虑是否可能与国内外写作能力的观点发生不一致。访谈结果见表 2-1。

表 2-1　写作认知能力要素专家访谈结果

专家	1	2	3	4	5
写作能力结构及要素	思维能力（深刻、灵活、批判、独创、敏捷）	思维能力（严谨、周密、分析、综合、联想、创造）	思维品质（深刻、灵活、批判、独创、敏捷）	思维能力	思维（逻辑思维、独立思考、鉴赏），想象
	观察与积累	观察与积累	文化积淀	知识积累	观察与经验积累
	情感		情感体验		兴趣爱好
	作文形成过程（审题、选材、结构、表达、立意）	作文形成过程（结构、语言表达、立意）	作文形成过程（审题、立意、选材、结构、语言、修改）	作文形成过程（表达、思想主题）	作文形成过程（书面表达、立意）
			语言知识与技能（文字、词汇、语法、修辞、逻辑、篇章）		

对专家的访谈结果表明：五位专家均认为写作能力应包括思维能力和知识积累，在具体内容方面也较为一致；专家的观点还显示，作文形成过程部分（审题、立意、选材、结构、语言）受到了重视，但是对其侧重不同，集中于表达、立意（主题思想）能力方面，部分专

家认为，写作能力应包括较为完整的作文形成过程；一位专家的写作能力观点包括了语言知识与技能；部分专家认为写作能力应包括情感与兴趣爱好。

对中学一线语文教师的开放式问卷调查对象来自于五所中学，共54人。调查对象的选取考虑到不同的地区、职称和从教年限等因素。开放式问卷的问题为："您认为写好作文主要需要哪些方面的能力？"问卷调查结果见表 2-2。

表 2-2　写作认知能力要素中学语文教师调查结果

项目分类	思维能力（逻辑、创造、分析、批判、鉴赏、理解、感悟）	文本形成能力（审题、立意、选材、组材、表达）	基本文书能力（文字、技能、书写）	观察	知识阅历积累	阅读	情感
人次/人	46	47	37	33	27	23	5
百分比/%	85	87	69	61	50	43	9

经过综合归纳之后的结果表明，教师认为写作能力结构要素主要应该包括思维能力、文本形成能力、基本文书能力，这些能力均已超过第三四分点或接近第三四分点。此外，除情感因素外，提出观察、知识阅历积累、阅读等其他因素的教师的比例超过或接近被调查教师人数的一半。

二、对写作能力构成要素的分析

(一) 关于写作的思维能力

研究结果表明，语文教学专家和一线语文教师一致认为，思维能力是写作能力的构成部分。尽管在写作能力的其他方面，各语文教学专家的看法有所侧重，但对思维能力而言，他们却一致认为不可或缺。这种高度一致的结果说明，写作的思维能力作为写作能力要素的观点得到了语文专家明确的支持。一线作文教师对写作思维能力的意见极为统一，研究结果表明，有将近 9/10 的教师认为写作能力应该包括思维能力。这个结果表明，写作能力中存在思维能力是作文教学中普遍存在的事实，思维能力是写作能力的重要组成部分。

从研究结果中写作思维能力的具体内容看，作文教学专家们的观点相当一致，这说明写作能力中的思维能力起着真实而确切的作用。不同专家对于写作思维内容的看法具有较高的一致性，这说明研究结果具有高度的科学概括性。从语文教师的情况看，就个体而言，对思维能力的概括水平相对于专家较低；但是从整体来看，仍涉及了写作思维的各个方面。专家的结果与教师的结果完全吻合。这告诉我们，写作中的思维能力是真实的、清晰的、不容置疑的。

国内外心理学和教育工作者都承认思维对写作的重要作用。从国内研究成果看，研究者无论持何种观点，都承认思维能力的存在和所起的作用（章熊，2000a）；国外关于写作思维的理论研究（Kellogg，1994）也明确指出，"写作是思维的一种形式，写作和思维是智能生活的双生子。"这表明，理论界对写作中思维能力的存在和作用是予以认同的。认为写作能力是专门能力的研究者，之所以不同意将思维能力纳入写作能力，主要有两个原因：一是思维能力是各种智力活动共有的一般能力，不应该作为写作这种特殊能力来研究；二是一般广泛使用的立意、构思和表达概念已经反映了思维能力（章熊，2000b）。我们认为，写作与思维的关系极为密切，"语言是思维的'物质外壳'"（朱智贤等，1986），写作是思维的外显表达，这种特殊关系决定了写作与思维的共时性特点。写作离不开思维能力，这是写作能力的一个重要特征，因此写作能力应该包括思维能力。另一方面，立意、构思、表达确实部分地涉及了写作思维，但是立意和一般性表达从写作技能的角度讲应该属于文章构成的基本技能，即形成文章所必需的基本技能，而不应与思维能力同属一个范畴。进一步讲，如果包括审题、选材、组材在内的所有写作技能的使用都十分正确，由于它们之间的安排与联系各有不同，也未必会产生水平完全相同的文章。这里，思维的逻辑、周密、概括、迁移、监控、创造、速度等能力起着至关重要的作用。周泓（2002）的研究表明，小学六年级学生的审题、立意、选材、组材、表达、修改等写作能力已发展得相当好。但是十分清楚，这个阶段学生的作文与初中、高中学生的作文相比却相差甚远。这个情况告诉人们，仅仅把审题、立意、选材、组材、表达、修改等能力作为写作能力并不完整。因此，思维能力应该作为写作能力的一个部分。

已有的研究从不同的方面证实了思维对写作的影响作用。Kreiner等（2002）对82名大学生的研究表明，被试的拼写能力与其智力总分、智力测验中的词汇能力和抽象能力之间存在显著正相关。Chanquoy（2001）在分析以往的写作修改研究时指出，文章的修改通过比较、诊断和操作三个过程去表达。这三个过程作用于写作的文章表征和期望的文章表征。Flower等（1986）和Hayes等（1987）也把写作的修改分成任务确认、文章评价与问题解决、策略选择、执行四个过程。可以看到这些过程需要经过分析、综合、比较、概括才能够进行。Jay（2004）认为，写作过程中认知活动之间的关系依赖于时间，认知活动对文章的影响随着时间的变化而变化。因此，时间是写作研究的一项基本变量。有研究表明（Kellogg，1988）写作构思过程对文章质量的效应在很大程度上可以归于任务时间。当写作不受时间限制时，构思对最终作品质量的影响可能是首要的，但是如果限制时间，任务时间效应就表现出来。语言的流畅性指在快速状态下产生语言的能力，指语言知识的可达性和可获得性（Chenowith et al.，2001）。西方普遍认为，流畅性是衡量写作思维水平的重要指标（Linda Allal et al.，2004）。我国心理学家（林崇德，2003）对中小学生写作中思维能力的研究结果表明，中小学生写作中的理解概括水平、表达方式的灵活程度和文字流畅水平（文章字数及用词质量），在小学四年级到高中二年级的区间内整体上呈显著上升趋势，初中一年级到初中二年级存在一个加速发展阶段。

孙素英（2002）对初中学生作文研究的结果表明：在文章观点方面，批判性和独创性随着年级的上升而增强；在文章的结构和语言方面，概括能力随着年级的上升而提高；前述各维度在初二年级到初三年级之间存在一个加速发展阶段。周泓（2002）对小学生的研究结果表明，组材和语言表达方面的创造力是写作创造力产生的关键因素，其发展制约着写作创造力能否达到较高水平。此外，戴健林等（2002）对高二学生的研究结果表明，提纲对文章成绩存在积极影响，其中半书面提纲的影响最大，且与书面提纲存在显著差异。研究者认为，提纲作用的机制主要在于它为文章写作的总体构思提供了较高水平的加工。高湘萍等（2003）的研究结果发现，时间压力、创造性激励对初中作文的创造性指标产生明显作用。

刘淼等（2000）对小学五年级学生的研究结果表明：作文方式决定前计划用时；前计划用时影响前计划效应；前计划效应决定前计划形式的作用。戴健林等（2001）对初二年级学生的研究结果发现：在无限时情况下，优生比差生在构思上使用更多时间并运用较好的构思策略；在限时情况下，构思时间没有显著差异，而构思策略上表现出差异；长时构思比短时构思能够带来更好的文本质量。

这些研究充分说明，写作中伴随着大量的思维活动，这些思维活动基本体现在概括、分析综合、灵活迁移、计划、评价、创造性和速度等方面。本研究的结果表明写作能力包括思维能力，这个结果得到了国内外的理论和实证研究的支持。从现有研究所涉及的领域以及中学生写作的实际情况来看，我国心理学家（朱智贤等，1986；林崇德，2003）提出的深刻性、灵活性、批判性、独创性和敏捷性思维品质理论，很好地概括了写作思维所涉及的各个方面，可以把这五种品质作为研究写作思维能力的维度。

（二）关于写作的文本形成能力

专家访谈结果表明，从作文的形成过程来看，写作能力还包括立意、表达（语言）、结构、审题、选材、剪裁、修改等方面。我们注意到，和思维能力的情况不太一致的是，在这方面专家的总体意见是一致的，但内容并不完全一样，有的专家的观点更为全面。这里，各位专家意见中重叠的部分，首先是书面表达和立意，可见主题明确、表达清楚是基本能力。其次是结构（或材料的组织）、审题和选材：结构之所以重要是因为结构混乱的文段会难以让人读懂，或者说不能称其为一篇文章；审题是完成作文首先要做的事情，写作者首先要知道作文的要求；而选材是要确定用什么材料作为文章的内容。写作者先要了解写作要求（审题），然后确定主题（立意），选择所需要的材料（选材），加以组织（组材或结构），最后写出来（表达）。如果缺少了上述任何一个环节，都无法形成一篇文章。十分清楚，这些能力是形成一篇文章所必需具备的，是文章写作的必经过程。如果从整体角度评价一篇文章的话，主题与表达是最为重要的基本方面，由于写作能力受到作文评价标准的影响，一些专家可能因此而更加倾向于重视立意和表达。此外，修改确实是非常重要的提高作文质量的能力，但修改并不是文章形成过程中所必需的能力，而且它是针对整个成文过程的能力，因此不宜将其归在形成文章所必需环节的文本形成能力内，而思维的批判性品质包括了修改能力。

经过统计综合的结果显示，一线作文教师中有超过 3/4 的人认为写作能力应包括文本形成能力。其具体内容与专家的意见基本一致，即审题、立意、组材、选材和表达，其中较为侧重的是表达和组材，其次是选材、立意和审题。这说明一线教师更重视文章的组织与表达，同时兼顾到了立意、选材和审题。一线教师可能更加重视作文的教学过程，在这个过程中结构的安排或内容的组织是教学的重点内容，一线教师将组材与表达作为较为侧重的方面，从教学的角度看具有比较实际的意义。

把审题、立意、选材、组材和表达作为写作能力的构成部分，与传统的写作能力观相吻合，这些因素本来就是传统写作能力观认同的写作能力的内容。本研究之所以把其称之为文本形成能力，主要原因有三点：第一，文本（作文）形成必须经过这些过程，这些是形成文本的基本能力；第二，这些能力本身并不能够完全涵盖写作能力，写作还要通过思维和文字能力才可以实现，文本形成能力只是写作能力的一个部分；第三，懂得并能够使用这些技能，可以形成作文的形式，但并不一定能够写出优秀的作文，文本形成能力受制于写作思维能力和基本文书能力。也就是说，没有文本形成能力写作者就不能写出文章，但仅有这些能力也绝对写不出优秀的文章。应该特别指出的是，因为限定为写作的文本形成能力，所以这里所说的表达指基本表达，是指能够准确、简明、连贯、得体、生动和有变化地表达，而并不包括修辞手法。

把审题、立意、选材、组材和表达作为写作能力的构成部分——文本形成能力，符合写作能力的实际情况。它可以解释过去仅用传统写作能力去衡量学生写作能力发展状况所不能解释的问题。过去，人们可能无法解释当一个学生传统写作能力较好时为什么仍然写不出较好的作文，而现在我们会考虑其他的因素也在起着作用，因为审题、立意、选材、组材和表达只是形成文本的能力，只反映着写作能力的一个侧面。

(三) 关于写作的基本文书能力

写作中的基本文书能力是较容易受到忽视的部分。对专家和一线教师的访谈、问卷调查结果表明，并不是绝大多数的教师都认为基本文书能力是写作能力的一个部分。出现这样的结果可能有如下三个原因：第一，对作文文字能力的考察一向较少被纳入作文评价的主要范围，在评价作文时，这方面主要考虑病句、书写规范、格式、错别字和标点符号；第二，语文考试一般分为语文知识和作文两个部分，写作所必需的文字能力已经在语文知识的考察中体现，所以较少关注；第三，教学大纲（吴履平，2000）关于写作方面，除了在小学和初中阶段对错别字、标点符号和格式方面有所要求之外，其他基本文书能力方面均未涉及。受到这些因素的影响，作文教育工作者表现出对基本文书能力考虑相对较少的情况，也是可以理解的。

然而，写作必须要有文字能力作为支撑，这是不争的事实。Dimakos（1998）指出，写作是生成综合思想并将其转译成书写符号的双重过程。在把思想转换成文字的过程中，写作者对标点、字、词、句和修辞等方面的了解、掌握，以及丰富和熟练运用程度，都直接影响着写作的质量。研究者提出（王权，1995），高中学生作文能力结构包括三个群因素：第一个是作文能力的因素；第二个是词语能力因素；第三个是词汇量因素。研究者认为（黄洁华等，2001b），写作者是否能集中于更高级语义水平的文章表征的工作记忆资源，依赖于其在更低的词汇和句法水平上对文章加工的良好程度。能否在转译的同时，自动完成拼写、加标点及符合语法规则，反映了熟练写作者与不熟练写作者的差异。因此，无论是从其本身对写作的直接作用看，还是从其对写作其他过程的影响看，基本文书能力都应该成为写作能力的一个重要组成部分。

写作基本文书能力应作为写作能力的一个重要成分，得到理论和实证研究结果的广泛支持。写作的基本文书能力是指写作所必需的基本文本书写技能，包括对标点符号、字词、词组、句子、修辞和体裁的了解和使用。

(四) 关于观察、知识、阅历、积累、阅读和情感

专家访谈和教师调查的结果都涉及观察、知识、阅历、积累、阅读和情感等方面。由于本书将写作能力的讨论范围限定于写作活动所必需的主要的认知能力之内，因此观察、阅读和情感都不在本研究的范围之内，可另外专设研究予以探讨。知识积累和阅历确实会对写作产生影响，但是由于不同个体的生活经历之间存在很大差别，不同的写作内容所对应的知识积累和阅历会有很大变化，这种差异和变化很难把握。如果将这些因素放入写作认知能力的考查范围之内，写作能力就会变得极不稳定，写作能力作为一种衡量标准就会失去作用。因此，本研究未把这些因素考虑在研究范围之内。

(五) 写作是多种能力的共同产物

写作能力的构成问题是写作研究必须面对的问题。关于写作能力

构成的问题涉及两个层面，一个是写作能力应该包括哪些大的维度或方面，另一个是这些大的维度本身应该由哪些具体成分构成。

关于写作能力由哪些维度构成的理论论述和观点虽然很多，但主要的分歧集中于是否应该包括有关智力（思维能力）的内容。事实上，国内外现有的绝大多数关于写作能力的理论论述，都十分明确地承认思维能力在写作中的重要作用，即使是那些认为写作能力不应该包括思维能力的学者，也从未否认过思维能力对写作的重要作用，学者们一致认为写作与思维的关系密不可分。大量的关于写作的实证研究也表明，写作活动中确实存在多种思维能力的参与。

我们认为，写作能力应该包括思维能力，主要有三个原因。第一，所有的写作技能技巧，如果没有思维能力的积极参与都不会产生有价值、有意义的产品。作文质量评价的基本通用维度包括语言、结构和内容，如果没有思维的重要作用，文章语言不仅会失去色彩，而且可能会失去逻辑、语无伦次；结构安排会流于形式，甚至会发生混乱；内容会缺少意义，内容与形式的结合会失于呆板。因此，整篇文章最多也只会成为机械组合的产物。第二，如果把思维能力放在审题、立意、组材中去考虑，即认为审题、立意和组材已包括写作中的思维能力，会犯以偏概全的错误。这表现在：①写作需要多种思维能力共同发生作用，在审题、立意和组材中并不包括监控和速度方面的思维能力；②在审题、立意和组材过程中所表现出来的思维的深刻与灵活的特点十分有限；③用传统的写作能力涵盖写作中的思维能力会模糊写作中思维能力的作用。第三，现有的研究（周泓，2002）表明，小学六年级的学生已经在审题、立意、选材、组材和表达方面达到较高水平，但是另一方面，以语言、结构和内容为基本评价维度的作文成绩却在中学阶段逐年快速增长。这预示着另外存在影响写作的重要因素，从智力的角度分析，它应该是写作中的思维能力。

基于理论、实证研究的支持和我们对已有研究的分析，本书认为写作能力同时包括写作思维能力和传统观点所提出的写作能力（即，

审题、立意、选材、组材和基本表达）。对于后者，从其对写作的作用
分析，应该是形成文本的过程中所必须具备的基本能力，故本书将其
称为文本形成能力。本研究对语文专家的访谈和对一线语文教师的调
查结果，支持了上述观点。

根据现有理论和实证研究的成果以及写作实际情况，除了写作思
维能力和文本形成能力之外，写作能力还包括基本文书能力。尽管在
我们的访谈和调查研究中，专家和教师对于写作基本文书能力的提名
比率只有2/3，但是这种情况出现的原因可能在于我国现行的对语文考
试（考察）内容的传统划分，教师因而把它放入语文知识中予以考察。
而相比之下，国外很多写作能力测量都是直接针对基本文书能力的。
此外，我国的研究（王权，1995）也表明，词汇量和造句是作文能力
结构的重要组成部分。因此，从实际情况出发，本书认为，写作能力
还包括基本文书能力。

根据对以往研究成果的分析和对专家访谈与教师调查的结果，可
以看到，中学生写作（认知）能力包括思维能力（思维品质）、文本形
成能力和基本文书能力。写作思维能力包括写作中的深刻性、灵活性、
批判性、独创性和敏捷性思维品质。写作文本形成能力包括形成文本
（作文）所必需的审题、立意、选材、组材和基本表达能力。写作基本
文书能力包括对标点符号、字词、词组、句子、修辞和体裁的了解和
掌握。

第二节　写作测评

写作测评研究因其对写作能力研究的重要作用而受到重视，其目
的、方法和内容，既体现着其手段的科学化，也体现着人们对写作能
力的看法，是写作能力的一个重要侧面。国内外关于写作能力及测量

的相关研究成果，为写作能力研究维度的确定及方法的选择提供了借鉴和依据。

一、西方的写作测评

过去，西方写作评价测量最常涉及的写作技能包括如下一些方面：拼写、表达质量、语法、句法、大小写与标点符号和流畅性（Dima-kos，1998）。近年，测量发展者也测量写作过程的整体方面（整体优点和观点组织）（Heck et al.，2001）。

关于对写作能力的测量，西方过去使用较多的是间接测量的方法。间接测量使用多重选择的方法，因此也称为标准多重选择测量，其优点是便于操作和统计，其缺陷是不能完全测到学生实际具备但又不能表达出来的情况。同时，标准化测量因其内容、使用和学生因素控制方面的不适宜而受到指责。例如：测验偏好导致用于指导学生的结果的信度降低，以致会导致对学生采取不适宜的帮助措施。过去广泛使用的测量工具基本上都是针对学生写作技能的一个或几个特定方面，例如：大范围成就测查（WRAT-R）和 Kaufman 教育成就测验（K-TEA）是用于测查拼写方面的；Wechsler 个人成就测验（WIAT）是用于测查拼写和写作表达的；等等。因此，标准化的间接测量因其信度、效度或不明确的标准化程序，以及测查范围较为局限而受到批评，人们甚至认为它不适用于教学指导。

近些年来，随着内隐理论的提出，出现了大量的内隐测量。在认知心理学领域，个体从事某种任务中的表现显示出：在受到先前事件影响的时候，表现出对先前事件的内隐记忆，即学生没有表现出对先前事件的外显记忆，被试报告对已发生的事件没有意识（Fazio，2003）。于是，大型测验方面基于表现的评价（直接测量）发展迅猛，用作评价学生学习和监控学校进步的多项选择测验的备选测验。基于表现的测量依赖于学生学习的作品，用于评价个体运用思维技能完成学习的表现。目前美国大多数地区都在使用这种测量方法。

写作表现测量的任务范围较广，涉及从写作文到完成科学实验报告，直至写完结果。写作表现测量可以通过对学生作品的分析，了解学生本身存在但又未能报告出来的方面；此外，它在帮助教师改善课程和指导实践方面比多重选择更有实际意义。针对学生表现的测量还能拓宽教师对课程的责任，把职责指向于针对测量的教学。由于表现测量要求学生通过综合知识和判断去解决现实世界的问题，所以可以推动学校课程和课堂指导实践。例如，直接测量要求学生在25分钟之内书面完成以下话题："校长准备把每天的学习时间延长，学校要每天上午8点上课，下午4：30下课。你觉得这是个好的想法吗？为什么？"。研究者对写作样本分析所需的五种品质（包括总体优点、观点、组织、字和句法）按照七点评分方法给分。可以看到，这种测验是用短文的形式进行的，在时间、测量内容和反映真实水平上，均存在优势。

间接测量与直接测量的重要区别在于，它们对于写作思维的研究具有不同的意义：前者主要针对写作技巧知识、句子结构、句法和语法；后者可以直接测量写作的整体方面，如总体优点、观点组织和思维表现等。例如，斯坦福成就测验语言分测验（Stanford Achievement Test）就是测验语言技巧、语言表达、拼写和听的能力的间接测量；而斯坦福写作测量（Stanford Writing Assessment）则是一种直接测量方法，它通过对学生的写作样本（草稿）的直接分析，来测量学生写作能力的结构反应。目前较为普遍使用的基于表现的评价方法有基于课程的评价（Curriculum- based assessment）和文件夹评价（Portfolio assessment）。

基于课程的评价是指使用课程环境和内容，测量学生的干预需要和进步情况（Nelson，1989）。教师设定一项针对学生喜爱的活动的"劝说文"的写作任务，而学生要完成任务，就要对"劝说某人做某事意味着什么"这个问题做出反映，就要选择一个了解的话题，计划一个一般的话语结构，并按照计划拟草稿。学生要在内心生成句子，使用正字法生成有意义的词，以及结构良好的句子。他（她）要构成段落以建立中心观点和提供多种论据支持论点，其间还要修改、编辑。教师根据学生的作品评价其写作过程、产品（全文水平、句子水平和字词水平），以及相关的口语能力。基于课程的评价主要针对重复的经常性的执行写作技能，其内容取自学生的课堂课程。因为它与学生的教学生态环境十分贴近（学习材料、教学环境、学习计划），所以被用于控制学生表现和与同班其他人进行比较的方法。此外，它的程序对学生成长比较敏感，能够形象地展现学生的进步和对某种技能与行为的掌握情况。这种评价便于操作和创新、形式多样，因此可以用来经常不断地评价学生的表现。研究者（Nelson et al. , 2002）认为，基于课程的读写评价，有助于专家和教师对学生的干预过程，有助于临床过程的评价、设计和结果监控，有助于不断变化干预系统。这种方法的优势是：充分个性化，使人们探讨对学生、教师和家长都十分重要的课程方法的目标，达到改变学生生活的目的。

另一种用于不断对学生和教师反馈的评价方法是文件夹评价。文件夹评价技术不仅仅针对最后的结果，更可以不断对由起草作文引发的发展和问题解决过程提出指导。这种评价方法要求教师和学生用选定的学生学习样品编辑文件夹。这些选定的学习片段反映学生综合所学知识、解决问题、创造思维和对教师、同学给予的读写批评的反应能力，教师通过学生在学习中逐渐形成的"文件夹档案"来判断学生的学习进展情况，进而指导学生的学习。这种方法已被广泛使用。

此外，有人（Dimakos，1998）提出，可以通过教师平时对学生的观察，直接对学生的写作情况进行评价，并把这种方法称为基于教师的评价方法。这种评价的特点是：基于课堂教学、具有时效性、教师参与、对学习困难的学生敏感、测量内容广泛（书法、词汇与单词查找技能、拼写、语法与句法规则、文章整合、清晰度与信息组织、创造性）、便于教学干预，等等。提出这种观点的依据是教师日常对学生的全面观察，比任何标准化测验都更具有准确性和广泛性。

可以看到，国外写作能力测评的内容较为广泛，并在测评重点上发生了从测查写作的一般技能方面向综合能力方面的转变。这种转变集中表现在明确地开展各种针对学生具体写作表现的直接测量方面，其依据是直接测量可以真实地反映学生写作多个方面的真实水平，并便于教师的具体教学指导。

二、我国的写作测评

我国的写作测评绝大多数是针对作文结果的，理论研究的分类标准与实践操作并不完全一致。这里涉及的内容基本是作文表现评价内容，测评方法则是能力测查与结果测查兼而有之。

在我国，写作测评的内容因研究者的观点或认识角度的不同而各有侧重。1991年原国家教委考试中心"高考作文评分误差控制"课题组的浙江小组，对写作测评的因素进行了研究，经过征求语文教师的意见，选定了18个作文因素。这些因素基本上涵盖了传统作文能力的测评项目，包括：体裁、中心、材料、分析、思想、首尾、层次、过渡、连贯、详略、叙述、议论、描写、修辞、词汇、语句、文字标点、卷面（章熊，2000b）。需要指出的是，这些因素只是从我国传统作文标准的角度提出的，实际反映的内容主要是文本形成能力和基本文书能力，并没有明确包括综合概括、灵活迁移、敏捷性、创造性和过程监控等因素，如果将其作为较完整反映作文能力的测评项目，尚存在一定的缺陷。

我国心理学家林崇德（2003）在其主持的国家教委"七五"教育科学重点科研项目"中小学生心理发展与培养"课题研究的基础上，结合中学作文教学和心理发展水平的实际，提出了中学生写作能力的指标，包括中学生写作的深刻性、灵活性、批判性、独创性和敏捷性，从写作能力的心理能力的层面，丰富了中学生写作能力测评的内容。可以看到，五种思维品质是对中小学生写作能力测量内容的必要补充。

我国研究者（章熊，2000a）把写作测试按题型的不同分为客观性试题、操作性试题、短文型试题、长文型试题和综合型试题。客观性试题用来测试只有一个正确答案的测试内容，其言语技能层次越高、灵活性越大，则越不适于使用此类测量。操作性试题用来测试实际操作能力，它不同于短文题和长文题，而是提供限定性内容，要求学生根据规定作语言处理。例如，要求被试在不变更原意和人物人称、表达准确、时间地点交代清楚合理的情况下，在不同的语言环境中进行转述。短文型试题是被试按要求通过完成短文，测试其写作能力。长文型试题是通过被试按要求完成较长的文章，测试其写作能力，也就是所谓的命题作文。综合型试题是指同一试题中各种题型综合运用，或者是同一命题材料中包括具有一定反差的不同题目，即一题多做。可见，我国学者提出的写作测评的形式和国外的形式基本相同。

关于作文的测评方法，从评定的范围与方式看，有整体的方法、分项的方法和混合的方法（朱作仁，1991）。其中，整体方法是把整篇文章作为一个整体进行评价，分析方法是分别对写作的个别元素进行计算再合并，混合方法是两者的结合。

整体评分的具体方法有：印象评分法（根据总体印象给定成绩，这是大多数教师习惯使用的方式）；整体标准评分法（对照事先拟好的等级的总体评分标准，根据作文总体印象，给定成绩）；相对比较评分法（通过相对比较，评定某一学生在某一团体作文中的相对地位，并作为评价结果）；等级评分法（道理与相对评分法一样。第一，依据总体情况把作文分成上、中、下三个层次；第二，把每一层次分为上、中、下三等，这样共形成九个等级；第三，评分者对各等级作复核调整；最后给每类作文评分）；参照作文量表法（或作文量表法）（使用作文实例形成评分标准常模，对照常模标准评分。有些重大作文考试的阅卷所使用的插标方法，就是这个道理）。整体评分法突出整体性，操作简便、省时；但是，评分结果不准确。目前使用较多的是整体标准评分法；而一些要求结果较为准确的评分，常使用相对比较评分法。

分项评分的具体方法包括：作文评定量表法或分项标准给分法

（先分析作文品质所包含的几种特性，列成几个评定的项目，制定成作文评定量表；再将学生的作文，按评定量表上所列的项目标准加以评定；最后再适当斟酌，综合评定全篇的成绩）；分项标准扣分法（通过分析作文中的错误、缺陷的性质及数量，评定作文的优劣，在满分的基础上，视情况减分）。分项评分法因为规定了评分项目及其权重，采取逐项评分的方法，所以比整体评分细致、精确，可以减少评分的主观效应，目前我国多采用这种方法。其不足之处在于，对表现出色，特别是具有较高创造力的作文，不易确定给分标准；另外评价过程也相对费时。

混合评分的方法包括：分项综合评分法（由一个评分者先按照预先拟定的评分标准诸因素分项给作文打分，然后再汇总）；分项评分和整体评分相结合的方法（在分项评分的基础上，对那些分项分析表现欠佳但总体效果较好，或分项分析表现较好但总体效果欠佳的少数作文进行整体调整，前者适当加分，后者适当减分）；绝对评分和相对评分相结合的方法（首先进行等级分类，然后再对照评分标准逐篇评分）。混合的方法兼有整体和分项方法的优点，是较为准确和易于操作的方法。

还有其他一些方法，例如：多段短文写评法（出几个题目，增加取样范围，要学生分别做几段短文，每段短文定一个评分标准，然后以学生所得的各段短文分数的总和，作为作文成绩，这种方法可以平衡因不同内容而导致的结果不稳定的情况，但较为费时，不宜大规模使用）；基本能力测验法（将作文能力分析为若干基本能力，如改正别字、删除累赘字词、选择相对字、造句、解释、标点运用、语句重组等，分别编成客观测验，加以测量，然后综合这些测验成绩，评定学生的作文能力。这种方法可以较为准确客观地了解学生的分项能力，但由于题型限制，不能探查较为复杂或有深度的方面，如文章的概括整合、创造性、灵活迁移、监控等）；多方评分法（有两个或两个以上的评分者给同一篇作文评分，之后把评出的几个分数相加求其平均值，即得到该篇作文的成绩。这种方法可以有效增加结果的稳定与可靠性，但因费时，不宜广泛采用）。

我国心理学和语文教学工作者针对写作能力测量，制定了量表，主要有：《作文测验衡》（周学章，1932）；《小学作文参照量表》（赵保纬等，1987）；《小学生作文量表》（朱作仁，1990），其中包括《小学生作文标准化测验》、《小学生命题作文测验》、《小学生作文自评、互评量表》三个分量表；《儿童作文量表（系列）》（祝新华，1991），其中包括《儿童命题作文测验》、《儿童作文五项目评分量表》、《儿童作文六项目评分量表》和《儿童作文自评和互评量表》；最近的还有《小学生写作能力测验》（周泓等，2004）。这些量表的编制对我国写作测量教学工作和研究无疑起到了很大的推动作用。但同时我们也应看到还存在一些有待改进的方面：①涉及的内容不完整；②部分量表存在评分主观问题，标准不完全统一；③主要是对产品的评价，与教学过程的联系方面较为薄弱。

周泓新近的《小学生写作能力测验》，整合了国内传统取向测验的研究成果，其维度包括审题、立意、选材、组材、语言表达和修改能力六个方面，这些维度基本属于文本形成能力。

对于国内外写作测评的情况可作以下归纳：

第一，从写作能力测评的内容可以看到：国外测评不仅针对写作的文字和文本形成技能的测查，同时也开始重视对文章的整合能力等方面的测查；国内测评内容主要是针对文字和文本形成能力的，很少实际涉及思维能力。国内外写作能力测评主要集中于对写作表现的测量，这些能力基本属于表层的能力；较少涉及写作的深层能力，如理解、概括、评价等。我国研究者提出了写作思维品质的五项指标（深刻性、灵活性、批判性、独创性和敏捷性），值得我们借鉴，但在测量的实施方面还较少使用。因此，从总体上看，当前写作能力测量实际上所针对的内容基本上是学生写作的作品表现水平。这个情况提示人们，目前写作测量在内容上，存在缺少反映心理能力方面的不足。

第二，从方法上看，写作评价主要分为标准化客观测量和基于学生表现的测量，国内外虽然叫法不同，但表达的意思相同。国外在测量方法上已经开始从标准化多重选择测量向学生表现测量转变，国内实际应用的则基本上是学生写作的整体表现测量方法（但测量所涉及的内容较多是针对文本结果的评价标准方面）。本书认为：间接测量（标准化多重选择测量）和直接测量（学生表现测量）各有利弊，前者更适于知识方面的测量，而后者则更适宜整合能力和较深层次的心理水平方面的测量，同时，后者应加强操作化和标准化的水平。

第三，从测量的目的看：国外主要是用于指导学生的写作学习，为作文教学提供依据，追求即时性与教师介入性，确保测评贴近教学、为教学服务；国内的写作测评主要是为了评价学生的作品水平，这一点也可以从实际测评的整体给分的形式和评价方面清楚地看到。国外和国内的写作测量在测量目的方面存在较大差别，前者多着眼于不同具体能力的水平和教学过程指导；后者则多用于对作品结果的评价，适宜于作文评选工作。国外写作测量直接服务于教学的做法值得教学工作者借鉴。

第四，目前写作测量有待改进的方面主要有三点：一是应该尽快形成一套能够全面反映中小学生实际写作能力的写作能力指标体系，使其能够较完整地反映出学生的真实写作能力；二是应该研究确定适宜于测量中小学生不同能力维度的测量形式，使其能够达到准确测量的目的；三是把测量、研究和教学指导联系在一起，使写作能力测量真正能够用得好、有效果。

写作测量的理论与实践情况表明：写作基本操作能力（包括基本文书能力和文本形成能力），较为适宜使用客观性测量的方法；理解、概括、分析、综合、创造性等思维能力，较为适宜使用与学生课程相吻合的作品任务测量，但需要确保信度与效度的水平。

第三节 测验编制

写作能力是中学生重要的基本学科能力，由于相对于其他能力（如阅读能力）而言，对写作能力的研究较少，这使得对写作能力的研究亟待加强。写作能力测量工具的研究是写作能力研究的基础，这项工作无论对写作心理研究的进一步深入还是对写作教学的科学化指导，都具有不可逾越和替代的作用。因此，编制中学生写作能力测验是研究写作能力和实施科学化写作教学必须解决的问题。

编制中学生写作能力测验的工作，是在科学调查结果和参考、综合现有研究的成果及有关写作能力的相关理论、观点的基础上展开的，其目的在于为后续研究提供测量工具。综合前述研究的成果，中学生写作能力测验由三个部分组成，即写作思维能力（品质）测验、写作文本形成能力测验和写作基本文书能力测验。

一、测验的有关变量

写作能力测验的编制工作首先要明确写作能力的维度及其含义。对于写作能力相应维度的界定，既要考虑写作活动的实际状况，也要考虑测量的科学系统性和可操作性的要求。

(一) 写作中的思维能力

关于写作思维能力研究维度的构成依据是：①前述对中学一线语文教师和语文教育专家调查、访谈的结果；②国内外涉及写作思维的各方面实证研究的成果；③国内外有关思维及学科能力的理论。本书在对这三方面综合分析的基础上选定思维能力并确定其具体维度，使思维能力的具体维度建立在各方面实证和理论构想的基础之上。前述调查结果和国内外已有的写作思维研究的内容表明，写作思维能力涉及写作中的逻辑、抽象概括、分析综合、灵活性、监控、创造性和流畅性等方面。因此，从系统性研究写作思维能力的角度出发，写作能力所涉及的维度应该包括上述各个方面。我国心理学家（朱智贤等，1986；林崇德，2003）提出的思维品质理论，很好地涵盖了上述各个方面。朱智贤、林崇德提出，思维包括深刻性、灵活性、批判性、独创性和敏捷性五种品质。林崇德（2003）根据思维品质理论提出了中学生写作教学的要点。该要点中写作的深刻性涉及观察事物的深度，观点与材料的统一，表达的周密与逻辑；灵活性涉及观点鲜明而易于接受，表达方式多样，观察角度灵活，题材、观点和体裁的灵活运用；批判性涉及作文修改与自评，总结写作经验；独创性涉及观察、分析、叙述、选材、立意新颖独特，表达具有个性与风格；敏捷性涉及分析、加工、构思、成文的速度。这些方面较为完整地反映了写作所表现出来的思维能力，将这五个方面作为写作思维能力的维度具有较好的系统概括性和操作可行性。

根据以上研究成果，结合中学语文教学大纲和作文教学的实际情况，将五种写作思维品质（写作思维能力的维度）界定如下。

写作思维的深刻性：在写作中，阐明解释主题本质、论述表达的逻辑性和论证全面具体周密的程度。

写作思维的灵活性：在写作中，观点鲜明合理易于接受、论述辩证有弹性、表达方式多样灵活和观察分析事物多层面多角度的程度。

写作思维的批判性：对文章中标点、立意、选材、结构、字词、句（语）法、修辞方面错误的识别与修改的正确程度，以及在识别与修改上述错误方面做出自我评价的正确程度。

写作思维的独创性：叙事内容、表达中心、叙述方式的新颖独特程度与写出有效作品的数量。

写作思维的敏捷性：完成深刻性、灵活性、批判性和独创性任务的质量与个人相对速度的比值。

（二）写作的文本形成能力

依据前述调查结果和传统理论公认的写作能力维度的观点，选定写作文本形成能力维度并确定其分维度。传统写作能力维度方面较有代表性的有朱作仁（1991）提出的审题、立意、搜集材料、选材和组织、语言表达和修改能力，以及周泓（2002）提出的审题、立意、选材、组材、语言表达和修改能力。

本书提出的文本形成能力与传统写作能力有两点不同。第一，文本形成能力指产生作文的基本的必需的能力，因此不包括修改能力；第二，文本形成能力是程序性执行能力，它不包括思维能力和基本文书能力已经涉及的内容，而仅限于形成作文的过程所必须运用的基本能力，其中的组材能力指对材料的正确安排，基本表达能力指能够准确、简明、连贯、得体、生动和有变化地表达，而不包括修辞手法。另外，由于文本形成能力的各维度体现了写作所必须经历的基本过程，所以具有不可或缺性，缺少任何一项都会导致不能形成作文的结果。文本形成能力包括审题、立意、选材、组材和基本表达五个维度。

审题能力：根据给定条件，从时间、空间、行为和心理的范围与重点的角度，正确分析、领会文章题目要求的准确含义的能力。

立意能力：确定文章要说明的道理和要表达的感情的能力，主要体现在符合情理、积极健康方面。

选材能力：从给定材料中正确选出能够有力说明中心思想的材料的能力，主要体现在丰富性和针对性方面。

组材能力：按照正确的顺序安排材料的能力，主要体现在时间、空间、行为和逻辑关系等方面。

基本表达能力：能够准确、简明、连贯、得体、生动和有变化地进行基本的书面表达的能力。

（三）写作的基本文书能力

根据前述研究的结果，基本文书能力是写作的一个重要部分。此外，以往研究中，不论是国外还是国内都把基本文书能力作为作文考察和培养的重要内容。国外很多写作测量工具都是针对书写能力的（Dimakos，1998），我国教学大纲对写作的要求也涉及错别字、标点符号方面。如前所述，我国研究者（祝新华，1993）的研究结果表明，词汇量和造句是写作能力的重要因素。在作文评价中，体裁常被归为审题中考察，修辞常被归入表达中考察。因为本研究专设一个维度对写作的文字书写能力进行考察，故体裁和修辞被纳入写作基本文书能力，这样划分更加清晰，便于操作。写作的基本文书能力包括标点符号能力、字词能力、词组能力、句子能力、修辞能力和体裁能力六个维度。

标点符号能力：了解常用标点符号的作用，并能模仿和正确运用常用标点符号的能力。

字词能力：了解字词的含义，并能够用其正确组词的能力。

词组能力：了解词组的含义，并且能够在句中正确使用的能力。

句子能力：了解常用句型的句子构成成分，能够写出符合语法的单句和复句的能力。

修辞能力：了解常用修辞方法的作用，并且能够在句中正确使用常用的修辞方法的能力。

体裁能力：了解常用体裁，并且能够根据写作内容正确选择合适的常用体裁的能力。

二、测验编制的原则

在编制中学生写作能力测验时，首先要按照测量学的基本程序进行操作，测验的各个项目要能够充分反映测试内容的主要实质成分，测验的统计学数据应达到测量学的要求。除此之外，根据写作的特点还应遵循以下两个原则。

（一）题型服从于目的的原则

根据测验所涉及能力的具体情况，选择测验的题型。总体来讲，思维品质（能力）适宜使用任务明确的开放性试题；文本形成能力适宜使用客观选择试题；基本文书能力适宜使用填空试题。对每项能力具体维度的测查题型也应视具体情况有所调整，如思维品质的批判性能力更适宜使用简答及选择题。

（二）明确简捷方便的原则

测题要明确易懂，任务目的的针对性强，尽可能采用简单客观的形式，为被试提供明了便捷的阅题条件和答题形式。更重要的是，各项目应适用于中学六个年级不同层次被试完成阅题与答题任务的操作。

三、写作思维能力（品质）测验

（一）测验编制

首先要确定测验细目与任务。根据访谈调查结果，在对以往实证研究成果进行分析综合的基础上，以林崇德（2003）提出的写作活动能力（思维品质）理论为框架，编制中学生写作思维能力测验细目与任务表（见表2-3）。

表 2-3　中学生写作思维能力测验细目与任务表

思维品质	任务要求	具体指标
深刻性	按要求列提纲	①阐明、揭示论题本质的程度深；②言之成理，逻辑性强；③论证全面具体周密。
灵活性	写短文	①观点鲜明合理易于接受，辩证、有弹性；②表达方式多样、灵活；③观察、分析事物多层面、多角度。
批判性	①修改文章 ②自我评价	①标点；②立意；③选材；④结构；⑤字词；⑥句（语）法；⑦修辞。 上述七个方面的自我评价结果与本人实际表现的吻合程度。
独创性	①根据给定材料写短文 ②续写短文	①叙事内容新颖独特；②表达中心新颖独特；③叙述方式新颖独特；④作品数量多。
敏捷性	根据深刻性、灵活性、批判性、独创性得分计算	完成各项任务的质量与速度表现。

在确定测验细目与任务之后，进行测验初稿的编制。广泛查阅中

学生写作有关资料，包括大纲要求、理论与实证研究成果，特别是与本研究相关的写作思维方面的资料，为试题编制工作奠定理论与材料基础。

根据写作思维能力的操作定义和细目表，编写中写生写作思维能力测验初稿，然后与心理学专家、中学语文教学专家和中学一线老师进行讨论，听取意见。讨论涉及的主要方面有：不同写作思维能力（品质）与所对应的任务是否匹配；任务的形式和要求是否与中学生（初一到高三）的写作能力适合；任务要求的表达是否清楚；任务要求的答题（完成）长度是否适宜；记分标准是否科学；测验总长度与学校可提供的时间是否一致。

经过修改形成的用于个别测试的中学生写作思维能力测验由六个大题构成，题型包括开放性试题、简答题和选择题。

在对测试初稿进行修改之后，需进行个别测试，以便了解不同年级的学生对题目理解和完成的情况（包括各题的要求是否清楚准确，学生完成各项目任务所需的时间长短是否适宜），观察并询问学生可能放弃的任务及原因，以及发现潜在的其他问题。个别测试的被试应具有年级、水平、性别和学校类型等方面的代表性，但不宜过多，以便观察和记录。

经过个别测试以及针对个别测试的结果对测验项目进行修改，可以最终确定测验时间、计时方法、操作程序和注意事项，可以进一步完善测验项目的表述。

(二) 测验的科学性检验

在上述各项工作的基础上，可以进行预测，以检验测验的各项统计测量学指标。

我们使用《中学生写作思维品质测验》，对 203 名初一到高三的中学生进行测试，获得 197 人的有效数据。

对预试结果的分析主要涉及测验总分的分布、测量工具的难度、区分度、效度和信度。

测验的结果表明，被试的测验得分符合正态分布，适合进行进一步的统计分析。

关于测验项目的难度问题，我们对深刻性、灵活性、批判性和独创性共 17 个项目的平均分进行了统计。结果显示：17 项中有两项的得分在 1.6 以下，两项得分在 2.4 以上，以 4 分满分计算，p 值分别在 0.4 以下和 0.6 以上的项目占 24%；其他各项均匀分布在 1.6 分和 2.4 分之间；各项平均得分为 1.93 分，相应 p 值为 0.48。这个结果表明，测验各项任务的难度分布较为合理，从整体看难度也较为合适。

我们将 197 名被试中总分和 17 项任务维度得分高低两端的各 27% 作为两个组（每组 53 人），采取将两组各自的平均分进行比较的方法，对测验的区分度进行了分析。结果表明，高分组与低分组在思维品质总分和各分项任务维度方面，均存在极为显著的差异，这说明测验具有良好的区分度。

相关分析的结果显示，各品质所辖分项与该品质的得分之间均达到十分显著的正向相关水平；各品质与思维品质总分均达到十分显著的正向相关水平。这表明，各个分项能有效地反映所属品质的特性，各品质能有效地反映思维能力。因此可以说，测验具有良好的结构效度。

考察测量效果反映思维理论的程度，可以从被试得分随年级升高的发展变化情况的角度加以验证。能力测验最常用的指标是年龄差异，通常是考察测验分数是否随年龄增加而增加。另外，从作文教育实践看，写作成绩是随年级上升而逐渐增长的。因此，我们把被试按照初一和初二、初三和高一、高二和高三分为三个组，并对这三个组的得分差异进行了分析，考察了思维品质的年级发展情况。结果显示，年级间存在显著差异，初一初二组最低，高二高三组最高，初三高一组居中。这一结果表明，测验较好地反映了能力随年龄的增长而提高的特点，由此可以判断测验具有较好的构想效度。

采用克隆巴赫（Cronbach's α）一致性系数对本测验进行检验，结果表明：总量表、深刻性、灵活性、批判性和独创性分别为 0.802、0.761、0.740、0.651 和 0.827，达到测量学的基本要求。

在对评分者进行认真培训之后，由另外两位评分者严格按照评分标准对一个班的思维品质进行了复评，并对三次评分各自评得的思维品质总分进行了相关分析。结果表明，各评分者之间的一致性程度为：AB 之间 0.975，AC 之间 0.964，BC 之间 0.939，均达到 $p < 0.01$ 的显著水平。

四、中学生写作文本形成能力测验

(一) 测验编制

根据访谈调查结果与以往实证研究的成果，形成中学生写作文本形成能力测验的框架，编制测验细目与任务（见表 2-4）。

表 2-4　中学生写作文本形成能力测验编制细目表

文本形成能力	题型	具体指标
审题	选择题	题目要求的范围和对象（时间、地点、环境、人物、事件、道理）
立意	选择题	表达的主题（与题目吻合）、情感（健康、积极）
选材	选择题	选择阐释主体的材料（符合题意、典型）
组材	排序题	安排材料（时间、空间、行为、逻辑顺序）
基本表达	选择与简答题	一般性表述（准确、简明、连贯、得体、生动、变化）

在前述研究的基础上，根据写作文本形成能力的定义和细目表，编写《中学生写作文本形成能力测验》初稿，然后与心理学专家、中学语文教学专家和中学一线语文老师进行讨论，听取意见。讨论涉及的主要方面有：不同写作文本形成能力与所对应的题目是否匹配；测验的长度是否适宜；题目表述是否清楚；记分标准是否科学；测验总长度与学校可提供的时间是否一致。然后根据有关意见进行修改。经过修改形成的用于个别测试的测验由 5 个大题，共 22 个项目构成。

在对测试初稿进行修改之后，需进行个别测试，以便了解不同年级的学生对题目理解的情况，包括各题的要求是否清楚准确；学生完成项目任务所需的时间长短是否适宜；观察并询问学生可能放弃的任务及原因；以及发现潜在的其他问题。个别测试的被试应具有年级、水平、性别和学校类型等方面的代表性，但不宜过多，以便观察和记录。

根据个别测试的情况，对初稿进行修改，形成预测量表。

（二）测验的科学性检验

使用《中学生写作文本形成能力测验》，对 203 名初一到高三的学生进行了测试。

测验的结果表明，被试的测验得分符合正态分布，适合进行进一步的统计分析。

关于测验项目的难度问题，本研究对审题、立意、选材、组材和基本表达共 19 个项目的平均分进行了统计。结果显示，19 个项目中有两项的 p 值在 0.33 以下，三项的 p 值在 0.70 以上，分别占 11% 和 16%；其他各项较均匀分布 0.34~0.69 之间；各项 p 值平均为 0.57。这个结果表明，测验各项任务的难度分布较为合理，从整体看难度也较为合适。

采取将被试中总分和 19 个项目得分高低两端的各 27% 作为两个组，将两组各自的平均分进行比较的方法，对测验的区分度进行了分析。结果表明，高分组与低分组在文本形成能力总分和各项目方面，均存在极为显著的差异，这说明测验具有良好的区分度。

相关分析的结果显示，各维度所辖项目与该维度的得分之间均达到十分显著的正向相关水平；各维度与文本形成能力总分之间均达到十分显著的正向相关水平。这表明，各个项目能有效地反映所属维度的特性，各维度能有效地反映文本形成能力。测验具有良好的结构效度。

为了考察文本形成能力测量反映写作能力的程度，我们从发展变化的角度加以验证。为此，我们考察了文本形成能力的年级发展情况。结果显示，年级间存在显著差异，其中初一初二组最低，初三高一组和高二高三两个组与初一初二组之间存在显著差异。这一结果表明，测验总体上反映出文本形成能力随年级上升而提高的特点，中年级段与高年级段没有显著差异，这与我们对文本形成能力的发展趋势的假设相吻合（即中学阶段低年级文本形成能力的发展较为明显）。结果还表明，测验较好地反映了写作能力随年龄增长而提高的特点，由此可以判断测验具有较好的构想效度。

在预试两周后，对 31 位学生的文本形成能力进行了第二次测验，获得的再测信度为 0.88，达到 $p<0.01$ 的显著水平，这说明《中学生写作文本形成能力测验》符合统计测量学的信度要求。

五、写作基本文书能力测验

(一) 测验编制

根据访谈调查结果与以往实证研究的成果，形成中学生写作基本文书能力测验的框架，编制测验细目与任务（见表 2-5）。

表 2-5　中学生写作基本文书能力测验编制细目表

基本文书能力	题型	具体任务与指标
标点符号	①选择题	对常用标点符号的用法的了解、识别
	②简答题	对常用标点符号的模仿举例和拓展运用
字词	选择题	对字词使用的辨别、更正、组词
词组	①选题择	对相近词组的正确用法的了解、识别
	②简答题	模仿造句和用相近的其他词组造句
句子	简答题	写出常用句子的成分（句型）并举例，按要求写出复句实例
修辞	①选择题	对常用修辞方法的了解识别
	②简答题	对常用修辞方法的模仿使用和拓展运用（对其他修辞手法的使用）
体裁	选择题	对常用体裁的了解识别，本人选择使用体裁的情况，根据作文题目选择最适宜的体裁

在前述研究的基础上，根据写作基本文书能力的定义和细目表，编写《中学生写作基本文书能力测验》初稿。每一维度的测题基本按照了解用法、模仿举例和拓展运用三个层次编制，然后与心理学专家、中写语文教学专家和中学一线教师进行讨论，听取意见。讨论涉及的主要方面有：基本文书能力的测题形式与层次、测验的长度、记分标

准等。然后根据有关意见进行了修改。经过修改形成的用于个别测试的测验由六个大题组成，每大题测验一个维度，每个维度测验三个层次。

根据个别测试的情况，对初稿进行修改，形成预测量表。

（二）测验的科学性检验

使用《中学生写作基本文书能力测验》，对 203 名初一到高三的学生进行了测试。

测验的结果表明，被试的测验得分符合正态分布，适合进行进一步的统计分析。

关于测验的难度，本研究对被试在基本文书能力各维度上的平均得分进行了统计（满分为 4 分），考虑到基本文书能力个别维度、个别层次的项目之间难易差别较大（标点符号的了解用法较容易，词组的拓展运用较难），我们统计了各大题平均得分的 p 值。结果显示，六个维度中有两项分别在 0.30 以下和 0.80 以上，其余各项在 0.40 到 0.63 之间，分布较为合理，平均 0.55 的 p 值表明整体难度较适中。

为了对测验的区分度进行分析，本研究将基本文书能力的总分和六个维度得分高低两端各 27% 的被试分为两个组，将两组各自的平均分进行比较。结果表明，高分组与低分组在基本文书能力总分和各维度方面，均存在极为显著的差异，这说明本测验具有良好的区分度。

相关分析的结果显示，各维度所辖项目与该维度的得分之间均达到十分显著的正向相关水平；各维度与基本文书能力总分之间均达到十分显著的正向相关水平。这表明，各个项目能有效地反映所属维度的特性，各维度能有效地反映基本文书能力。测验具有良好的结构效度。

我们考察了基本文书能力的年级发展情况。结果显示，年级间存在显著差异。这表明，测验总体上反映出基本文书能力随年级上升而提高的特点，测验较好地反映了写作能力的特点，由此可以判断测验具有较好的构想效度。

采用克隆巴赫（Cronbach's α）一致性系数进行检验，α 系数为

0.815；在预试两周后，对 31 位学生的基本文书能力进行了第二次测验，获得的再测信度为 0.86，达到 $p < 0.01$ 的十分显著的水平。

从测验获得的数据可以看出，《中学生写作思维品质测验》、《中学生写作文本形成能力测验》和《中学生写作基本文书能力测验》，具有良好的测量学特征，可以作为测量中学生写作能力的工具。

尽管从以往研究结果和测量学的角度来看，上述三个测验是有效可行的，但是这并不等于说，只有这些测验是可用的。教无定法、选有定则，任何测验都是操作者根据心理学和教育学的理论与教学实际要求编制的，只要信度和效度能够达到统计学、测量学的基本要求；只要能够与心理和教育的实际目的要求相匹配；只要能够满足系统理论的相关要求，自行编制的测验都是可用的。目前国内外针对写作能力的测验较多，由于研究者和操作者的目的不同，不同的测验之间会有一些差别，但不应因此而论其优劣。在编制写作能力测验时，应该在建构其基本维度时考虑到系统的完整性和操作的目的性问题，在其编制过程中确保手段的科学性，应充分借鉴已有的实证成果和理论观点，避免主观、片面性。否则，将因不能够保证其在理论和方法上的正确性而失去意义，甚至产生不良的作用。从这个角度说，测验只有合格与不合格两类，而不存在好坏等级之分，因此必要的编制原则必须坚持。

由于中学阶段的年龄跨度较大，正是个体成长极为迅速的阶段，不同年级之间的差异较大，所以在编制中学生写作能力测验的过程中，应保证在测验的各个项目的难度和测验项目的数量方面对不同年级的适用性，使之能够满足测验的要求。这是测验编制工作应该特别注意的方面。

此外，应该特别说明的是，能力是相对稳定的个性心理特征。尽管写作成绩确实在很大程度上反映着写作能力，但它并不等同于写作能力。仅仅根据某次的写作成绩来判断写作能力的水平，甚至认为写作成绩就是写作能力，这种做法会使写作能力变幻无常、难以确定。

第三章
中学生写作思维能力

中学生的写作思维能力究竟是如何发展变化的？写作能力中的各个维度之间是否存在差异？如果存在差异，它们各自又有哪些特点？从以往关于写作思维及其发展的论述中可以看到，青少年写作能力的发展经历了由具体到抽象、由分离到综合、由模仿到创造、由呆板到灵活的过程。但以往研究对发展水平的描述比较笼统，尚需系统、具体的数据支持。新近的研究结果表明：中学阶段写作思维能力经历了明显的由低到高的持续发展过程，并存在关键期；具体维度表现出不同的发展趋势；中学生的写作思维能力还没有达到较为成熟的水平，并存在性别差异。

第一节　写作思维能力的整体发展特点

为了探查中学生写作思维能力的整体发展情况，我们对思维能力的总分情况进行了分析，包括发展趋势与年级水平的分布特征。

一、写作思维能力的测量与记分

我们在河南省一所市区普通中学，分别选取初一2个班、初二3个班、初三3个班、高一3个班、高二3个班和高三3个班的学生作为研究被试，共816名。研究结束后，除去未在问卷上做任何回答的15名被试，有效被试共801名，其中初一120人、初二132人、初三142人、高一128人、高二121人、高三158人，男女比例适当。

测验工具采用自编《中学生写作思维品质测验》。测验共设六题，通过完成六项不同的任务，分别测查写作中的深刻性（任务：按要求列提纲）、灵活性（任务：以"种子"为题写短文）、批判性（任务：修改文章与自我评价）和独创性（任务：用所给材料写短文与续写短文）思维品质。敏捷性品质通过对学生答题用时，以及与上述四个品质得分的计算获得。安排与各思维品质相对应的任务对思维品质进行探查，主要是考虑到思维品质的复杂性特点，并尽可能地让不同的写作活动能够更有针对性地反映与学生相应的写作思维品质，力图通过被试的反应尽可能多地展现学生的写作思维特点。研究分析的对象主要是学生完成不同任务所形成的作品，同时也有简答题（修改文章错误）和选择题（自我评价）的结果。

以选自被测学校平时工作认真负责的教师作为主试。施测前在测验的计时、指导语、过程执行要求方面对主试进行培训。测试开始时，先由主试读指导语，然后学生答题。学生完成答题时，由主试核查班级、姓名、起止时间等基本项目。答题不限时。在整个测试过程中，研究者在各测试教室巡视，解决临时出现的问题。

思维品质五个维度的界定已在前面介绍，此处不再赘述。各维度及分维度的具体计分方法如下。

（1）深刻性

阐明、揭示论题本质的程度：阐述道理深刻、明确，揭示事物本质规律，4分；阐述道理比较深刻，能够揭示事物规律，3分；论述有一定道理，2分；只能就事论事，1分；混乱或无答题，0分。

言之成理与逻辑性：脉络清晰，逻辑性强，4分；脉络比较清晰，逻辑性较强，3分；能够论证，有一定条理，2分；没有明显论证，能读懂，1分；混乱或无答题，0分。

论证全面具体周密：论据充分全面有效，4分；论据基本能够满足论点要求，较全面、有效，3分；有论据并有一定针对性，2分；论据不足，基本不能支持论点，1分；混乱或无答题，0分。

（2）灵活性

观点鲜明合理易于接受，辩证、有弹性：观点十分鲜明合理，不绝对，可接受程度高，4分；观点明确合理，不绝对，可接受，3分；有观点，较绝对，可部分接受，2分；观点不明确，论述生硬绝对，难以接受，1分；混乱或无答题，0分。

表达方式多样、灵活：描述形式多样（5种以上）、有起伏，用词恰当丰富多变，4分；描述形式较为多样（3～4种），有一定起伏，用词恰当、较丰富、有变化，3分；使用两种描述形式，用词较恰当不丰富，没有明显变化，2分；描述形式单一，词语苍白贫乏，平铺直叙，1分；混乱或无答题，0分。

观察、分析事物多层面、多角度：多角度论述观点，兼顾不同层面，4分；能一定程度做到从不同角度论述观点，较能兼顾不同层面，3分；论述分析角度较少，2分；论述角度单一，不能兼顾相关层面，1分；混乱或无答题0分。

（3）批判性

修改文章：每项两处，每处改正错误，1分，指出原因，1分，两处合计为该项得分，各项平均分为总分。

自我评价：对上述七个方面的自我判断与七个方面修改结果的吻合程度。本题"总是、经常、有时、偶尔、从不"分别对应文章修改的4分、3分、2分、1分、0分。完全对应，4分，相差1级减1分。七个维度的平均分为总分。

（4）独创性

维度①②：学生个人答题与全部作品相比较，其表述的新颖程度低于5%计4分；5%～10%计3分；10%～20%计2分；无答题或答案明显残缺计0分；其余计1分。

维度③：根据整体情况，将被试叙述方式新颖独特程度划分为四个等级，分别计1～4分。

维度④：不同内容作品的数量，一个故事计1分，表达极为混乱或未答题计0分；2个故事分别计分，2个故事相同维度平均分为该维度得分，各维度平均分为总分。

（5）敏捷性

深刻性、灵活性、批判性和独创性得分的平均分，乘以全体被试平均完成时间与本人完成时间的比值。

五种思维能力的平均分为中学生写作思维能力的总分。

获得测量数据之后，由三位经过统一培训的本科以上学历并从事教育研究的人员，严格按照评分标准对测题进行阅改，并将结果进行初步整理，然后录入计算机，使用SPSS12.0软件进行统计分析。

二、写作思维能力的发展趋势

为探查中学生思维品质的一般情况，研究首先对各年级思维品质总分的情况进行了分析，思维品质的得分为三个评分者评分结果的平均值。

统计结果显示，被试思维能力的总分情况分别为：初一 1.10 分、初二 1.36 分、初三 1.85 分、高一 1.97 分、高二 2.10 分、高三 2.31 分和总分 1.80 分；标准差分别为：初一 0.36 分、初二 0.44 分、初三 0.36 分、高一 0.25 分、高二 0.36 分、高三 0.30 分、总体 0.54 分。中学生思维品质的变化趋势见图 3-1。

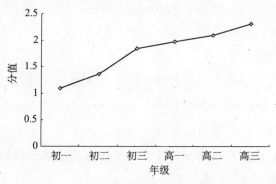

图 3-1　思维品质年级变化趋势

从整体上看，中学生思维品质表现出随年级增加而上升的发展趋势，从离散程度看，初中大于高中。

为进一步分析年级和性别因素对中学生写作思维品质的影响，本研究以思维品质总分为因变量，进行年级×性别（6×2）的方差分析，结果见表 3-1。

表 3-1　写作中思维品质总分方差分析

变异来源	df	MS	F
年级	5	27.37	231.76 ***
性别	1	2.96	25.07 ***
年级×性别	5	0.13	1.08

*** 表示 $p < 0.001$，下同。

表 3-1 的结果表明，思维品质总分的年级主效应极为显著；性别主效应极为显著；女生明显好于男生；年级和性别的交互作用不显著。事后比较的结果表明，相邻年级思维品质得分的差异均达到 $p < 0.05$ 的显著水平，思维品质从初一到高三年级随年级增长显著提高。得分

由低到高的年级排序结果为：初一、初二、初三、高一、高二和高三。

　　智力与能力是成功地解决某种问题（或完成任务）所表现的良好适应性的个性心理特征，其核心成分是思维（林崇德，2003）。写作中有大量的智力因素参与，其最核心的成分是思维。理论和实证研究结果表明，写作能力中包括思维能力。经过分析归纳，写作中的思维能力可以通过朱智贤（1979），朱智贤等（1986）提出的思维品质理论很好地加以概括，并作为具体指标加以研究。

　　实证研究的结果表明，中学生的写作思维能力表现出很好的连续性发展特点，相邻年级由低到高存在方向一致的显著差异，这与一般的智力发展理论在方向上是一致的。所不同的是，一般智力理论认为，个体在16岁左右达到智力成熟；而我们的研究结果显示，中学生的写作思维到高中三年级仍存在明显的发展趋势。这种情况的产生存在两方面的原因。第一，写作思维的表现要通过丰富、熟练的写作知识和技能加以表现，而这方面的积累是一个持续整个高中阶段乃至更高年龄阶段的增长过程，思维的表现可能一定程度地受到了写作知识与技能的影响。但是这并不等于说，研究结果没有充分地表现写作思维的情况，恰恰相反，由于思维均以特定的形式表达，因此这样的结果正好反映了写作活动中思维发展的特征。第二，写作与其他一些形式的思维活动相比更加复杂，需要深度思考乃至辩证思维，而不仅仅是一般的逻辑推理。我国关于辩证思维的研究结果表明，高中二年级学生的得分水平刚刚超过50％（朱智贤等，1986），相比之下，本研究的思维品质总分平均分高中三年级为2.31分、二年级为2.10分，与相关研究基本吻合。同时本研究关于不同年级得分情况的分布结果也说明，中学生思维品质的发展整体上仍处于一个成长阶段。我们认为，这种情况比较客观地反映了中学生写作思维的发展特点。

　　值得注意的是，从初中一年级到高中三年级的逐渐发展的过程，是一种高速变化的过程，这种高速变化在统计学上具体体现为所有相邻年级间的方向一致的差异显著性上。这种情况与将在后两章介绍的文本形成能力和基本文书能力的发展相比，存在明显的不同。后者并没有在所有年级都表现出持续的发展状态。如果思维能力在写作中确实起着持续而重要的作用、写作中的思维能力对写作表现（作文成绩）确实存在显著的影响作用，那么写作思维能力的这种发展情况，便具有重要的教学意义。其重大作用不言自明，而事实也确实如此。

研究中发现，初中学生的写作思维能力与高中学生相比，表现出更大的离散性，初中生思维品质总分各年级的平均标准差为 0.39 分（平均分为 1.44 分），高中生为 0.30 分（平均分为 2.12 分）。这种情况向我们展现了中学生写作思维品质从不稳定到相对稳定的发展历程。这种结果提示人们，在中学生写作思维的发展过程中，学生们经历了同龄者之间存在较大差异的过程，这是过去在语文教学中较少注意到的情况。这个情况告诉我们，在写作中有必要特别重视对中学低年级思维品质的培养，具体讲就是要更加重视因材施教。

对思维品质总体情况的研究结果还显示，中学生写作思维能力普遍存在性别差异。我们认为，这种情况反映出不同性别的中学生，在能力走向成熟的过程中表现出对特定学科学习接受难易存在差别的情况。对这种情况更细化的分析，需要另设研究予以进一步的探讨。

三、写作思维能力的水平分布

为了了解不同年级学生思维品质发展水平的具体情况，研究分析了不同年级思维品质得分比例的情况，得分被分成四个等级：0～0.99 分；1～1.99 分；2～2.99 分；3～4 分。结果见表 3-2。

表 3-2　各年级思维品质得分情况分布　　（单位：%）

	初一	初二	初三	高一	高二	高三
0～0.99 分	35.8	22.0	0.7			
1～1.99 分	64.2	69.7	65.5	51.6	32.2	12.7
2～2.99 分		8.3	33.8	48.4	67.8	86.3
3～4 分						1.0

从发展水平来看，初一、初二年级的学生，基本上是在 2 分以下

（分别为100％和91.7％）。这说明，中学低年级学生的写作思维能力整体上处于较低水平。

初三年级的高分比例开始明显增加，而得分在1分以下的人数很少。从写作思维能力发展的趋势上看，初二到初三是提高最为显著的阶段。而从得分的意义上来考虑，初三年级已经从整体上脱离了低水平的写作思维能力状态，进入到中等水平阶段。可以说，初三年级是写作思维能力发展的关键期，这在发展幅度、发展水平和人数上有十分明显的表现。

高一年级得分在2分以上和2分以下的学生各占一半，这说明高一年级学生正好处于写作思维的中等水平；高二年级则发生了的质的变化，2分以上和2分以下人数的比例为2：1，写作思维能力的水平已经明显以较高水平为主；高三年级绝大多数的学生达到2～3分的水平（86％），这说明高三学生的写作思维能力基本上处于较高水平。

但必须看到，即使到了高三年级，达到3分以上水平的学生人数也很少，仅有1％。这告诉我们，中学生写作思维能力的发展在高三年级以后仍有相当大的继续发展的空间。

因此，中学阶段个体写作思维水平在快速增长，从各个得分水平的人数比例上看，这种增长具有质的特点。相对于其他领域，写作思维能力的成长期更长一些，它贯穿于整个中学阶段，而且尚未达到十分成熟的水平。在实际教学中人们经常看到，即使是在大学甚至研究生阶段，一些学生的写作情况也并不尽如人意，其原因可能就在于写作思维能力的上述发展特点方面。

第二节　写作思维能力不同维度的发展特点

为了进一步深入探查写作思维能力的发展特点，研究对写作思维能力不同品质及其分维度进行了分析,包括:深刻性(SK)及其分维度概括深度(SK1);逻辑性(SK2)和全面具体周密(SK3);灵活性(LH)及其分维度鲜明易接受辩证(LH1)、方式(LH2)和层面角度(LH3);批判性(PP)及其分维度文章修改(PP1)和自我评价(PP2);独创性(DC)及其分维度内容(DC1)、中心(DC2)、方式(DC3)和作品数量(DC4);敏捷性(MJ)。中学生写作思维能力不同维度的发展特点与其总分的情况有所不同,它既反映了各具特点的不同维度的具体情况,也表现了其与总分之间的共性特点。这些变化与不同思维能力在思维能力中所处的位置和所起的作用密切相关。

一、深刻性的变化特点

(一)深刻性总体变化特点

深刻性分年级得分情况从初一到高三分别为 1.14 分、1.10 分、1.88 分、1.71 分、2.25 分和 2.49 分,标准差分别为 0.82 分、0.79 分、0.48 分、0.42 分、0.76 分和 0.60 分。

为进一步分析年级和性别因素对中学生思维品质的影响,我们以深刻性品质得分为因变量,进行年级×性别(6×2)的方差分析,结果见表 3-3。

表 3-3   深刻性得分方差分析

变异来源	df	MS	F
年级	5	42.681	100.714 ***
性别	1	7.262	17.136 ***
年级×性别	5	0.268	0.632

表 3-3 的结果表明,深刻性品质年级主效应和性别主效应极为显著,女生明显好于男生,年级和性别的交互作用不显著。事后比较结果表明,除了初一和初二之间没有显著差异以外,各年级之间的差异均达到 $p <$ 0.05 的显著水平。深刻性品质从初一到高三显著提高,得分由低到高的年级排序结果为:初二、初一、高一、初三、高二和高三。需要指出的

是，在深刻性方面，高一年级的得分要显著地低于初三年级。

深刻性总体上表现为随年级发展而变化的情况，其年级最低得分为1.15分，而到高三达到了2.49分，发展情况仅低于灵活性品质，是发展较好的品质。结果显示，高一年级比初三年级表现差，其原因在于高一为起始年级，而初三正是学习抓得最紧的年级。根据我国学生学习内容的特点，目前学校的学习比较有利于以概括、逻辑和周密为基本特点的深刻性品质的发展。因此，学校学习的持续状态、紧张程度和形式的变化对学生深刻性品质的发展会产生直接影响，进而形成这样的结果。由此可以看到，思维品质与学习活动的内容和要求存在密切关系。

年级标准差的情况告诉我们，低年级的深刻性表现出相同年龄的个体之间存在较大差异的特点，这和前面思维能力总体情况相比显得更为突出。这也从一个侧面提示人们，中学低年级是深刻性整体上发展较不稳定的阶段。

与思维能力总体情况一样，深刻性也表现出极为显著的性别差异，女生优于男生。

（二）深刻性分维度的变化特点

深刻性各分维度不同年级平均分见表3-4。

表3-4　深刻性不同年级分维度得分　　　　（单位：分）

	初一	初二	初三	高一	高二	高三
SK1	1.43	1.44	2.01	1.97	2.32	2.49
SK2	1.02	0.96	1.77	1.55	2.12	2.42
SK3	0.97	0.91	1.86	1.59	2.31	2.56

对概括深度分维度进行方差分析的结果显示，概括深度分维度年级主效应极为显著；性别主效应十分显著；女生明显好于男生；年级和性别的交互作用不显著。事后比较结果表明，初一和初二之间、初三和高二之间、高二和高三之间没有显著差异，其他各年级之间的差异均达到 $p < 0.05$ 的显著水平。概括深度的水平从初一到高三显著提高，得分结果由低到高的年级排序结果为：初一、初二、高一、初三、

高二和高三。

对逻辑性分维度进行方差分析的结果显示，逻辑性分维度年级主效应和性别主效应均极为显著；女生明显好于男生；年级和性别的交互作用不显著。事后比较结果表明，除了初一和初二之间之外，各年级之间的差异均达到 $p < 0.05$ 的显著水平。逻辑性的水平从初一到高三显著提高，得分结果由低到高的年级排序结果为：初二、初一、高一、初三、高二和高三，需要指出的是，高一年级的得分要显著低于初三年级的得分。

对全面具体周密分维度进行方差分析的结果显示，全面具体周密分维度年级主效应和性别主效应均极为显著；女生明显好于男生；年级和性别的交互作用不显著。事后比较的结果表明，除了初一和初二之间之外，其他各年级之间的差异均达到 $p < 0.05$ 的显著水平，全面具体周密方面的水平从初一到高三显著提高，得分结果由低到高的年级排序结果为：初二、初一、高一、初三、高二和高三。

概括深度、逻辑性和全面具体周密的发展情况见图 3-2。

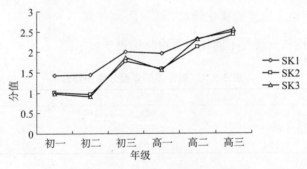

图 3-2 深刻性三个分维度的发展趋势

从图 3-2 可以看到，深刻性三个分维度和深刻性总分的发展趋势是相同的，三个分维度最后在高三年级达到基本相同的水平。我们对深刻性品质三个分维度平均得分（SK1：1.96 分、SK2：1.67 分、SK3：1.73 分）的差异显著水平进行了检验，重复测量的结果显示，方差分析主效应极为显著；事后比较发现，三个分维度之间的差异达到显著水平。也就是说，深刻性的三个分维度的发展是不均衡的，这种不均衡主要发生在中学早期和中期。

深刻性三个维度体现了概括、逻辑和周密的特征，表现出它是思维的基础品质。从深刻性的分维度来看，概括深度、逻辑性和全面具体周密三个方面的发展趋势是相同的，但起点水平不一致，概括性的起点和平均分均高于其他两个方面，这表现出概括性发展的起步质量要好于其他方面。到了高三年级，三个方面基本上达到相同水平。这体现出，在深刻性各分维度中，概括性是基础维度，它的发展先于其他维度，并支持着其他维度的发展。这个结果和我国的思维发展理论（林崇德，2003）是一致的。

二、灵活性的变化特点

（一）灵活性总体变化特点

灵活性分年级得分情况从初一到高三分别为 1.24 分、1.71 分、1.93 分、1.73 分、2.21 分和 2.62 分，标准差分别为 0.65 分、0.50 分、0.48 分、0.31 分、0.61 分和 0.61 分。

为进一步分析年级和性别因素对中学生思维品质的影响，我们以灵活性品质得分为因变量，进行年级×性别（6×2）的方差分析，结果见表 3-5。

表 3-5　灵活性得分方差分析

变异来源	df	MS	F
年级	5	30.469	104.417***
性别	1	1.469	5.036*
年级×性别	5	0.218	0.748

＊表示 $p < 0.05$，下同。

表 3-5 的结果显示，灵活性品质年级主效应极为显著；性别主效应显著；女生好于男生；年级和性别的交互作用不显著。事后比较结果表明，年级之间除了初二和高一之间不存在显著差异以外，其他年级之间均存在显著差异，达到 $p < 0.05$ 的显著水平。灵活性得分由低到

高的年级排序结果为：初一、初二、高一、初三、高二和高三。需要指出的是，在灵活性方面，高一年级的得分要显著地低于初三年级。

从平均分来看，写作的灵活性品质是发展最好的品质。客观地看，这可能是由于灵活性与写作的基本知识技能联系更为密切所导致的，而写作的基本知识技能是学生较早开始掌握的能力。与深刻性相似的情况是，在高一年级灵活性同样出现了回调的发展趋势，结果显示初三的得分明显好于高一，经过分析可以看到，其原因与深刻性的情况是相同的。性别差异的显著性表现出女生在灵活性方面存在优势的特点。

(二) 灵活性分维度变化特点

灵活性各分维度不同年级平均分见表 3-6。

表 3-6　灵活性不同年级分维度得分　　　　（单位：分）

	初一	初二	初三	高一	高二	高三
LH1	1.47	1.89	2.04	1.97	2.29	2.56
LH2	1.35	1.73	2.03	1.81	2.47	2.42
LH3	0.91	1.51	1.73	1.41	1.88	2.44

对鲜明易接受辩证分维度进行方差分析的结果显示，鲜明易接受辩证分维度年级主效应极为显著；性别主效应不显著；年级和性别的交互作用不显著。事后比较结果表明，初一、高二和高三年级与其他年级之间存在 $p < 0.05$ 水平的显著差异；初二、高一和初三年级之间不存在显著差异；鲜明易接受辩证的水平整体上从初一到高三显著提高；具体得分由低到高的年级排序为：初一、初二、高一、初三、高二和高三。

对方式分维度进行方差分析的结果显示，方式分维度年级主效应十分显著；女生明显好于男生；年级和性别的交互作用不显著。事后比较的结果表明，除了初一和初二之间之外，其他各年级之间的差异均达到 $p < 0.05$ 的显著水平；方式灵活的水平从初一到高三显著提高，具体得分由低到高的年级排序为：初一、初二、高一、初三、高二和高三。

对层面角度分维度进行方差分析的结果显示，层面角度分维度年级主效应极为显著；性别主效应不显著；年级和性别的交互作用不显著。事后比较的结果表明，初二和高一之间、初三和高二之间不存在显著差异，其他各年级之间的差异均达到 $p < 0.05$ 的显著水平；层面角度灵活水平从初一到高三显著提高，具体得分由低到高的年级排序为：初一、高一、初二、初三、高二和高三。

鲜明易接受辩证、方式和层面角度的发展情况见图3-3。

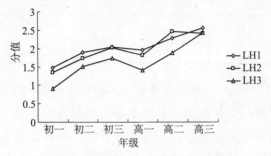

图3-3　灵活性三个分维度的发展趋势

研究对灵活性品质三个分维度的平均得分（LH1：2.06分、LH2：2.08分、LH3：1.68分）的差异进行了检验。重复测量的结果显示，方差分析主效应极为显著。事后比较发现，LH1和LH3之间、LH2和LH3之间达到显著差异水平。也就是说，灵活性分维度的发展是不均衡的。

灵活性品质的三个分维度中，层面角度灵活分维度相对发展较缓，到高三年级与方式灵活持平，但仍低于鲜明易接受维度。这是因为，层面角度灵活相对于其他两方面而言对学生的要求更高一些。观点鲜明易接受和方式灵活，属于文章内容方面，相对而言更加表层化；而层面角度则属于写作视角方面，是更加深层的方面，因此对写作者要求更高，难度更大。

三、批判性的变化特点

（一）批判性总体变化特点

批判性分年级得分情况从初一到高三分别为1.27分、1.35分、

1.66分、2.00分、1.82分和2.03分，标准差分别为0.41分、0.44分、0.47分、0.39分、0.40分和0.39分。

为进一步分析年级和性别因素对中学生思维品质的影响，研究以批判性品质得分为因变量，进行年级×性别（6×2）的方差分析，结果见表3-7。

表3-7 批判性得分方差分析

变异来源	df	MS	F
年级	5	13.630	77.354 ***
性别	1	0.237	1.344
年级×性别	5	0.130	0.739

表3-7的结果显示，批判性年级主效应极为显著；性别主效应不显著；年级和性别的交互作用不显著。事后比较发现，初一与初二、高一与高三之间不存在显著差异，其他各年级之间均存在 $p < 0.05$ 水平的显著差异；批判性从初一到高三显著提高，平均分由低到高分别为初一、初二、初三、高二、高一和高三。

批判性品质在低年级持续向上发展，在高二年级存在一个明显的下降过程，而到高三又开始向上发展。通过分析可以看到，这种情况与批判性品质的特点有关。考察批判性水平的任务是要求被试指出并改正错误，对自己的改错能力做出评价。对此，被试较容易达到相对较为一般的标准，而当任务难度达到一定程度时，出现波动是正常的。这是因为，批判性水平反映的是个体对思维的思维，是对认识过程和结果的再认识，因此对被试的要求更高。这反映出批判性与深刻性和灵活性相比的独特之处。另外，高年级学习任务的性质，可能对深刻性与灵活性的发展是适宜的，而对具有评价特点的批判性的发展会起到一定程度的抑制作用。尽管批判性品质在初中一年级时的起点较高，但是其平均成绩在五种思维品质中仍然最低，仅1.71分，这充分反映出批判性发展缓慢的特点。

（二）批判性分维度的变化特点

批判性各分维度不同年级的平均分见表3-8。

	初一	初二	初三	高一	高二	高三

表 3-8　批判性不同年级分维度得分　　　（单位：分）

	初一	初二	初三	高一	高二	高三
PP1	0.17	0.36	0.82	1.28	0.80	1.19
PP2	2.37	2.34	2.51	2.72	2.85	2.89

对文章修改分维度进行方差分析的结果显示，文章修改分维度年级主效应极为显著；性别主效应显著；女生好于男生；年级和性别的交互作用不显著。事后比较的结果表明，初三和高二之间、高一和高三之间没有显著差异，其他各年级之间的差异均达到 $p < 0.05$ 的显著水平；文章修改的水平从初一到高一显著提高，得分结果由低到高的年级排序结果为：初一、初二、高二、初三、高三和高一。

对自我评价分维度进行方差分析的结果显示，自我评价分维度年级主效应极为显著；性别主效应不显著；年级和性别的交互作用不显著。事后比较的结果表明，初中各年级之间、高中各年级之间均不存在显著差异，初中各年级与高中各年级之间的差异均达到 $p < 0.05$ 的显著水平；自我评价的水平从初一到高三显著提高，得分结果由低到高的年级排序结果为：初二、初一、初三、高一、高二和高三。

PP1 和 PP2 的发展情况见图 3-4。

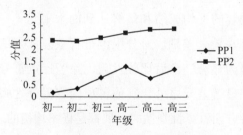

图 3-4　批判性两个分维度的发展趋势

我们对批判性品质两个分维度的平均得分（PP1：0.79 分、PP2：2.62 分）进行了差异检验。结果显示，PP1 和 PP2 之间的差异达到极为显著的水平（$t = -63.924$，$p < 0.001$），也就是说，PP1 和 PP2 的发展是极为不平衡的，从图 3-4 来看，其发展趋势也不完全一致。文章修改的年级发展情况显示，该分维度在低分区波动，自我评价则在高分

区平缓发展。这些情况说明，中学生能够大体认识到自己在指出并纠正错误方面的水平状况，但却缺乏完成具体评价任务的能力，这体现了认识能力与操作能力之间存在的差别。批判性品质发展的不平衡情况提示人们，对批判性操作能力的培养方面的教学有待加强。

批判性品质在文章修改和自我评价方面涉及不同的内容，包括标点符号、字词、句法、选材、论点、结构、修辞，其各自的发展情况见图3-5。

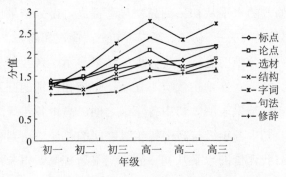

图 3-5　批判性不同内容的发展趋势

从图3-5可以看到，批判性方面不同内容的发展趋势大体是一致的，但是不同内容的平均成绩和最终达到的水平是不一样的，不同内容的发展速度存在较大差别。对分维度进行重复测量的结果显示，方差分析主效应极为显著。事后比较发现，除了标点符号和论点的平均成绩之间不存在显著差异之外，其他各项内容得分之间均存在显著差异。因此，从各方面看，批判性的发展都是极不均衡的。

四、独创性的变化特点

(一) 独创性总体变化特点

独创性分年级得分情况从初一到高三分别为 0.68 分、1.24 分、1.81 分、2.39 分、2.02 分和 2.15 分，标准差分别为 0.70 分、0.84 分、0.72 分、0.69 分、0.76 分和 0.68 分。

为进一步分析年级和性别因素对中学生思维品质的影响，研究以独创性品质得分为因变量，进行年级×性别（6×2）的方差分析，结果见表 3-9。

表 3-9　独创性得分方差分析

变异来源	df	MS	F
年级	5	50.267	95.784 ***
性别	1	9.389	17.891 ***
年级×性别	5	0.520	0.991

表 3-9 的结果表明，独创性品质的年级主效应极为显著；性别主效应极为显著；女生明显好于男生；年级和性别的交互作用不显著。事后比较结果表明，年级方面除了高二和高三之间不存在显著差以外，其他年级之间均存在显著差异，达到 $p<0.05$ 的显著水平。独创性得分结果由低到高的年级排序结果为：初一、初二、初三、高二、高三和高一，需要指出的是，在独创性方面，高一年级的得分显著高于高二和高三年级。

独创性是需要通过创造加以展现的品质，它的发展与批判性存在类似之处，即在较高的水平上出现波动，在高一达到最高水平，然后呈现曲折发展的趋势。造成独创性这种情况的原因与批判性相同，与教学要求关系密切。我国现行的教学要求主要是对知识的理解与掌握，适度的迁移已经是较高水平的要求。在实际教学中，较少对创造性的发展提出具体的要求，对创造性的训练则更少。独创性的平均得分也比较低（1.74 分），发展也相对缓慢。

（二）独创性分维度变化特点

独创性品质的分维度包括内容、中心、方式和作品数量，独创性各分维度不同年级平均分见表 3-10。

表 3-10　独创性不同年级分维度得分　　　　　（单位：分）

	初一	初二	初三	高一	高二	高三
DC1	0.73	1.15	1.74	2.30	1.91	2.19
DC2	0.66	1.13	1.85	2.24	1.99	2.07
DC3	0.58	0.98	1.54	1.92	1.94	1.99
DC4	0.78	1.71	2.10	3.10	2.24	2.37

对内容分维度进行方差分析的结果显示，内容分维度的年级主效应和性别主效应均极为显著；女生明显好于男生；年级和性别的交互作用不显著。事后比较结果表明，初三和高二之间、高一和高三之间没有显著差异，其他各年级之间的差异均达到 $p < 0.05$ 的显著水平；内容新颖独特的水平从初一到高一显著提高，得分结果由低到高的年级排序结果为：初一、初二、初三、高二、高三和高一。

对中心分维度进行方差分析的结果显示，中心分维度的年级主效应极为显著；性别主效应十分显著；女生明显好于男生；年级和性别的交互作用不显著。事后比较结果表明，初三、高二和高三这三个年级之间不存在显著差异，其他年级之间的差异均达到 $p < 0.05$ 的显著水平；中心（主题）新颖独特的水平从初一到高一显著提高，得分结果由低到高的年级排序结果为：初一、初三、初二、高二、高三和高一。

对方式分维度进行方差分析的结果显示，方式分维度的年级主效应和性别主效应均极为显著；女生明显好于男生；年级和性别的交互作用不显著。事后比较结果表明，高中各年级之间不存在显著差异，其他年级之间的差异均达到 $p < 0.05$ 的显著水平；方式新颖独特的水平从初一到高三显著提高，得分结果由低到高的年级排序结果为：初一、初二、初三、高一、高二和高三。

对作品数量分维度进行方差分析的结果显示，作品数量分维度的年级主效应极为显著；性别主效应显著；女生好于男生；年级和性别的交互作用不显著。事后比较结果表明，初三、高二和高三年级之间不存在显著差异，其他年级之间的差异均达到 $p < 0.05$ 的显著水平；作品数量的水平从初一到高一显著提高，得分结果由低到高的年级排序结果为：初一、初二、初三、高二、高三和高一。

内容、中心、方式和作品数量的发展情况见图 3-6。

研究对独创性品质四个分维度的平均得分（DC1：1.69 分、DC2：1.68 分、DC3：1.51 分、DC4：2.07 分）进行了差异检验。重复测量

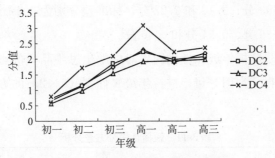

图 3-6　独创性四个分维度的发展趋势

的结果显示，方差分析主效应极为显著。事后比较发现，除了 DC1 和 DC2 之间不存在显著差异之外，其他各分维度之间均存在显著的差异，也就是说，独创性的分维度的发展是极不均衡的，但其发展趋势大体一致。

　　独创性内容和中心二个分维度的情况比较相似，它们与独创性总分的发展情况比较一致，都是在高一达到最高水平，然后呈波浪式发展状态，其中内容的波动相对较大，主题（或中心）的波动较小。在表达方式方面，高一以后发展比较平稳，没有显著差异。在作品数量方面，高一的得分比其他各分维度都高，初三、高二和高三处于同一个水平。作品内容和主题表达总是比较一致的，有的时候内容本身就可以是主题，因此其新颖独特性的程度极为相近。但是，相对于主题而言，内容的变化余地会更大一些，也更容易些，因此波动性也大一些。表达方式指用完全不同的形式与风格来表述，这和灵活性中的方式灵活并不一样，灵活性中的方式灵活是指表现的具体方法，如语言的丰富性生动性等。对于中学生而言，在方式上的变化比较困难，高一以后基本没有明显发展。高一年级以后作品数量下降的原因可能在于高二、高三的学生更加追求作品质量，避免意义重复或相近的工作。

五、敏捷性的变化特点

　　敏捷性分年级得分情况从初一到高三分别为 1.16 分、1.41 分、

1.96 分、2.03 分、2.18 和 2.22 分，标准差分别为 0.47 分、0.56 分、0.59 分、0.30 分、0.54 分和 0.46 分。

为进一步分析年级和性别因素对中学生思维品质的影响，研究以敏捷性品质得分为因变量，进行年级×性别（6×2）的方差分析，结果见表 3-11。

表 3-11   敏捷性得分方差分析

变异来源	df	MS	F
年级	5	24.473	100.474***
性别	1	1.310	5.377*
年级×性别	5	0.650	2.670*

表 3-11 的结果表明，敏捷性品质的年级主效应极为显著；性别主效应显著；年级和性别的交互作用显著。事后比较结果表明，初三和高一年级之间不存在差异显著，高二和高三之间不存在显著差异，其他年级之间均存在显著差异，达到 $p < 0.05$ 的显著水平；敏捷性得分结果由低到高的年级排序结果为：初一、初二、初三、高一、高二和高三。

敏捷性受时间和质量两方面因素的影响。从其发展趋势看，低年级发展较快，高年级发展趋缓。这种情况表明，初一到高二阶段学生迅速完成任务的能力发展较快，高三学生为使任务完成得更好而使用了更多的时间，平衡掉了高二与高三的差距，因为在其他四个品质恒定的前提下，用时越长，得分越低。这说明，在被试完成没有特别提出速度要求的任务时（不限定时间），高三被试采用使用更长时间的策略，这与 Kellogg（1988）的观点是一致的。

从五种思维品质的标准差来看，深刻性和灵活性的发展在其离散程度的变化上表现出较为一致的特点，在初一、初二、高二和高三年级离散程度较大，在初三和高一离散程度相对较小；而批判性和独创性各年级离散程度的变化相对而言较小。经过分析可以发现，深刻性和灵活性的这种情况，可能与形式思维的成熟和辩证思维的发展有关。初三和高一是形式思维走向成熟的阶段，学生在深刻性和灵活性方面表现出较为一致的水平。到了高二以后，学生的辩证思维开始较明显地发展，但发展的速度并不一致，这形成了学生间的个体差异，表现出离散程度加大的情况。这反映出，中学生写作思维品质的增长，体现着由一般的逻辑思维形式向包含辩证思维的更为复杂的思维形式的演变，在这个变化过程中，存在着个体差异程度的波动。在某种形式的思维开始发展或加速发展时，可能表现出更大的个体差异。在五种思维品质中，独创性的离散程度最大。这告诉人们，中学生独创性的发展在整体上看参差不齐，学生们之间始终存在着创造能力方面的较大差异，这可能和创造性写作培养方面较为薄弱有关。学校一般较少提出这方面的要求，尽管独创性的差异更容易反映出学生写作的个性特点，进而影响写作水平。

第三节　不同思维品质的差异与关系

中学生写作思维能力的不同维度之间存在着差异，同时也存在着内在的联系。它们相互牵制，相互影响，其发展既体现了各自的特点，又反映着系统的整体协调性的特点。为了进一步探明各思维品质之间的关系，研究对其差异和相关情况进行了探讨。

一、中学生总体各思维品质之间的差异与相关

各思维品质平均得分情况见表 3-12。

表 3-12　五种思维品质平均分　　　　（单位：分）

深刻性	灵活性	批判性	独创性	敏捷性
1.79	1.94	1.71	1.74	1.84

从表 3-12 可以看出，得分由高到低排序分别是：灵活性、敏捷性、深刻性、独创性和批判性。

对各思维品质得分之间进行比较，结果显示，除了深刻性与独创性之间、批判性与独创性之间不存在显著差异之外，其他思维品质之间均存在显著差异。这表明，不同思维品质的发展不均衡。

　　相关分析的结果显示，除敏捷性因由其他品质计算而来而未予考虑之外，深刻性与其他思维品质的关系最为密切，其次是独创性和灵活性，而批判性与其他品质的关系相对不密切。

二、不同年级各思维品质之间的差异与相关

　　五种思维品质的分年级得分情况见表 3-13 和图 3-7。

表 3-13　不同年级五种思维品质得分　　　　　（单位：分）

年级	初一	初二	初三	高一	高二	高三
深刻性（SK）	1.147	1.101	1.878	1.694	2.223	2.493
灵活性（LH）	1.248	1.706	1.932	1.722	2.205	2.624
批判性（PP）	1.271	1.356	1.664	2.001	1.825	2.038
独创性（DC）	0.685	1.241	1.807	2.391	2.020	2.154
敏捷性（MJ）	1.158	1.414	1.957	2.027	2.175	2.225

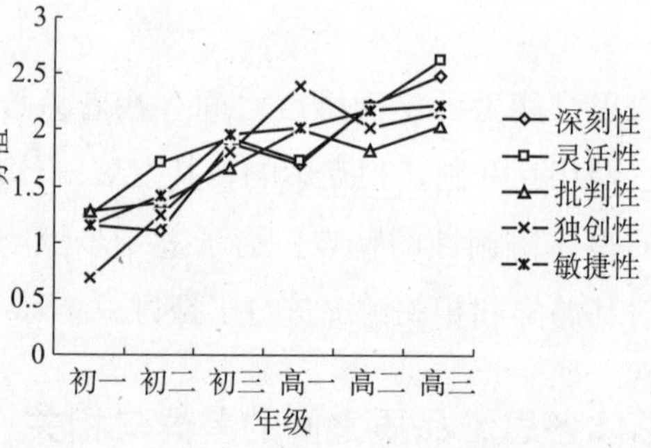

图 3-7　五种思维品质随年级增长的变化趋势

　　结果显示，五种思维品质随年级变化的情况不尽相同。其中深刻性和灵活性的情况较为相似，批判性和独创性的情况较为相似。两种情况的差别主要表现在高一和高二年级的波动方向上，前者在高一年级存在一个明显的向下回调，然后向上发展；后者则在高二出现回调继而曲折发展的情形。敏捷性的发展保持较为平稳的上升趋势。

为了探查每一年级不同思维品质之间的发展是否存在差异，研究对不同思维品质之间的差异情况进行了分年级的重复测量。结果显示，各年级方差分析主效应均极为显著。事后比较结果显示，不同品质之间存在显著差异的情况为：初一年级，深刻性与独创性、灵活性与独创性、批判性与独创性、批判性与敏捷性、独创性与敏捷性；初二年级，深刻性与灵活性、深刻性与批判性、深刻性与敏捷性、灵活性与批判性、灵活性与敏捷性、批判性与独创性、独创性与敏捷性；初三年级，深刻性与批判性、灵活性与批判性、批判性与独创性、批判性与敏捷性、独创性与敏捷性；高一年级，深刻性与批判性、深刻性与独创性、深刻性与敏捷性、灵活性与批判性、灵活性与独创性、灵活性与敏捷性、批判性与独创性、敏捷性与独创性；高二年级，深刻性与批判性、深刻性与独创性、灵活性与批判性、灵活性与独创性、批判性与独创性、批判性与敏捷性、独创性与敏捷性；高三年级，深刻性与灵活性、深刻性与批判性、深刻性与独创性、深刻性与敏捷性、灵活性与批判性、灵活性与独创性、灵活性与敏捷性、批判性与敏捷性。

　　可以看到，各年级不同思维品质之间的差异情况很不一致。在初一年级，这种差异集中表现在独创性与其他品质之间，独创性显著低于其他品质；其次是批判性与敏捷性的差异，批判性要好于敏捷性。在初二年级，深刻性的发展明显差于除批判性之外的其他品质；灵活性明显好于除独创性之外的其他品质；独创性的发展明显差于批判性和敏捷性，独创性与深刻性、灵活性两种品质之间不再存在差异，这表明独创性的发展弱势开始消失。在初三年级，思维品质之间的差异主要集中于批判性与其他各品质之间，批判性的发展明显地差于其他品质；另外独创性也明显低于敏捷性。在高一年级，各对比较中除了深刻性与灵活性、批判性与敏捷性之外，其他各品质之间均存在极为显著的差异，独创性好于所有品质；批判性好于深刻性和灵活性；敏捷性好于深刻性和灵活性；深刻性和灵活性除了它们自身之间没有显著差异之外，全面明显低于其他各品质。在高二年级，深刻性、灵活性、敏捷性三者之间不存在显著差异，深刻性、灵活性和敏捷性的发展明显好于独创性和批判性；此外独创性明显好于批判性。在高三年级，独创性和敏捷性之间、批判性与独创性之间没有显著差异；深刻性和灵活性的发展明显好于其他所有品质；灵活性好于深刻性；敏捷性好于批判性。可以看出，思维品质的发展是一个动态的有序消长的过程。

不同年级各思维品质之间的相关分析结果显示，在初一、高一和高三深刻性和其他品质的关系更加密切；初二年级独创性与其他品质的关系更密切；初三年级灵活性品质与其他品质的关系更密切；高二年级批判性与其他品质的关系更密切；相对而言，批判性与其他品质的关系较不密切。

可以看到，写作思维不同品质的发展各不相同，各思维品质的分维度的发展也不尽相同。主要原因可能在于受到学习形式和内容的影响，在于任务本身对个体提出的难度要求不同。总的来看，深刻性和灵活性的发展趋势较为一致，批判性和独创性的发展趋势较为一致，这和它们本身的特点与学习内容、阶段之间的关系是相吻合的。

五种品质的发展是不均衡的，表现在平均分、发展高度和起止跨度三个方面。五种品质的平均成绩由高到低分别是：灵活性 1.94 分、敏捷性 1.84 分、深刻性 1.79 分、独创性 1.74 分、批判性 1.71 分；五种品质高三年级的平均成绩由高到低分别是：灵活性、深刻性、敏捷性、独创性、批判性；初一到高三之间的变化全距由大到小分别是：独创性、深刻性、灵活性、敏捷性、批判性。可以看到，整体水平较高的是灵活性和敏捷性；发展水平较高的是灵活性和深刻性；发展较快的是独创性和深刻性；发展水平和速度都低的是批判性。

十分明显，灵活性品质的表现与学生的知识掌握量和运用熟练程度联系较为紧密；而深刻性作为以概括为基础的思维品质的核心与基础成分，与学生形式思维的发展、学习形式和学习目标的关系相对密切。因此这两种品质的发展较为顺畅。独创性和批判性发展水平相对较低，并在高二年级有所停滞，其深层的原因可能在于中学教学把培养逻辑推理能力作为主要目标。这种教学行为会对以个体独立表达见解为形式的思维品质产生一定的干扰。批判性的发展幅度最小，除了教学的原因外，可能与其本身发展较晚有关系，这与我国思维发展的理论是一致的（林崇德，2003）。

五种品质发展不均衡还可以从各思维品质平均得分之间的关系得到证实，除了深刻性与独创性之间、批判性与独创性之间以外，其他品质之间的两两比较都呈现了显著差异的情况。这表明不同的思维品质在平均发展水平上普遍存在差异。分年级比较的结果更说明，各品质之间的关系是在不断发生变化的。在初一年级，批判性发展较占优势，而独创性则全面低于其他品质。初二年级，深刻性发展较差，灵活性发展较好，批判性较有优势，独创性的弱势开始消失。初三年级，批判性的弱势表现出来，独创性的弱势消失。高一年级，独创性和批判性好于其他品质，深刻性和灵活性发展差。高二年级，深刻性和灵活性反过来好于批判性和独创性，独创性发展好于批判性。高三年级，保持了高二的特点，深刻性和灵活性好于其他品质，批判性与独创性处于相同水平。可以看到，深刻性和灵活性的发展经历了逐步融合同步发展的过程，最后超过了所有其他品质；独创性与批判性的发展基本同步，独创性后来超过了批判性，而批判性的发展一直比较缓慢；敏捷性具有综合性的特征，一直沿着中间轨迹发展。可以看到，各思维品质的发展经历了此消彼长的过程，最终深刻性和灵活性的发展优于批判性和独创性。

从各思维品质的相关看，总体上深刻性与其他品质之间的相关最高；从分年级的情况看，除敏捷性之外，存在高相关水平和高相关频次的品质是深刻性；从整个中学生写作思维品质最终的发展结果看，深刻性和灵活性所占比重最大。由于灵活性是在深刻性品质基础上发展起来的品质，因此可以说深刻性在思维整体发展中占有重要的主导地位。

　　综上所述，写作思维品质在整个中学阶段都在快速地发展，而且这种发展并没有彻底完成，其间经历着由不稳定到比较稳定的过程。中学生的写作思维品质存在性别差异。写作思维不同品质及所辖各分维度的发展不尽相同，除了心理水平方面的原因之外，可能还由于受到学习形式、内容和任务难度的影响。总的来看，深刻性和灵活性的发展趋势较为一致，批判性和独创性的发展较为一致，它们的发展呈现了此消彼长的过程，最终前者占有优势，深刻性具有相对重要的地位。关于中学生写作中思维品质的发展特点与培养问题，本书将在后面第七章展开进一步的讨论。

第四章
中学生写作文本形成能力

中学生写作文本形成能力包括审题、立意、选材、组材和基本表达五个分维度，是多数观点认同的写作能力的重要组成部分。尽管学者均对这些方面予以高度关注，但在中学阶段却较少有关这些能力发展的系统描述。如果写作文本形成能力是中学阶段写作的核心能力，它的发展就应该贯穿整个中学阶段。然而，中学生写作文本形成能力发展的实际情况却与一般的传统观点并不完全一致。新近的研究结果表明，中学生写作的文本形成能力起点较高，到初三年级达到较高水平，高中阶段发展平缓，初三年级是其形成的关键期；文本形成能力各维度的发展存在差异，高中阶段存在性别差异；中学生的写作文本形成能力仍存在进一步发展的空间。这样的发展状况与写作思维能力的发展趋势相比有异有同，其自身的发展特点与其他写作能力的发展特点，共同揭示着中学生写作表现的机制所在。

第一节　文本形成能力的整体发展特点

为了探查中学生写作文本形成能力的整体发展情况，研究对文本形成能力的总分情况进行了分析，包括发展趋势与年级水平的分布特征。

一、写作文本形成能力的测量与记分

中学生写作文本形成能力测查的被试来源与写作思维能力的被试相同，即 801 名初一到高三的中学生，男女比例适当。

测验工具采用自编的《中学生写作文本形成能力测验》。测验设三个大题，共 22 小题，分别测查中学生写作文本形成能力的审题能力、立意能力、选材能力、组材能力和基本表达能力。其中审题能力、立意能力和选材能力使用客观选择题，组材能力使用排序题，基本表达能力使用选择题和说明理由的简答题。关于中学生写作文本形成能力，这里指学生形成文本所必需使用的相关能力，即如果没有这些能力就无法形成作文。因此也可以说，文本形成能力测验主要考查的是写作者将思想与材料组合成文章基本形式的能力。

以选自被测学校平时工作认真负责的教师作为主试。测试前在指导语、施测过程要求方面对主试进行培训。测试开始时，先由主试读指导语，然后学生答题。学生完成答题时，由主试核查班级、姓名、性别等基本项目。答题不限时。在整个测试过程中，研究者在各测试教室间巡视，解决临时出现的问题。

文本形成能力五个维度的界定已在前面介绍，不再赘述。对测验结果的具体计分方法见表 4-1。

表 4-1　写作文本形成能力评分表

	4 分	3 分	2 分	1 分	0 分
选择题	2 对	2 对 1 错	1 对	1 对 1 错或 1 对 2 错	全选或未选
排序题	顺序全对	连对 3 个	连对 2 个	一个及以上位置对	全错或未答
选择简答题	全部选对答对	1 错	2 错	3 错	全错或未答

文本形成能力各分维度所辖项目的平均分为该分维度的总分，五种文本形成能力（分维度）的平均分为中学生写作文本形成能力的总分。

获得测量数据之后，由本科以上学历并从事教育研究的人员，严格按照评分标准对测题进行阅改，并将结果进行初步整理，然后录入计算机，使用 SPSS12.0 软件进行统计分析。

二、写作文本形成能力的发展趋势

为探查中学生文本形成能力的一般情况，我们首先对各年级文本形成能力总分的情况进行了分析。

统计结果显示，被试文本形成能力的总分情况分别为：初一 2.06 分、初二 2.04 分、初三 2.33 分、高一 2.39 分、高二 2.38 分、高三 2.43 分和总分 2.28 分；各年级和总体被试的相应标准差分别为：0.〔3〕分、0.48 分、0.43 分、0.42 分、0.45 分、0.41 分和 0.45 分。

中学生文本形成能力的变化趋势见图 4-1。

从整体上看，文本形成能力总体上表现出随年级增加而上升的发展趋势，但在高一以后呈现曲折的发展趋势。从离散程度看，整体上初中大于高中。

为进一步分析年级和性别因素对中学生写作文本形成能力的影响，本研究以文本形成能力总分为因变量，进行年级×性别（6×2）的方差分析，结果见表 4-2。

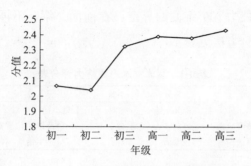

图 4-1   文本形成能力年级变化趋势

表 4-2   写作文本形成能力总分方差分析

变异来源	df	MS	F
年级	5	3.677	18.441***
性别	1	4.789	24.020***
年级×性别	5	0.068	0.340

表 4-2 的结果表明，文本形成能力总分的年级主效应极为显著；性别主效应极为显著；女生明显好于男生；年级和性别的交互作用不显著。事后比较结果显示，初一、初二与初三及以上各年级之间存在显著差异；初一和初二年级之间不存在显著差异；初三、高一、高二、高三年级之间不存在显著差异。文本形成能力总分由低到高的年级排序结果为：初二、初一、初三、高二、高一和高三。

中学生的写作文本形成能力总体上表现出较为明显的阶段性特点。总的来看，在中学阶段，写作文本形成能力呈上升趋势，这与一般的能力发展理论在方向上是相吻合的。但是，年级间的差异检验结果显示，只有初二到初三之间存在显著差异，而其他年级之间均不存在显著差异。这个结果表明，在中学阶段，学生文本形成能力在初三存在一个发展的关键期，初三以后发展不明显。

整体上看，相对于高中阶段而言，初中阶段学生文本形成能力的离散程度较大（初中标准差：0.48 分，高中标准差：0.43 分）。结合初、高中两个阶段的发展趋势分析，初中阶段的离散程度较大，反映了初中学生文本形成能力不稳定的一面；而在高中，当文本形成能力趋于成熟时，离散程度逐渐减少。

研究结果还显示，中学生写作文本形成能力存在性别差异。这种情况可能与学科特点有关系，女生在文本形成能力方面的表现更为出色。

三、写作文本形成能力的水平分布

为了了解不同年级学生文本形成能力发展水平的具体情况，研究分析了不同年级文本形成能力得分比例的情况，得分被分成四个等级：0～0.99 分；1～1.99 分；2～2.99 分；3～4 分。结果见表 4-3。

表 4-3　各年级文本形成能力得分情况分布　（单位：%）

	初一	初二	初三	高一	高二	高三
0～0.99 分	4.2	3.0			1.7	
1～1.99 分	33.3	41.7	20.4	18.0	13.2	13.3
2～2.99 分	58.3	54.3	74.7	75.0	76.2	82.3
3～4 分	4.2	1.0	4.9	7.0	8.3	4.4

表 4-3 的结果显示，初二年级的学生，文本形成能力 2 分以上的人数已经超过一半；初三年级已经达到 75%；高中阶段高分学生的比例稳步增长。同时我们也看到，只有较少的学生达到 3 分以上。

结合文本形成能力各年级得分的分布情况，可以看到，初三年级是中学生文本形成能力的基本形成时期。一般智力理论认为，个体在 16 岁左右达到智力成熟，而初三年级学生的年龄一般在 15 岁左右，也就是说，中学生文本形成能力达到基本形成的水平，要略早于智力成熟时期。关于这种情况，可以从三个方面予以分析。第一，写作文本形成能力就其具体操作所需要的水平而言，对智力的要求并不是很高，它是一种经过训练后较为容易达到的能力。写作文本形成能力所要解决的是一系列形成文本的过程中的操作问题，写文章首先要知道要求是什么（审题）；要有明确的主题（立意）；要知道用哪些素材来支撑这篇文章（选材）；要知道按照一般结构要求合理地安排所掌握的材料（组材）；要能把这些想法付诸笔端、变成文字（基本表达）。很显然，这些过程执行能力都不是十分复杂，不需要过于复杂的分析综合过程。

第二，学生在文本形成能力方面所接受的教育是在小学就开始的，经过较长时期的不断要求和训练，形成了较好的文本形成能力的基础。我国教学大纲对小学高年级要求（2000），"能写简单的记叙文和想象作文，能写读书笔记、书信等，内容具体、感情真实、句子通顺，有一定条理……养成想清楚再写……的习惯。"初中阶段进一步要求，"能写记叙文、简单的说明文、简单的议论文和一般应用文。根据写作需要，确定表达的内容和中心，做到感情真实，内容具体，中心明确，语言通顺，注意简洁得体。选择恰当的表达方式，合理安排内容的先后和详略，条理清楚地表达自己的意思。"从这些要求和上述研究的结果可以看到，中学生写作文本形成能力的发展和形成受到学校教育长期而直接的影响。第三，结果显示，初中阶段文本形成能力的起点较高，而且以后的发展幅度也不是很大，这说明中学阶段前半期是文本形成能力的基本形成时期。我国研究者（周泓，2002）对我国小学相同写作内容的研究结果表明，小学高年级学生审题、立意、选材、组材和基本表达能力已经发展到相对较好的水平。从中小学生写作能力发展的连续性角度看，周泓的研究结果与本研究的结果是一致的，共同支持了上述分析。

关于中学生写作文本形成能力的发展，可以从各年级得分水平的比例方面获得较为清晰的概貌。初一和初二年级学生文本形成能力的得分达到 2 分以上的人数比例在 50%～60% 左右；而到初三年级时，这个水平的人数比例达到近 80%（79.6%）；高一为 82%；高二为84.5%；高三为 86.7%。这里可以十分清楚地看到，初三年级文本形成能力达到基本水平（得分超过 2 分）的人数开始超过 75%，之后较为稳定地逐步提高。根据这一情况，可以判定，初三年级是文本形成能力基本形成的年级。又因为文本形成能力是学生写作的基本能力，因此可以说，初三年级是中学生写作的基本能力形成的年级。

另一方面，从得分的分布情况来看，尽管整体上中学生的得分随年级的上升而不断提高，但是不同学生之间仍存在较大的差距。有相当一部分学生的得分没有达到 2 分，这说明中学生的文本形成能力存在个体差异，一些学生即使到了高中也未能达到文本形成能力的基本水平。综合前面关于对中学生文本形成能力的影响因素的分析，可以推断，中学生文本形成能力个体间较大差异的主要原因，应该在于中学生对文本形成知识的理解方面尚存在一定的问题，以及对这些学生针对性的训练较为缺乏。这一点，在教学上应引起足够的注意。

研究结果还显示，尽管中学生的文本形成能力已经达到一个基本水平，但是从发展的角度看，整个中学阶段学生的文本形成能力并没有达到很高的水平，还存在一定的发展空间。这个结果提示人们，应该在教学上对中学生文本形成能力提出更高的要求，并采取相应的措施。

因此可以说，中学阶段个体写作文本形成能力得到了快速增长，但是这种基本能力的发展主要发生在初中阶段，初三年级是发展的关键期，也是文本形成能力的基本形成时期。写作文本形成能力与其他写作能力相比，达到基本水平的时期较早，到高中阶段趋于稳定，但是也可以看到，文本形成能力尚存在可以继续发展的空间。中学生写作的文本形成能力存在个体差异，相对于高中阶段，初中阶段写作文本形成能力的发展存在较大的波动性。

第二节　文本形成能力不同维度的发展特点

为了进一步深入探查文本形成能力的发展特点，研究对文本形成能力不同维度及其分维度进行了分析，包括：审题能力及其分维度（①单一条件：需要考虑的条件只有一个，如针对人的外表或是内心世界；②复杂条件：需要考虑的条件多于一个，如时间、环境、对象）；立意能力及其分维度（①具体事物：针对具体事物；②抽象观念：针对抽象观念）；选材能力及其分维度（①记叙文：对记叙文的选材；②议论文：对议论文的选材）；组材能力及其分维度（①时空顺序：根据时间、方位组材；②逻辑关系：根据逻辑关系组材）；基本表达能力及其分维度（①准确简明；②连贯得体；③生动变化）。

一、审题能力的变化特点

（一）审题能力总体变化特点

审题能力分年级的得分情况从初一到高三分别为 2.08 分、1.97 分、2.25 分、2.21 分、2.24 分和 2.15 分，标准差分别为 0.74 分、0.69 分、0.63 分、0.74 分、0.66 分和 0.60 分。

为进一步分析年级和性别因素对中学生审题能力的影响，研究以审题能力的得分为因变量，进行年级×性别（6×2）的方差分析，结果见表 4-4。

表 4-4　审题能力得分方差分析

变异来源	df	MS	F
年级	5	1.335	2.953*
性别	1	3.881	8.582**
年级×性别	5	0.293	0.648

＊＊表示 $p < 0.01$，下同。

表 4-4 的结果表明，审题能力年级主效应显著；性别主效应十分显著；女生明显好于男生；年级和性别的交互作用不显著。事后比较结果表明，初二与初三、高一、高二这三个年级之间存在显著差异，其他年级之间不存在显著差异。审题能力在初三年级发展到最高水平，初三是发展的关键年级，初三之后不存在统计学意义上的年级差异。审题能力得分由低到高的年级排序结果为：初二、初一、高三、高一、高二和初三。

（二）审题能力分维度变化特点

研究对审题能力单一条件和复杂条件分维度进行了分析，不同年级平均分见表 4-5。

表 4-5	审题能力不同年级分维度得分				（单位：分）	
	初一	初二	初三	高一	高二	高三
单一条件	2.45	2.52	2.94	3.02	3.08	3.01
复杂条件	1.82	1.55	2.01	1.81	1.88	1.80

对单一条件分维度进行方差分析的结果显示，单一条件分维度的年级主效应极为显著；性别主效应极为显著；女生明显好于男生；年级和性别的交互作用不显著。事后比较结果表明，初一与初三及以上各年级之间存在显著差异；初二与初三及以上各年级存在显著差异；其他年级之间没有显著差异。单一条件分维度在初三以后的发展不存在统计学意义上的显著差异，得分由低到高的年级排序结果为：初一、初二、初三、高三、高一和高二。

对审题能力复杂条件分维度进行方差分析的结果显示，年级、性别主效应和年级性别交互作用均不显著。

单一条件和复杂条件的发展情况见图 4-2。

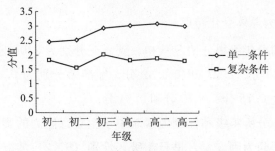

图 4-2　审题能力分维度的发展趋势

研究对审题能力两个分维度的平均得分（单一条件：2.84 分、复杂条件：1.81 分）进行了比较，结果显示，两者之间的差异达到极为显著的水平。这表明，审题能力的两个分维度的发展不均衡。

审题能力在整个中学阶段得分最低的年级是初一和初二年级，到初三年级发展到最高水平。初三年级是审题能力发展的关键期，初三以后没有显著变化。

研究分析了中学生在审题能力的单一条件和复杂条件两种情况下

的表现。中学生在单一条件下的审题能力发展极为显著，具体表现在初二年级到初三年级之间，其他年级没有显著差异的情况，这表明初三年级是单一条件维度发展的关键期。从发展趋势图可以看到，初三年级以后，这一维度达到3分以上，以后的各年级基本维持同一水平。在复杂条件下，各年级之间不存在显著差异，平均分与单一条件相比差距较大，达到极为显著的差异水平。从这个结果可以看到，中学生对于条件的数量极为敏感，当只需要考虑单一条件时，审题能力与文本形成能力总分的发展相一致，而且发展得较好；而当存在多个条件时，发展便出现停滞现象，甚至高年级也无例外。这种情况可能与认知加工的容量有关，当学生遇到看似简单而又条件较多的问题时，可能会因为需要加工的因素的增加而出现判断错误。因此，审题能力可能受到认知加工能力的影响，这方面需要另设研究加以进一步验证。

二、立意能力的变化特点

(一) 立意能力总体变化特点

立意能力分年级得分情况从初一到高三分别为 2.01 分、2.09 分、2.21 分、2.29 分、2.27 分和 2.32 分，标准差分别为 0.86 分、0.70 分、0.73 分、0.75 分、0.70 分和 0.74 分。

为进一步分析年级和性别因素对中学生立意能力的影响，我们以立意能力的得分为因变量，进行年级×性别（6×2）的方差分析，结果见表 4-6。

表 4-6　立意能力得分方差分析

变异来源	df	MS	F
年级	5	2.019	3.623**
性别	1	1.677	3.010
年级×性别	5	0.218	0.748

表 4-6 的结果表明，立意能力年级主效应十分显著；性别主效应和年级×性别的交互作用均不显著。事后比较结果表明，初一与高中各年级差异显著；初中各年级之间无显著差异；初二以上各年级之间无

显著差异。初一到高一年级是上升阶段，高一到高三年级呈曲折发展趋势。立意能力得分由低到高的年级排序结果为：初一、初二、初三、高二、高一和高三。

（二）立意能力分维度变化特点

研究对立意能力具体事物和思想观念分维度进行了分析，不同年级平均分见表 4-7。

表 4-7　立意能力不同年级分维度得分　　　（单位：分）

	初一	初二	初三	高一	高二	高三
具体事物	1.82	1.92	2.34	2.61	2.35	2.47
思想观念	1.70	1.56	1.49	1.79	2.05	1.91

对具体事物分维度进行方差分析的结果表明，具体事物分维度年级主效应极为显著；性别主效应不显著；年级和性别的交互作用不显著。事后比较结果表明，初一、初二分别与初三以上各年级差异显著；其他年级之间的差异均不显著。具体得分由低到高的年级排序结果为：初一、初二、高二、初三、高三和高一。

对思想观念分维度进行方差分析的结果表明，思想观念分维度年级主效应十分显著；性别主效应不显著；年级和性别的交互作用不显著。事后比较结果表明，初二与高二年级差异显著；初三与高二之间差异显著；其他年级之间的差异均不显著。具体得分由低到高的年级排序结果为：初三、初二、初一、高一、高三和高二。

立意能力中具体事物与思想观念分维度的发展情况见图 4-3。

我们对立意能力两个分维度的平均得分（具体事物：2.27 分、思想观念：1.75 分）进行了比较。结果显示，具体事物和思想观念之间的差异达到极为显著的水平，也就是说，具体事物分维度和思想观念分维度处于不同的水平，从图 4-3 看，随年级的变化趋势也不相同。

立意能力指在文章中明确说明一个道理，表达一种感情的能力，主要体现在符合情理、积极健康方面。结果显示，初一年级与高中各年级存在显著差异；初一、初二、初三年级之间没有显著差异；初三

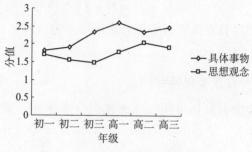

图 4-3　立意能力分维度的发展趋势

及以上各年级之间也不存在显著差异。立意能力在初一年级水平最低，随年级上升而发展，到高一年级以后呈曲折发展趋势，也就是说，中学生立意能力的发展幅度不大，高中阶段发展不明显。

　　研究分析了中学生在立意能力的描述具体事物和表现思想观念两种情况下的表现。在具体事物情况下，立意能力的发展起点较高（1.82分），高一达到最高水平（2.61分），之后呈曲折发展。初一、初二与初三以上各年级之间存在显著差异，初三以上各年级之间无显著差异情况存在。这个结果表明，初三是中学阶段具体事物立意能力发展的关键期，其发展时期主要在初中。思想观念方面的立意能力发展起点较低（1.70分），高二达到最高水平（2.05分），年级间的差异表现在初二、初三与高二之间，其他年级无差异情况存在。这告诉我们，中学生思想观念方面的立意能力发展较慢较晚，到高中中后期达到较为一般的水平。思想观念立意能力的水平体现在两个方面，一是外表现象与内心世界的差别；二是思想健康程度。第一个方面反映了学生分析事物的深度，第二个方面反映了学生的价值取向。立意能力不仅是智力方面的问题，也是价值观的反映，因此它受到两方面的影响。仅从智力的角度讲，它与思维品质的深刻性有重叠之处，但作为文本形成能力它又是必不可少的一个成分。对立意能力两个维度平均分比较的结果显示，二者之间存在极为显著的差异，它们处于完全不同的水平（具体事物：2.27分、思想观念：1.75分），从这一点可以看到中学生在描述具体事物与表现思想观念方面发展的不平衡的特点。因此，对立意能力不同方面的培养应不同对待，关于这一点，写作教育应予以注意。

三、选材能力的变化特点

（一）选材能力总体变化特点

选材能力分年级得分情况从初一到高三分别为 2.09 分、2.06 分、2.45 分、2.44 分、2.40 分和 2.50 分，标准差分别为 0.81 分、0.89 分、0.82 分、0.73 分、0.78 分和 0.77 分。

为进一步分析年级和性别因素对中学生选材能力的影响，我们以选材能力的得分为因变量，进行年级×性别（6×2）的方差分析，结果见表 4-8。

表 4-8　选材能力得分方差分析

变异来源	df	MS	F
年级	5	4.407	7.035 ***
性别	1	13.611	21.727 ***
年级×性别	5	0.723	1.154

表 4-8 的结果表明，选材能力年级主效应极为显著；性别主效应极为显著；女生好于男生；年级和性别的交互作用不显著。事后比较发现，初一、初二与初三、高一、高二、高三之间差异显著；初一与初二之间不存在显著差异；初三、高一、高二、高三之间不存在显著差异；初三年级是显著上升年级。平均分由低到高分别为：初二、初一、高二、高一、初三和高三。

（二）选材能力分维度变化特点

研究对选材能力记叙文和议论文分维度进行了分析，不同年级平均分见表 4-9。

表 4-9　选材能力不同年级分维度得分　　　（单位：分）

	初一	初二	初三	高一	高二	高三
记叙文	2.42	2.27	2.44	2.29	2.51	2.69
议论文	1.79	1.86	2.38	2.56	2.21	2.31

对选材能力记叙文分维度进行方差分析的结果表明，其年级主效应十分显著；性别主效应十分显著；女生好于男生；年级和性别的交互作用不显著。事后比较结果表明，初二和高三之间、高一和高三之间存在显著差异；其他各年级之间均无显著差异。选材能力记叙文在高一年级之前呈曲折发展趋势，高二、高三年级显著增长。选材能力记叙文维度的得分由低到高的年级排序结果为：初二、高一、初一、初三、高二和高三。

对选材能力议论文分维度进行方差分析的结果表明，其年级主效应极为显著；性别主效应极为显著；年级和性别交互作用不显著。事后比较结果表明，初一、初二与其他年级之间存在显著差异；高一与高二年级之间存在显著差异；其他年级之间均不存在显著差异。选材能力议论文的发展在初三年级显著上升，初三年级以后呈曲折发展趋势。选材能力议论文的得分由低到高的年级排序结果为：初一、初二、高二、高三、初三和高一。

选材能力中记叙文与议论文分维度的发展情况见图4-4。

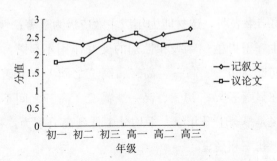

图4-4　选材能力两个分维度的发展趋势

对记叙文与议论文两个分维度的平均得分（记叙文：2.46分、议论文：2.21分）进行比较的结果显示，记叙文和议论文之间在选材能力上的差异达到极为显著的水平。也就是说，两方面的发展极不平衡，从图4-4来看，两者的发展呈交织状态。

选材能力的起点较高，高三年级的得分也较高（初一：2.10分，高三：2.50分），这说明选材能力的发展比较好。结果显示，初一、初二年级与初三级以上各年级之间存在显著差异；初三以上各年级之间不存在显著差异。这说明，初三是中学阶段选材能力发展的关键期，以后的发展较为平稳。结果显示，审题能力存在显著的性别差异，女生优于男生。

选材能力分为记叙文和议论文两个分维度。两个分维度的发展在平均分、初一起点和高三的最终发展水平方面均有较大差别。从平均分看，记叙文2.46分、议论文2.21分；从初一起点得分看，记叙文2.43分、议论文1.78分；从高三水平看，记叙文2.69分、议论文2.31分，三者差别都达到极为显著的水平。这种差异的存在，可能是由于受到学习内容和智力发展两个方面因素影响造成的。小学、初中作文教学以记叙文为主，记叙文的发展较为充分；高中阶段要求各种文体同时学习巩固，又以议论文为主，因此议论文的发展较快。另一方面，记叙文与形象思维的关系更为密切，议论文与抽象思维的关系更为密切，随着学生年龄的增长，智力的发展逐渐变得更加有助于广泛的文体，特别是议论文的学习。研究同时发现，议论文虽然起点较低，但是发展较快，这个情况提示人们，可以适当地提前、提高对议论文写作的要求，制定与智力成熟相一致的教学措施，以达到使议论文选材能力较早发展的目的。

四、组材能力的变化特点

（一）组材能力总体变化特点

组材能力分年级得分情况从初一到高三分别为2.09分、2.07分、2.37分、2.47分、2.58分和2.62分，标准差分别为0.76分、0.72分、0.72分、0.67分、0.67分和0.71分。

为进一步分析年级和性别因素对中学生组材能力的影响，研究以组材能力的得分为因变量，进行年级×性别（6×2）的方差分析，结果见表4-10。

表 4-10　组材能力得分方差分析

变异来源	df	MS	F
年级	5	7.328	14.590***
性别	1	0.677	1.349
年级×性别	5	0.192	0.383

表 4-10 的结果表明，组材能力的年级主效应极为显著；性别主效应不显著；年级和性别的交互作用不显著。事后比较结果表明，初一和初二与其他年级存在显著差异；初三与除高一之外其他年级存在显著差异；高中阶段不存在显著差异。组材能力的发展从初二开始随年级增长而上升，初三年级是发展的关键年级，高中阶段不再有明显的发展。组材能力的得分结果由低到高的年级排序结果为：初二、初一、初三、高一、高二和高三。

（二）组材能力分维度的变化特点

研究对组材能力时空顺序和逻辑关系分维度进行了分析，不同年级平均分见表 4-11。

表 4-11　组材能力不同年级分维度得分　　（单位：分）

	初一	初二	初三	高一	高二	高三
时空顺序	2.48	2.42	2.75	2.82	2.84	2.88
逻辑关系	1.71	1.71	2.00	2.11	2.28	2.36

对时空顺序分维度进行方差分析的结果表明，组材能力时空顺序分维度的年级主效应极为显著；性别主效应不显著；年级和性别的交互作用不显著。事后比较结果表明，初一、初二年级与初三及以上各年级存在显著差异；初一和初二年级之间不存在显著差异；初三、高一、高二和高三年级之间不存在显著差异；初三年级时显著上升，初三以后没有明显发展。时空顺序分维度的得分由低到高的年级排序结果为：初二、初一、初三、高一、高二和高三。

对逻辑关系分维度进行方差分析的结果表明，组材能力逻辑关系分维度的年级主效应极为显著；性别主效应不显著；年级和性别的交互作用不显著。事后比较结果表明，初一、初二年级与其他各年级之间存在显著差异；初三与初一、初二、高二和高三年级之间存在显著差异；其他年级之间不存在显著差异；初三年级是发展迅速的年级。在高中阶段，逻辑关系分维度没有实质性的发展。逻辑关系分维度的得分由低到高的年级排序结果为：初一、初二、初三、高一、高二和高三。

组材能力中时空顺序与逻辑关系分维度的发展情况见图4-5。

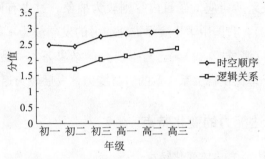

图 4-5　组材能力两个分维度的发展趋势

研究对组材能力两个分维度的平均得分（时空顺序：2.71 分、逻辑关系：2.04 分）进行了比较。结果显示，组材能力的时空顺序和逻辑关系维度之间的差异达到极为显著的水平，也就是说，两方面的发展极不平衡，但是从图4-5来看，其发展趋势大体一致。

组材能力指按照正确的顺序安排材料的能力。研究结果表明，在组材能力方面，初二到初三年级显著增长；初三与高二、高三呈现显著差异；初一、初二与初三及以上各年级均呈现极为显著的差异；高中各年级不存在显著差异。结合发展趋势图，可以清晰地看到，初一到初二没有发展；初二到初三迅猛发展；初三到高三持续发展，但是与初二到初三的发展相比，高中阶段的发展较为缓慢。因此可以说，组材能力在初二以后持续发展，初三年级是发展的关键期。从发展水平看，组材能力发展的也比较好，高三年级达到了 2.62 分。

组材能力包括时空顺序和逻辑关系顺序两个方面，两个方面在发展趋势上极为相似，但是在平均分、初一起点和高三的最终发展水平方面均有较大差别。从平均分看，时空顺序 2.71 分，逻辑关系 2.04

分；从初一起点得分看，时空顺序 2.47 分，逻辑关系 1.73 分；从高三水平看，时空顺序 2.78 分，逻辑关系 2.36 分，三个方面在两者之间均存在极为显著的差异。这种差别的原因可以理解为由来自于个体在时间、空间和逻辑关系顺序理解方面的差异所导致的结果。时间空间维度所对应的题目是与学生生活关系较为密切的事件描述，较为具体；而逻辑关系所对应的题目内容则较为抽象。过去有研究表明（黄煜烽等，1985），我国中学生演绎推理能力的发展较为平缓，平均得分仅为 4.99 分（满分 10 分），这与本研究的结果基本一致。可以看到，中学生对偏于理论逻辑关系文章的组材能力，发展较为迟缓。

五、基本表达能力的变化特点

(一) 基本表达能力总体变化特点

基本表达能力分年级得分情况从初一到高三分别为 2.05 分、2.01 分、2.45 分、2.53 分、2.41 分和 2.56 分，标准差分别为 0.83 分、0.78 分、0.68 分、0.67 分、0.73 分和 0.61 分。

为进一步分析年级和性别因素对中学生基本表达能力的影响，我们以基本表达能力的得分为因变量，进行年级×性别（6×2）的方差分析，结果见表 4-12。

表 4-12　基本表达能力得分的方差分析

变异来源	df	MS	F
年级	5	7.022	14.018***
性别	1	10.017	19.997***
年级×性别	5	0.419	0.836

表 4-12 的结果表明，基本表达能力的年级主效应极为显著；性别主效应极为显著；年级和性别的交互作用不显著。事后比较结果表明，初一、初二年级与初三、高一、高二、高三年级之间存在差异显著；初一和初二年级之间没有显著差异；初三及其以上各年级之间没有显著差异；初三年级是快速发展的年级。基本表达能力在初三年级以后呈曲折发展。基本表达能力的得分由低到高的年级排序结果为：初二、

初一、初三、高二、高一和高三。

中学生文本形成能力的基本表达能力分维度总体上呈上升趋势，但是相邻年级之间只有初二和初三之间存在显著差异，在初三以后没有显著差异。这说明，初三年级是中学阶段基本表达能力发展的关键期，初三以后则发展平稳。

（二）基本表达能力分维度的变化特点

研究对基本表达能力准确简明、连贯得体和生动变化分维度进行了分析，不同年级平均分见表 4-13。

表 4-13　基本表达能力不同年级分维度得分　（单位：分）

	初一	初二	初三	高一	高二	高三
准确简明	2.10	2.36	2.43	2.51	3.08	2.12
连贯得体	1.91	2.01	2.20	2.34	2.55	2.70
生动变化	2.15	1.66	2.32	2.70	2.40	2.84

对准确简明分维度进行方差分析的结果表明，基本表达能力准确简明分维度的年级主效应显著；性别主效应不显著；年级和性别的交互作用不显著。事后比较结果表明，使用 S-N-K 方法检验没有发现各年级之间存在显著差异；使用 LSD 方法检验，发现存在显著差异，但是 p 值均接近临界水平，涉及的年级有：初一与初三之间、初一与高一之间、初三与高三之间、高一与高二之间、高一与高三之间。基本表达能力的准确简明分维度在高一达到最高值，然后回调。从显著水平看，基本属于波动趋势。准确简明分维度的得分由低到高的年级排序结果为：初一、高二、高三、初二、初三和高一。

对连贯得体分维度进行方差分析的结果表明，基本表达能力的连贯得体分维度的年级主效应极为显著；性别主效应极为显著；年级和性别的交互作用不显著。事后比较结果表明，初一、初二年级与其他年级存在显著差异；初三、高一年级与其他年级存在显著差异；高二、高三与其他年级存在显著差异。连贯得体以两个年级为一组随年级的增高呈阶梯式上升，趋势十分明显，其得分由低到高的年级排序结果为：初一、初二、初三、高一、高二和高三。

对生动变化分维度进行方差分析的结果表明，基本表达能力的生动变化分维度的年级主效应极为显著；性别主效应极为显著；年级和性别的交互作用不显著。事后比较结果表明，初一与其他年级存在显著差异；初二年级与除初三年级以外的其他年级存在显著差异；初三年级与除初二以外的其他年级存在显著差异；高二年级与除初二以外的其他年级存在显著差异；高一年级与除高二年级以外的其他年级存在显著差异；高三年级与除高一以外的其他年级存在显著差异。生动变化分维度随年级上升而波折增长，分别在初二和高二存在明显回调，其得分由低到高的年级排序结果为：初二、初一、初三、高二、高一和高三。

基本表达能力中准确简明、连贯得体和生动变化分维度的差异情况见图 4-6。

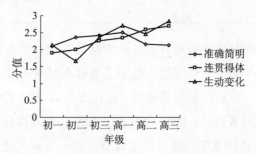

图 4-6 基本表达能力三个分维度的发展趋势

研究对基本表达能力三个分维度的平均得分（准确简明：2.28 分、连贯得体：2.32 分、生动变化：2.38 分）进行了重复测量检验。结果显示，方差分析主效应不显著，因此从整个发展过程来讲，三方面是平衡的。但是从图 4-6 来看，其最终在高三年级的发展水平存在差别。为此，研究对高三年级的情况进行了比较，结果显示，方差分析主效应极为显著。事后比较结果显示，准确简明与连贯得体之间、准确简明与生动变化之间均存在显著差异。这表明基本表达的发展在特定阶段还是存在一定的不平衡的情况。

基本表达能力包括准确简明、连贯得体和生动变化。研究结果表明，在准确简明方面基本上不存在年级和性别差异。在连贯得体方面，方差分析结果显示年级间的差异极为显著，初一、初二年级与其他年级存在显著差异；初三、高一年级与其他年级存在显著差异；高二、高三与其他年级存在显著差异；整体上呈现阶梯式上升的趋势。在生动变化方面，基本上呈曲折发展趋势，从初二到高一发展迅速，高一是发展的关键期；高二有一个回调，高三再次向上发展，但高三与高一并没有形成显著差异。从平均分看，基本表达能力的三个分维度不存在显著差异（准确简明：2.28分、连贯得体：2.32分、生动变化：2.38分）；从发展起点来看，也不存在显著差异（准确简明：2.21分、连贯得体：1.95分、生动变化：2.15分）；但是从高三年级的最终发展高度来看，连贯得体和生动变化要明显地好于准确简明（$p < 0.001$）。总的来讲，基本表达能力的三个分维度的发展是平衡的，但是作为基本表达的最基本的准确简明分维度在中学阶段基本没有发展。造成这种情形的原因可能在于训练不够，因此应该在教育过程中给予充分注意。

基本文书能力中的五个维度，在各年级学生中均存在较明显的个体差异，这在研究结果中具体表现为标准差较高（0.60～0.89分之间），这表明，在五个维度上所有年级的学生均存在水平方面的较大差别。这种差异表现为两个特点，一是审题和组材比其他维度的差异相对小些；二是差异随年级上升而有所下降。前者可能与掌握相关能力的难易程度有关，审题和组材选择余地较小，对于学生更为容易把握，而立意、选材和表达则存在更大的弹性。后者可能与学生对其运用的熟练程度有关，随着年级的增高，学生对这些技能掌握得更为熟练，相对而言个体之间的差距也趋于降低。本书认为，如果针对较差学生增加适量练习，这种个体差异应该可以得到改善。

第三节　文本形成能力不同维度的差异与关系

前面的研究显示，写作中不同文本形成能力的发展各有特点，并不完全相同。为了进一步查明中学生文本形成能力各维度之间的关系，研究针对其差异和相关情况进行了探讨。

一、中学生总体文本形成能力分维度之间的差异和相关

中学生总体各文本形成能力分维度平均得分情况见表 4-14。

表 4-14　五种文本形成能力的平均分　（单位：分）

审题能力	立意能力	选材能力	组材能力	基本表达能力
2.15	2.21	2.34	2.37	2.33

从表 4-14 可以看出，得分由高到低排序分别是：组材能力、选材能力、基本表达能力、立意能力和审题能力。

对中学生文本形成能力不同维度得分之间的比较结果显示，审题与选材、审题与组材、审题与表达、立意与选材、立意与组材、立意与表达之间存在显著差异。这表明，文本形成能力不同维度的发展是不均衡的。

相关分析的结果显示，立意和选材之间、立意和审题之间、审题和选材之间关系最为密切。

二、不同年级不同文本形成能力之间的差异与相关

五种文本形成能力的分年级得分情况见表 4-15 和图 4-7。

表 4-15　五种文本形成能力不同年级的平均分　（单位：分）

	初一	初二	初三	高一	高二	高三
审题能力	2.08	1.97	2.25	2.21	2.24	2.15
立意能力	2.01	2.09	2.21	2.29	2.27	2.32
选材能力	2.10	2.06	2.45	2.44	2.40	2.50
组材能力	2.09	2.07	2.37	2.47	2.58	2.62
表达能力	2.05	2.01	2.35	2.53	2.41	2.56

结果显示，五种文本形成能力随年级增高而变化的情况不尽相同，它们的起点基本在同一个水平，在初二到高一阶段逐步分化，高一以后向上发展的趋势基本消失。另外，五种文本形成能力全部都在较高

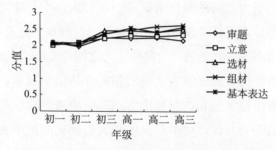

图 4-7　五种文本形成能力随年级增长的变化趋势

的得分区间波动，没有出现大的起伏。

为了探查每一年级文本形成能力不同分维度之间的发展是否存在差异，研究对不同文本形成能力分维度之间的差异情况进行了分年级的重复测量检验。结果显示，初三年级方差分析主效应达到显著水平，高中各年级方差分析主效应极为显著。事后比较结果显示，在初三年级和高中各年级不同分维度之间存在显著差异的情况为：初三年级，立意与选材、审题与选材；高一年级，审题与选材、审题与组材、审题与表达、立意与选材、立意与组材、立意与表达；高二年级，审题与选材、审题与组材、审题与表达、立意与组材、立意与表达、选材与组材；高三年级，审题与立意、审题与选材、审题与组材、审题与表达、立意与选材、立意与组材、立意与表达。

可以看到，各年级不同文本形成能力之间的差异情况很不一致。在初一年级和初二年级，各种文本形成能力之间没有显著差异，结合图 4-7 来看，这两个年级并没有明显上升趋势，这表明这个阶段的学生在文本形成能力方面变化较小，差别不大。到了初三年级，个别能力之间出现了显著差异，具体表现在审题和选材、立意和选材方面，从图 4-7 看，文本形成能力总体上也有明显发展。高一年级，不同能力分化的现象明显增加，具体表现在审题与选材、审题与组材、审题与表达、立意与选材、立意与组材、立意与表达六个方面。高二年级，尽管各能力之间的显著差异有所减少，但差异仍涉及较多方面，具体表现在审题与选材、审题与组材、审题与表达、立意与组材四个方面。

高三年级，各能力之间的分化情况进一步加大，十对能力比较中有七对达到显著差异，而且多数均在极为显著的差异水平。总的情况显示，差异主要是由审题和立意能力与其他能力之间的差距造成的。

不同年级各文本形成能力之间的相关分析结果显示，初中相关值较高的维度集中在审题和选材能力方面；高中相关值较高的维度集中在选材和立意能力方面；初中和高中相关值都低的集中在表达和组材能力方面。

通观中学生文本形成能力的整体情况可以看到，五种文本形成能力的发展是不均衡的，表现在平均分、发展高度和起止跨度三个方面。五种文本形成能力的平均成绩由高到低分别是：组材能力 2.37 分，选材能力 2.36 分，基本表达能力 2.33 分，立意能力 2.21 分，审题能力 2.15 分；五种文本形成能力高三年级的平均成绩由高到低分别是：组材能力 2.62 分，基本表达能力 2.55 分，选材能力 2.50 分，立意能力 2.32 分，审题能力 2.15 分；初一到高三之间的变化全距由大到小分别是：组材能力，基本表达能力，选材能力，立意能力，审题能力。可以看到，整体水平较高的是组材能力、选材能力和基本表达能力；最终发展最好和发展较快的是组材能力；平均分、发展高度和起止跨度都低的是审题能力。由于组材较多地涉及基本的计划构思等智力活动，从发展趋势看，组材能力也与思维品质联系较为相近，因此可以说，组材能力表现较好与智力成熟有关；另外，安排材料是学生写作文必须要做的事情，因此无论教师是否提出明确的要求，学生都要经历使用材料去构成作文的过程，这样学生会经历很多次用心的训练，因此这也是学生进行认真训练的结果。审题能力发展水平相对较低，但并不是全面地低，而是多重条件情况下的水平低，这一点在前文已经做过分析，此处不赘述；从另一方面讲，审题可能看似简单，但要想把较为复杂的写作要求真正把握好，却需要深度分析与思考，并使容易达成，虽然教师一再强调其重要作用，但在日常的教学中，一般不专门安排审题方面的训练，往往年级越高审题能力的教学越容易疏忽，因此疏于具体训练可能也是一个原因。

　　文本形成能力不同维度平均分之间的差异的结果，进一步说明了不同维度发展的两极化的情形。例如，审题、立意与除这两项本身之外的所有维度之间均存在显著差异，原因是这两项能力的得分都比较低。另一方面，从不同年级的情况看，初一、初二年级没有出现差异现象，这表明各种能力的发展在中学早期没有出现分化情况；初三年级选材能力发展较为突出，因此与发展较慢的审题和立意之间出现显著差异；高一以后，分化加剧，主要表现在审题和立意与其他方面的差距上。

　　从各文本形成能力的相关看，总体上选材与其他能力之间的相关最高；从分年级的情况看，频次最高的高相关维度也是选材；从最终的发展结果看，组材、表达和选材发展水平较高。总的看，选材在文本形成能力中较为重要。

　　综上所述，文本形成能力在整个初中阶段发展迅速，初三年级是关键期，到高中阶段达到较好水平，高中阶段一般呈曲折变化趋势。文本形成能力在中学阶段的发展起点较高，但在中学阶段发展的幅度不大。随着年级的增高，不同维度的发展产生分化，从发展的角度看，文本形成能力的发展尚有空间。文本形成能力在整体上和不同维度上均存在较为明显的个体差异。不同维度的发展也存在不平衡的现象。选材能力与其他能力的关系相对密切，发展的水平也较高，具有相对重要的地位。中学生文本形成能力的发展可能受到智力成熟和训练的双重影响。中学高年级存在性别差异，女生优于男生。尽管从整体来看，文本形成能力发展得较早、较好，但是各年级各维度却仍存在个体之间的较大差异，这需要实施相应的教育干预措施予以弥补。

第五章
中学生写作基本文书能力

中学生写作基本文书能力是写作所必需的与书写有关的基本能力，是个体将个人思考的文本形式转写成文字的能力，包括标点符号、字词、词组、句子、修辞和体裁。基本文书能力是写作学习最基础和最早接触的部分，因此较易受到忽视。所以有必要以适宜的形式，对基本文书能力进行测查，以了解写作基本文书能力总体和不同维度及其所含因素的发展特点，了解写作基本文书能力不同维度之间的关系。新近的研究结果表明，中学生写作的基本文书能力在总体上、发展起点、关键期、各维度的发展差异、不同层次的表现等方面，都存在其自身的独特性。

第一节　基本文书能力的整体发展特点

为了探查中学生写作基本文书能力的整体发展情况，研究对基本文书能力的总分情况进行了分析，包括发展趋势与年级水平的分布特征。

一、写作基本文书能力的测量与记分

中学生写作基本文书能力测查的被试来源与写作思维能力的被试相同，即 801 名初一到高三的中学生，男女比例适当。

测验工具采用自编的《中学生写作基本文书能力测验》。测量的内容针对中学生书写方面的基础知识及其使用情况。测验设六大题，分别测查写作基本文书能力的标点符号能力、字词能力、词组能力、句子能力、修辞能力和体裁能力。每项能力测查三个分维度，三个分维度由浅及深，目的是了解学生对各维度不同层次的把握程度。第一个分维度为了解用法；第二个分维度为模仿举例；第三个分维度为拓展运用，三个分维度的平均值为相应基本文书能力的得分。

以选自被测学校平时工作认真负责的教师作为主试。测试前在指导语、施测过程要求方面对主试进行培训。测试开始时，先由主试读指导语，然后学生答题。学生完成答题时，由主试核查班级、姓名、性别等基本项目。答题不限时。在整个测试过程中，研究者在各测试教室间巡视，解决临时出现的问题。

基本文书能力六个维度的界定已在前面介绍，不再赘述。

测验结果的具体计分方法如下。每个维度的了解用法、模仿举例和拓展运用三个层次各为满分 4 分，三个层次的平均分为该维度的得分；每选对或答对一处计 1 分（字词部分除外）；字词部分（维度）每识别出一个组词错误（了解用法）计1分，正确重新组词（模仿举例）计1分，每小题两字中每字组对（拓展运用）两个词及以上计0.5分，两字合计1分，不累加。六种基本文书能力（分维度）的总平均分为中学生写作基本文书能力总分。

获得测量数据之后，由本科以上学历并从事教育研究的人员，严格按照评分标准对测题进行阅改，并将结果进行初步整理，然后录入计算机，使用SPSS12.0软件进行统计分析。

二、写作基本文书能力的发展趋势

为探查中学生基本文书能力的一般情况，研究首先对各年级基本文书能力总分的情况进行了分析。

统计结果显示，被试基本文书能力的总分情况分别为：初一1.53分、初二1.92分、初三2.17分、高一2.20分、高二2.33分、高三2.95分和总体2.22分；所对应的标准差分别为：0.74分、0.64分、0.59分、0.45分、0.45分、0.40分和0.70分。

中学生基本文书能力的变化趋势见图5-1。

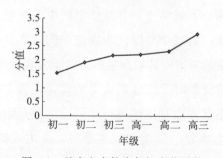

图5-1　基本文书能力年级变化趋势

基本文书能力总体上表现出随年级增加而上升的发展趋势，初中阶段上升明显；初三到高二较为平缓；高二到高三发展趋势明显。从离散程度看，整体上初中明显大于高中。

为进一步分析年级和性别因素对中学生写作基本文书能力的影响，本研究以基本文书能力总分为因变量，进行年级×性别（6×2）的方差分析。结果表明，基本文书能力总分的年级主效应极为显著；性别主效应极为显著；女生明显好于男生；年级和性别的交互作用不显著。事后比较结果显示，初一与其他年级之间存在显著差异；初二与其他年级之间存在显著差异；初三与除高一之外的年级之间存在显著差异；高一与初一、初二和高三之间存在显著差异；高二与除高一之外的年级之间存在显著差异。基本文书能力的发展存在初一到初三和高二到高三这两个明显上升阶段，其中后者更加突出。初三到高二虽有发展，但相对平缓。基本文书能力总分得分由低到高的排序结果为：初一、初二、初三、高一、高二和高三。

中学生的写作基本文书能力总体上表现出较为明显的阶段性特点。总的来看，写作基本文书能力呈上升趋势，这与一般的能力发展理论在方向上是吻合的。年级间的差异检验结果显示，初三年级以前是明显上升阶段；初三到高二年级发展平缓，不存在显著差异；高三年级发展迅猛。这个结果告诉人们：第一，中学生基本文书能力的发展存在两个上升阶段，第一个阶段在初中，第二个阶段在高二到高三年级；第二，中学生基本文书能力的发展在初三到高二年级存在一个相对停滞的阶段。

研究结果显示，相对于高中阶段而言，初中阶段学生的基本文书能力的离散程度较大（标准差：初中 0.66 分，高中 0.43 分）。这个结果表明，初中阶段基本文书能力的发展存在较不稳定的一面；而在高中，当基本文书能力趋于成熟时，离散程度逐渐减少。初中阶段的这种不稳定的情况，要求教师在从事作文教学时应考虑相应的措施予以应对，以帮助学生度过成长的不稳定阶段。随着年级和基本文书能力水平的逐步增长，离散程度呈现稳步下降的趋势，这表现了高中基本文书能力发展趋于成熟的特点。

研究结果还显示，中学生写作基本文书能力存在性别差异，这种情况可能与学科特点有关系，女生在基本文书能力方面的表现更为出色。

三、写作基本文书能力的水平分布

为了了解不同年级学生基本文书能力发展水平的具体情况,我们分析了不同年级文本形成能力得分比例的情况。得分被分成四个等级:0～0.99分;1～1.99分;2～2.99分;3～4分。结果显示,初二年级的学生,基本文书能力达到2分以上的人数已经超过一半,以后逐年增长;高三学生基本上全部达到2分以上,其中3分以上的人数达到47.5%,表明高三学生的基本文书能力开始迅速成熟。研究结果还显示,高三学生基本文书能力的平均得分已接近满分的75%(2.95分),作为平均成绩,这是一个相当高的水平。这个结果告诉我们,高中三年级学生的基本文书能力整体上基本达到成熟水平。

上述情况可以从三个方面予以分析。第一,写作基本文书能力的发展贯穿整个中学阶段。基本文书能力的一部分内容在小学阶段就是教育的重要组成部分,要求的水平已经达到基本标准,包括基本标点符号的认识与使用、3000个基本汉字的理解与初步使用、基本词组的学习和使用、书写句子和文段等。初中阶段关于基本文书内容的学习主要包括:标点符号的正确使用、词的分类、短语的结构、单句的成分、复句的主要类型和常见的修辞等。高中的学习主要是在初中及小学学习基础上的进一步拓展。从研究结果和学生学习的实际情况可以看到,基本文书能力的发展是学习不断深入(内容不断丰富)、水平不断提高(由认识到运用)的过程,这种发展延续整个中学阶段。第二,写作基本文书能力的发展表现出明显的阶段特征。我们认为,中学生的这种发展特点来自于两个方面。一方面,中学生关于基本文书能力的学习具有时段性特点,教学大纲中基本文书能力相关内容的学习主要安排在初二年级,所以初中阶段是一个主要发展阶段,这个阶段的学习实质上是对相关知识的了解和理解;另一方面,基本文书能力从了解用法到较好运用,要经过图式建构的过程,这个过程需要时间。高三是综合学习的阶段,在经过从初三到高二年级对基本文书内容不断熟悉、训练的过程之后，这种综合学习活动使过去的知识和经验得到了较好的消化，使对知识的运用水平大幅提高。高三基本文书能力的迅速增长本质上反映了图式建构的趋于完善和认知负荷的降低。第三，中学阶段是写作基本文书能力急速发展、完善的时期。从结果可以看到，在整个中学阶段基本文书能力平均分从 1.53 分增长到 2.95 分，幅度很大，达到相当高的水平。我们认为，从整体来看，高三年级达到了基本文书能力的基本成熟的水平。

这样，我们对基本文书能力有了一个基本的认识：初一到初三年级——知识学习导致快速发展；初三到高二年级——消化巩固促进图式建构；高三年级——完成迁移、形成显著发展。在访谈中，有些教师虽然认同中学阶段文本形成能力在发展，但一般认为这种发展主要是在初中阶段，这与研究数据的结果有些出入。高三年级快速发展的结果使我们产生了这样一种思考：教师的认识、要求和方法可能导致了发展较晚的结果；如果通过改变教学要求并实施适宜的措施，应该可以将高三大幅提高的时间适当提前，这样将会对提高学生的写作能力起到实质的促进作用。关于这一点，应专设研究进一步加以探讨。

中学生基本文书能力的发展较为明显地体现了理解知识、模仿举例和拓展运用三个方面的全面发展过程，也体现了学生的基本文书能力的发展存在理解知识、模仿举例与运用知识两个完全不同的水平，从前一个水平到后一个水平存在较大差距。基本文书能力的发展与思维品质的发展存在一定的相似之处，即两者都在初三到高一发展相对缓慢（当然，基本文书能力更加明显）。从知识理解、模仿到拓展运用，一方面体现着训练的效应，另一方面则体现着思维发展水平的作用，因为这个发展过程需要概括能力和发散思维能力的支持。结合写作思维发展的情况，本书认为，基本文书能力的发展受到了思维品质的影响。

综合看来，中学阶段个体写作基本文书能力快速增长，并达到基本成熟的水平。中学阶段基本文书能力的发展存在两个明显的快速发展阶段，一个阶段在初中，另一个阶段在高三，高三是发展成熟的关键期。相对于高中阶段，初中阶段写作基本文书能力的发展存在较大的波动性。中学基本文书能力方面存在性别差异，女生好于男生。

第二节　基本文书能力不同维度的发展特点

为了进一步深入探查基本文书能力的发展特点，我们对基本文书能力不同维度及其分维度的情况进行了分析。基本文书能力各维度包括：标点符号、字词、词组、句子、修辞和体裁，各维度均包括三个分维度（层次）：了解用法、模仿举例和拓展运用。

一、标点符号能力的变化特点

（一）标点符号能力总体变化特点

标点符号能力分年级得分情况从初一到高三分别为 2.86 分、3.01 分、3.54 分、3.57 分、3.53 分和 3.81 分，标准差分别为 1.15 分、0.98 分、0.71 分、0.62 分、0.74 分和 0.41 分。

为进一步分析年级和性别因素对中学生标点符号能力的影响，我们以标点符号能力的得分为因变量，进行年级×性别（6×2）的方差分析。结果表明，标点符号能力年级主效应极为显著；性别主效应极为显著；女生明显好于男生；年级和性别的交互作用不显著。事后比较结果表明，初一、初二与其他年级之间存在显著差异；初三、高一、高二与其他年级之间存在显著差异；高三与其他年级之间存在显著差异；初一与初二之间不存在显著差异；初三、高一和高二之间不存在显著差异。初三和高三是发展明显加快的年级。标点符号能力得分由低到高的年级排序结果为：初一、初二、高二、初三、高一和高三。

标点符号能力指了解常用标点符号的使用方法并能够正确使用常

用标点符号。标点符号能力在整个中学阶段得分最低的年级是初一年级；初二到初三年级发展最快；初三年级是标点符号能力发展的关键期；高一、高二没有明显发展；高三再次显著发展。标点符号是学生接触最早的基本文书能力之一，并且难度似乎也不是很大，但是研究结果显示，高三年级仍有显著发展。标点符号在高年级快速增长的情况说明了两点：第一，标点符号能力的发展最终形成有效迁移，需要较长的过程；第二，教学上可能存在忽视的现象，因为较少有教师在高中阶段强调对标点符号的要求并进行专项训练。

（二）标点符号能力分维度变化特点

研究对标点符号的了解用法、模仿举例和拓展运用分维度进行了分析，不同年级平均分见表 5-1。

表 5-1　标点符号能力不同年级分维度得分　　（单位：分）

	初一	初二	初三	高一	高二	高三
了解用法	3.14	2.98	3.61	3.87	3.84	3.87
模仿举例	3.15	3.51	3.77	3.64	3.60	3.87
拓展运用	2.28	2.53	3.24	3.20	3.15	3.69

对标点符号了解用法分维度进行方差分析的结果表明，了解用法分维度年级主效应极为显著；性别主效应极为显著；女生明显好于男生；年级和性别的交互作用不显著。事后比较结果表明，初一、初二年级分别与及其他年级之间存在显著差异；初一与初二年级之间不存在显著差异；初三及以上各年级之间没有显著差异。了解用法分维度得分在初三年级迅速发展，初三以后的发展不存在统计学意义上的变化，得分由低到高的年级排序结果为：初二、初一、初三、高二、高一和高三。

对标点符号模仿举例分维度进行方差分析的结果表明，模仿举例分维度年级主效应极为显著；性别主效应应显著；女生好于男生；年级和性别的交互作用不显著。事后比较结果表明，初一与其他年级存在显著差异；初二与初一、高三存在显著差异；初二到高二之间不存在显著差异；初三到高三之间不存在显著差异；初一到初三是明显上升阶段。模仿举例分维度得分由低到高的年级排序结果为：初一、初二、高二、高一、初三和高三。

对标点符号拓展运用分维度进行方差分析的结果表明，拓展运用分维度年级主效应极为显著；性别主效应十分显著；女生好于男生；年级和性别的交互作用不显著。事后比较结果表明，初一、初二与其他年级分别存在显著差异；初三、高一、高二分别与其他年级存在显著差异；高三与其他年级存在显著差异；初一与初二之间，初三、高一、高二之间，不存在显著差异。初一到初三是明显上升阶段，高二到高三是明显上升阶段。拓展运用分维度得分由低到高的年级排序结果为：初一、初二、高二、高一、初三和高三。

标点符号能力三个分维度的发展情况见图 5-2。

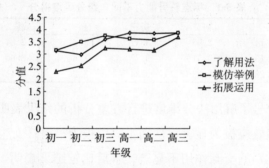

图 5-2　标点符号能力分维度的发展趋势

从发展起点和过程看，拓展运用分维度与其他两个分维度相比明显较低，但是在高三达到的水平较为相近。我们对标点符号三个分维度的平均得分（了解用法：3.56 分、模仿举例：3.61 分、拓展运用：3.00 分）进行了重复测量检验，结果显示方差分析主效应极为显著，拓展运用与其他两个分维度之间的差异达到显著水平。这表明，在中学的多数时间里，标点符号能力的三个分维度的发展是不均衡的。

从分维度上看，在了解用法方面，初一、初二与其他年级之间差异显著，初三是发展的关键年级，初三以上年级之间不存在明显发展；

模仿举例分项方面，初一到初三是明显的发展时期，初三以后呈波折发展趋势；在拓展运用方面，初一到初三和高二到高三是两个明显的发展阶段。三个分项从难度来讲是有梯度的，体现了从了解领会到拓展运用的发展台阶：了解用法、模仿举例发展得较早、较好，拓展运用发展较为滞后。从最后的发展水平看，三个方面的发展虽有差异，但都达到相当成熟的水平。

二、字词能力的变化特点

（一）字词能力总体变化特点

字词能力分年级得分情况从初一到高三分别为 1.67 分、1.97 分、2.56 分、2.22 分、2.30 分和 2.94 分，标准差分别为 1.13 分、1.30 分、0.90 分、0.72 分、0.76 分和 0.75 分。

为进一步分析年级和性别因素对中学生字词能力的影响，研究以字词能力的得分为因变量，进行年级×性别（6×2）的方差分析。结果表明，字词能力年级主效应极为显著；性别主效应极为显著；女生明显好于男生；年级和性别的交互作用不显著。事后比较结果表明，初一与其他年级之间存在显著差异；初二与其他年级之间存在显著差异；初三与其他年级之间存在显著差异；高一、高二与其他年级之间存在显著差异；高三与其他年级之间存在显著差异；高一与高二之间不存在显著差异。初三和高三是急速发展的年级。字词能力得分由低到高的年级排序结果为：初一、初二、高一、高二、初三和高三。

字词能力指理解字词的含义并且能够正确组词的能力。研究结果表明，字词发展是一个曲折过程，初一到初三年级是字词能力迅速发展的时期；初三到高二年级经历了一个明显的回调过程；到高三再次出现急速发展的情况。字词发展的幅度较大，最后达到的水平也较高。字词能力在中学发展迅猛，达到基本成熟的水平，初三和高三是发展的关键年级。中学教学在中高年级阶段对字词的要求相对较少，而字词是一种需要不断使用才能达到熟悉丰富和熟练运用的能力，因此在初三到高二处于停滞甚至下滑的状态。结果还显示，字词能力存在性别差异，女生好于男生。

（二）字词能力分维度变化特点

研究对字词能力的了解用法、模仿举例和拓展运用分维度进行了分析，不同年级平均分见表5-2。

表5-2　字词能力不同年级分维度得分　　　（单位：分）

	初一	初二	初三	高一	高二	高三
了解用法	2.21	2.39	3.23	2.98	2.91	3.53
模仿举例	1.90	2.13	2.99	2.66	2.67	3.37
拓展运用	0.89	1.40	1.45	1.01	1.34	1.92

对字词了解用法分维度进行方差分析的结果表明，字词了解用法分维度年级主效应极为显著；性别主效应极为显著；女生明显好于男生；年级和性别的交互作用不显著。事后比较结果表明，初一、初二年级与其他年级之间存在显著差异；高一、高二年级与其他年级之间存在显著差异；初三与其他年级之间存在显著差异；高三与其他年级之间存在显著差异；初一、初二年级之间不存在显著差异；高一、高二年级之间不存在显著差异。字词了解用法分维度在初三和高三年级存在迅速增长的情况。得分由低到高的年级排序结果为：初一、初二、高二、高一、初三和高三。

对字词模仿举例分维度进行方差分析的结果表明，模仿举例分维度年级主效应极为显著；性别主效应极为显著；女生好于男生；年级和性别的交互作用不显著。事后比较结果表明，初一、初二与其他年级存在显著差异；高一、高二与其他年级存在显著差异；初三与其他年级存在显著差异；高三与其他年级存在显著差异；初一与初二之间，高一与高二之间，不存在显著差异。字词模仿举例分维度在初三和高三年级存在迅速增长的情况。模仿举例分维度得分由低到高的年级排序结果为：初一、初二、高一、高二、初三和高三。

对字词拓展运用分维度进行方差分析的结果表明，字词拓展运用分维度年级主效应极为显著；性别主效应极为显著；女生好于男生；年级和性别的交互作用不显著。事后比较结果表明，初一、高一与其他年级分别存在显著差异；初二、初三、高二与其他年级存在显著差异；高三与其他年级存在显著差异；初一与初二之间，初三、高一、高二之间，不存在显著差异。初一到高一呈现明显的波动情况，高二到高三是明显上升阶段。拓展运用分维度得分由低到高的年级排序结果为：初一、高一、高二、初二、初三和高三。

字词能力三个分维度的发展情况见图 5-3。

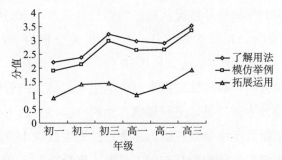

图 5-3　字词能力分维度的发展趋势

从发展起点、过程和最后达到的水平高度来看，三个分维度之间都存在一定的差距，拓展运用分维度与其他分维度之间尤其明显。我们对字词三个分维度的平均得分（了解用法：2.91 分、模仿举例：2.66 分、拓展运用：1.37 分）进行了重复测量检验，结果显示，方差分析主效应极为显著，各维度之间均存在显著差异。这表明，字词能力的三个分维度的发展是不均衡的，但从发展趋势看较为相似。

字词能力三个分维度初一起点的高度不同（了解用法：2.21 分，模仿举例：1.09 分，拓展运用：0.90 分），高三达到的最高水平也不同（了解用法：3.53 分，模仿举例：3.37 分，拓展运用：1.92 分），三个分维度平均分之间存在显著差异，这充分体现了不同层次学习的差别。起点、到达水平和发展变化三方面存在差异的原因在于，三个维度自身水平上存在不同，层次越高，整体发展方面就越低。从三个分维度各自的发展曲线可以看到，拓展运用分维度与其他两个分维度的差异尤其明显。这说明，在字词运用方面，发展的水平相对还较低，将来的发展空间还较大。这个结果还告诉我们，从了解、模仿到实际应用之间的转变，要经历相当大的跨度，教学上要做的相应的训练安排和需要落实的工作还较多。

三、词组能力的变化特点

(一) 词组能力总体变化特点

词组能力分年级得分情况从初一到高三分别为 1.30 分、1.65 分、1.47 分、1.56 分、1.52 分和 2.19 分，标准差分别为 0.89 分、0.73 分、0.81 分、0.87 分、0.84 分和 0.70 分。

为进一步分析年级和性别因素对中学生词组能力的影响，研究以词组能力的得分为因变量，进行年级×性别（6×2）的方差分析。结果表明，词组能力年级主效应极为显著；性别主效应十分显著；女生好于男生；年级和性别的交互作用不显著。事后比较发现，初一与初二、高一、高三之间存在显著差异；初二、高一与高三之间存在显著差异；高三与其他年级之间存在显著差异；初一、初三、高二之间，初三、初二、高一、高二之间不存在显著差异。初一到高二呈曲折发展，高三急速增长。词组能力平均分由低到高的年级依次为：初一、初三、高二、高一、初二和高三。

词组能力指理解词组的含义并且能够正确使用词组的能力。词组能力在初一年级的发展起点较低（1.30 分），高三年级达到的最高水平相对于前两个维度也较低（2.19 分）。词组能力存在两个明显发展的年级，一个在初二年级，一个在高三年级，其中高三年级的发展幅度更大一些。在初二年级到高二年级的阶段，随年级的增长呈现出曲折发展趋势，各年级之间不存在显著差异，这表明，在这段时间内词组能力没有实质性发展。我们分析，词组能力的这种情况是因为词组的难度相对于前两个维度更大一些，在教学方面重视的程度也不够。这提示我们，关于词组的教学应该予以加强。词组能力的结果还显示，在高三年级存在性别差异，女生好于男生。

（二）词组能力分维度变化特点

研究对词组能力的了解用法、模仿举例和拓展运用分维度进行了分析，不同年级平均分见表 5-3。

表 5-3　词组能力不同年级分维度得分　　　（单位：分）

	初一	初二	初三	高一	高二	高三
了解用法	1.74	2.07	2.11	2.34	2.46	2.75
模仿举例	1.92	2.72	2.11	2.06	1.83	3.19
拓展运用	0.23	0.16	0.21	0.28	0.26	0.65

对词组了解用法分维度进行方差分析的结果表明，词组了解用法分维度年级主效应极为显著；性别主效应不显著；年级和性别的交互作用不显著。事后比较结果表明，初一与高中各年级之间存在显著差异；初二、初三、高一与高三年级之间存在显著差异；初一、初二、初三年级之间不存在显著差异；初二、初三、高一、高二年级之间不存在显著差异；高二、高三年级之间不存在显著差异。词组了解用法分维度呈现随年级增长而平稳上升的趋势。词组了解用法分维度得分由低到高的年级排序结果为：初一、初二、初三、高一、高二和高三。

对词组模仿举例分维度进行方差分析的结果表明，词组模仿举例分维度年级主效应极为显著；性别主效应极为显著；女生好于男生；年级和性别的交互作用不显著。事后比较结果表明，初一、初三、高一、高二与初二、高三年级存在显著差异；初二与高三年级存在显著差异；初一、初三、高一、高二年级不存在显著差异。词组模仿举例分维度在高三年级存在迅速增长的情况，高三之前呈曲折发展。模仿举例分维度得分由低到高的年级排序结果为：高二、初一、高一、初三、初二和高三。

对词组拓展运用分维度进行方差分析的结果表明，词组拓展运用分维度年级主效应极为显著；性别主效应不显著；年级和性别的交互作用不显著。事后比较结果表明，高三与其他年级存在显著差异；初一到高二各年级之间，不存在显著差异。初一到高二呈现平缓发展趋势，高三是明显上升阶段。拓展运用分维度得分由低到高的年级排序结果为：初二、初三、初一、高二、高一和高三。

词组能力三个分维度之间的发展情况见图 5-4。

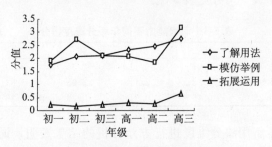

图 5-4 词组能力分维度的发展趋势

从发展起点、过程和最后达到的水平高度来看，三个分维度之间都存在明显的差距，拓展运用分维度与其他两个分维度之间的差异尤其明显。我们对词组三个分维度的平均得分（了解用法：2.26 分、模仿举例：2.34 分、拓展运用：0.31 分）进行了重复测量检验，结果显示，方差分析主效应极为显著，拓展运用与其他两个维度之间存在显著差异。这表明，词组能力三个分维度的发展是不均衡的。

在词组各分维度方面，了解用法和模仿举例分维度发展较好。但是在拓展运用方面发展极为不好，学生表现出不能够枚举并使用相近词组的情况，高三年级虽有较大增长，但发展水平仍然很低。字词和词组是学生完成作文必需的文字知识储备，在长时记忆中，这种可被提取的资源如果不足，会导致对写作加工的负面影响。

四、句子能力的变化特点

(一) 句子能力总体变化特点

句子能力分年级得分情况从初一到高三分别为 1.30 分、1.65 分、1.47 分、1.56 分、1.52 分和 2.19 分，标准差分别为 0.89 分、0.73

分、0.81 分、0.87 分、0.84 分和 0.70 分。

为进一步分析年级和性别因素对中学生句子能力的影响，研究以句子能力的得分为因变量，进行年级×性别（6×2）的方差分析。结果表明，句子能力年级主效应极为显著；性别主效应不显著；年级和性别的交互作用十分显著。事后比较结果表明，初一、初二与其他年级之间存在显著差异；初二、初三、高一年级与高二、高三年级之间存在显著差异；高二与其他年级之间存在显著差异；高三与其他年级之间存在显著差异；初一、初二之间，初二、初三、高一之间，不存在显著差异。中学生基本文书能力的句子维度在高二之前呈随年级增长而稳步上升的趋势，高三是急速发展的年级。句子能力得分由低到高的年级排序结果为：初一、初二、初三、高一、高二和高三。分年级性别差异的检验结果显示，初三、高三年级存在显著差异，女生好于男生。

句子能力指了解构成句子的成分，能够写出符合句法的单句和复句。对句子，特别是复句的掌握，需要相应的语文知识作为基础，需要在对不同成分的关系做出正确分析判断的基础上形成有效的迁移，因此对句子能力要求的难度相对较高。句子能力在初一年级的发展起点很低（0.48 分），到高三年级达到较高水平（2.45 分），可见其发展幅度较大。从发展的角度看，句子能力的发展可分为四个台阶：初一和初二；初三和高一；高二；高三。但是，这种发展的上升趋势并不平稳，具体表现为高三年级的迅猛发展，其幅度达到 1.35 分。因此可以说，高三是句子发展的关键年级。根据教学大纲的安排，中学对句子学习的主要年级在初二。但是结果显示，初一到高二年级句子能力的发展较为平稳，这显示出句子学习的复杂性特点，要达到基本水平具有相当难度。此外，在性别方面，初三、高三年级存在显著差异，女生好于男生。

(二) 句子能力分维度变化特点

研究对句子能力的了解用法、模仿举例和拓展运用分维度进行了分析，不同年级平均分见表5-4。

表 5-4 句子能力不同年级分维度得分 （单位：分）

	初一	初二	初三	高一	高二	高三
了解用法	1.01	1.53	1.39	1.42	1.56	2.78
模仿举例	0.30	0.33	0.64	0.77	1.08	2.50
拓展运用	0.13	0.10	0.36	0.27	0.67	2.08

对句子了解用法分维度进行方差分析的结果表明，句子了解用法分维度年级主效应极为显著；性别主效应不显著；年级和性别的交互作用不显著。事后比较结果表明，初一年级与其他年级之间存在显著差异；高三与其他年级之间存在显著差异；初二、初三、高一、高二年级之间不存在显著差异。句子能力了解用法分维度在初二和高三年级存在迅速增长的情况，高三的幅度更为突出。句子能力了解用法分维度的得分由低到高的年级排序结果为：初一、初三、高一、初二、高二和高三。

对句子模仿举例分维度进行方差分析的结果表明，句子模仿举例分维度年级主效应极为显著；性别主效应不显著；年级和性别的交互作用不显著。事后比较结果表明，初一、初二与其他年级存在显著差异；初三、高一与其他年级存在显著差异；高二与其他年级存在显著差异；高三与其他年级存在显著差异；初一、初二之间，初三、高一之间，不存在显著差异。句子模仿举例分维度呈阶梯式向上发展，高三年级迅速发展。句子模仿举例分维度得分由低到高的年级排序结果为：初一、初二、初三、高一、高二和高三。

对句子拓展运用分维度进行方差分析的结果表明，句子拓展运用分维度年级主效应极为显著；性别主效应不显著；年级和性别的交互作用极为显著。事后比较结果表明，高二与其他年级存在显著差异；高三与其他年级存在显著差异；初一、初二、初三、高一年级之间，不存在显著差异。句子拓展运用分维度在高一以前呈现平缓发展趋势；高二和高三年级，特别高三年级是明显上升阶段。句子拓展运用分维度得分由低到高的年级排序结果为：初一、初二、高一、初三、高二和高三。分年级性别差异检验结果表明，高三年级存在十分显著的差异，女生好于男生。

句子能力三个分维度的发展情况见图5-5。

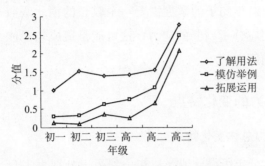

图 5-5　句子能力分维度的发展趋势

从发展起点和最后达到的水平高度来看，三个分维度之间都存在一定的差距，了解用法分维度最高，拓展运用分维度最低，但发展趋势较为相似。我们对句子三个分维度的平均得分（了解用法：1.66分、模仿举例：0.99分、拓展运用：0.65分）进行了重复测量检验，结果显示，方差分析主效应极为显著，各维度之间均存在显著差异。这表明，句子能力的三个分维度的发展是不均衡的，但从发展趋势看较为相似。

句子三项分维度的发展趋势是相近的，与句子能力总体发展的情况相符，三个分维度的主要区别表现在发展起点和发展的最终高度方面。从初一年级发展起点看三项分维度差别较大，其中了解方法1.01分、模仿举例0.30分、拓展运用0.10分；从高三年级的水平来看三项分维度差别也较大，其中了解用法2.78分、模仿举例2.50分、拓展运用2.08分。可以看到，句子能力各分项的发展水平是以掌握程度的层次按梯度分布的，三个层次之间均存在显著差异。句子能力各项分维度的起点都很低，最终发展达到的水平较高，三项分维度都在高三年级出现明显加速上升的趋势，而在之前发展相对平稳。可以说句子能力形成迁移的过程，经历了整个中学阶段，到高三仍然没有达到十分成熟的水平。

上述情况提示人们：第一，高三年级的综合性学习可能对句子能力的大幅提高具有重要意义，而这种情况在前面讨论三个维度时也有体现；第二，对于句子的掌握需要一个较长的消化吸收过程，需要学生具备做出相应分析判断的能力。这可能是造成句子能力在中学后期大幅度发展的原因。

五、修辞能力的变化特点

（一）修辞能力总体变化特点

修辞能力分年级得分情况从初一到高三分别为 1.66 分、2.07 分、2.29 分、2.19 分、2.44 分和 2.97 分，标准差分别为 1.19 分、0.78 分、0.93 分、0.75 分、0.72 分和 0.69 分。

为进一步分析年级和性别因素对中学生修辞能力的影响，研究以修辞能力的得分为因变量，进行年级×性别（6×2）的方差分析。结果表明，修辞能力年级主效应极为显著；性别主效应极为显著；女生好于男生；年级和性别的交互作用不显著。事后比较结果表明，初一与其他年级之间存在显著差异；初二、初三年级与高二、高三年级之间存在显著差异；高二与初一、高三年级之间存在显著差异；高二与除初三以外其他年级之间存在显著差异；高三与其他年级之间存在显著差异；初二、初三、高一之间，初三、高二之间，不存在显著差异。中学生基本文书能力的修辞维度的发展呈台阶式上升，从初一到初二显著发展；初二到高一基本停滞；高二再次发展；高三是急速发展的年级。修辞能力得分由低到高的年级排序结果为：初一、初二、高一、初三、高二和高三。

修辞能力指了解并且能够正确使用常用的修辞方法。修辞的使用需要理解修辞方法知识，以及对修辞所要达到的目的与修辞的作用进行分析匹配。缺少前者无从谈起使用修辞；缺少后者则达不到修辞的目的，甚至导致滥用。中学生基本文书能力的修辞能力维度总体上呈上升趋势，上升分两个阶段，第一个阶段在初一到初三年级，第二个阶段在高一到高三年级，其中在初二和高三年级上升的趋势更为突出。我们分析，初中阶段明显发展的原因主要在于修辞内容的学习是在初二年级，高三年级的发展主要受益于综合性学习。这里，我们可以看到知识学习和综合训练的作用。修辞能力最后到达的水平为 2.94 分，这是相当高的水平。我们认为，高三年级学生修辞能力基本达到了成熟水平。此外，结果还显示，高三年级存在十分显著的性别差异，女生好于男生。

（二）修辞能力分维度变化特点

研究对修辞能力的了解用法、模仿举例和拓展运用分维度进行了分析，不同年级平均分见表 5-5。

表 5-5　修辞能力不同年级分维度得分　　（单位：分）

	初一	初二	初三	高一	高二	高三
了解用法	2.77	3.56	3.70	3.73	3.92	3.86
模仿举例	1.61	2.22	2.24	2.32	2.64	3.41
拓展运用	0.60	0.44	0.92	0.51	0.76	1.65

对修辞能力了解用法分维度进行方差分析的结果表明，修辞了解用法分维度年级主效应极为显著；性别主效应十分显著；年级和性别的交互作用不显著。事后比较结果表明，初一年级与其他年级之间存在显著差异；初二与初一、高二年级之间存在显著差异；初二、初三、高一、高三年级之间不存在显著差异；初三、高一、高二、高三年级之间不存在显著差异。修辞能力了解用法分维度在初二年级存在急速增长，初二以后平稳上升。修辞能力了解用法分维度的得分由低到高的年级排序结果为：初一、初二、初三、高一、高三和高二。

对修辞能力模仿举例分维度进行方差分析的结果表明，修辞模仿举例分维度年级主效应极为显著；性别主效应显著；年级和性别的交互作用不显著。事后比较结果表明，初一与其他年级存在显著差异；高三与其他年级存在显著差异；初二、初三、高一、高二之间不存在显著差异。修辞模仿举例分维度呈阶梯式向上发展，初二、高三是两个加速发展年级，得分由低到高的年级排序结果为：初一、初二、初三、高一、高二和高三。

对修辞能力拓展运用分维度进行方差分析的结果表明，修辞拓展运用分维度年级主效应极为显著；性别主效应显著；年级和性别的交互作用不显著。事后比较结果表明，初一、初二、高一与初三、高三年级存在显著差异；高二与高三年级存在显著差异；初三与除高二之外的其他年级存在显著差异；高三与其他年级存在显著差异；初一、初二、高一、高二年级之间，初三、高二之间，不存在显著差异。句子拓展运用分维度在高二以前呈现曲折发展趋势，高三年级是急速上升阶段。修辞拓展运用分维度得分由低到高的年级排序结果为：初二、高一、初一、高二、初三和高三。

修辞能力三个分维度的发展情况见图 5-6。

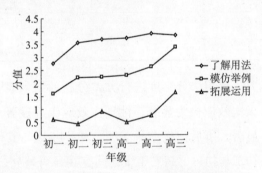

图 5-6　修辞能力分维度的发展趋势

从发展起点、过程和最后达到的水平高度来看，三个分维度之间都存在较大差距，了解用法分维度最高，拓展运用分维度最低。研究对修辞三个分维度的平均得分（了解用法：3.61 分、模仿举例：2.45分、拓展运用：0.85 分）进行了重复测量检验，结果显示，方差分析主效应极为显著，各维度之间均存在显著差异。这表明，修辞能力的三个分维度的发展是不均衡的。

分项研究的结果显示，了解用法的发展主要是在初二年级，对修辞知识的学习在初二年级就已完成（3.56分），这和学生学习修辞的时间相吻合；模仿举例的发展是一个逐步完成的过程，从初一的1.61分到高三的3.41分，发展幅度很大；拓展运用分维度高二及以前在1分以下曲折发展，高三达到1.65分，这与前两个分维度相比差别很大。可以说，在了解用法和模仿举例方面，修辞能力发展的都相当好，但在拓展运用方面却明显不足。拓展运用能力到高三才开始迅速向上发展，且水平并不高。本书认为，修词运用能力反映的是一种较高水平的能力，它不但需要知识积累，更需要对言语目的、修辞作用和具体内容进行分析与整合，因此受到更深层次因素的制约，这个因素就是智力发展水平。三个分维度在发展上的巨大差距，可以说是对上述分析的一个支持。另一方面，我们发现，高三在后两个分维度上是快速发展的年级，我们认为，其原因在于高三的综合学习的过程。

六、体裁能力的变化特点

（一）体裁能力总体变化特点

体裁能力分年级得分情况从初一到高三分别为1.23分、2.19分、2.37分、2.86分、3.09分和3.32分，标准差分别为1.13分、1.26分、1.29分、0.81分、0.81分和0.51分。

为进一步分析年级和性别因素对中学生体裁能力的影响，研究以体裁能力的得分为因变量，进行年级×性别（6×2）的方差分析。结果表明，体裁能力年级主效应极为显著；性别主效应十分显著；女生好于男生；年级和性别的交互作用不显著。事后比较结果表明，初一年级与其他年级之间存在显著差异；初二、初三年级与其他年级之间存在显著差异；高一与除高二之外的其他年级之间存在显著差异；高二与初中各年级之间存在显著差异；高三与除高二之外的其他年级之间存在显著差异；初二、初三之间，高一、高二之间，高二、高三之间，不存在显著差异。中学生基本文书能力的体裁维度基本上呈稳步向上发展的趋势。体裁能力得分由低到高的年级排序结果为：初一、初二、初三、高一、高二和高三。

体裁能力指了解并且能够根据写作内容正确选择合适体裁的能力。体裁能力的本质是对写作的内容与形式进行分析、匹配，反映的是依据体裁知识与作文条件进行判断的能力。从整体来看，体裁能力呈逐步上升的趋势，从初一的 1.24 分到高三的 3.32 分，发展很好。我们认为，尽管体裁能力也需要分析判断的参与，但是相对而言，这种判断较为容易。这是因为，关于不同体裁概念的描述十分清楚，尽管作文题目可以很多，但是体裁的分类十分有限。学生可以比较容易地作出正确的判断。体裁的起点水平并不是很高，但是最终发展的高度却很高，这说明体裁能力的发展极为顺畅。此外，研究结果还显示，体裁能力存在十分显著的性别差异，女生好于男生。

(二) 体裁能力分维度变化特点

研究对体裁能力的了解用法、模仿举例和拓展运用分维度进行了分析，不同年级平均分见表 5-6。

表 5-6　体裁能力不同年级分维度得分　　　（单位：分）

	初一	初二	初三	高一	高二	高三
了解用法	1.56	2.31	2.75	3.16	3.48	3.54
模仿举例	1.67	2.19	2.08	2.35	2.55	2.76
拓展运用	0.49	2.08	2.27	3.10	3.22	3.66

对体裁能力了解用法分维度进行方差分析的结果表明，体裁了解用法分维度年级主效应极为显著；性别主效应极为显著；年级和性别的交互作用不显著。事后比较结果表明，除高二与高三之间不存在显著差异之外，其他年级之间均存在显著差异。体裁能力了解用法分维度的发展呈逐步上升的趋势，高二以后发展不显著。体裁能力了解用法分维度的得分由低到高的年级排序结果为：初一、初二、初三、高一、高二和高三。

对体裁能力模仿举例分维度进行方差分析的结果表明，体裁模仿举例分维度年级主效应极为显著；性别主效应不显著；年级和性别的交互作用不显著。事后比较结果表明，初一与其他年级存在显著差异；初二、初三分别与除高一之外的其他年级存在显著差异；高一与初一、初二年级存在显著差异；高二与初中各年级存在显著差异；高三与除高二之外的其他年级存在显著差异。体裁模仿举例分维度的发展呈逐步上升的趋势，初二到初三出现停滞情况。体裁模仿举例分维度得分由低到高的年级排序结果为：初一、初三、初二、高一、高二和高三。

对体裁能力拓展运用分维度进行方差分析的结果表明，体裁拓展运用分维度年级主效应极为显著；性别主效应显著。事后比较结果表明，初一与其他年级之间存在显著差异；初二、初三与其他年级之间存在显著差异；高一、高二与其他年级之间存在显著差异；高三与其他年级之间存在显著差异。体裁拓展运用分维度的发展呈现随年级增长逐步上升的趋势，初二年级较为突出。体裁拓展运用分维度得分由低到高的年级排序结果为：初一、初二、初三、高一、高二和高三。对分年级性别检验的结果表明，初二年级达到极为显著的水平，女生好于男生。

体裁能力三个分维度的发展情况见图 5-7。

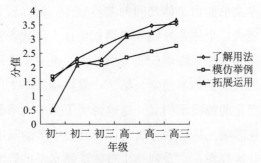

图 5-7 体裁能力分维度的发展趋势

从发展起点、过程和最后达到的水平高度来看，三个分维度之间都存在一定的差别。了解用法分维度的发展平稳上升；模仿举例分维度发展较慢，与其他两个分维度相比存在一定差距；拓展运用分维度起点较低，但初二以后发展较好。我们对体裁三个分维度的平均得分（了解用法：2.83 分、模仿举例：2.29 分、拓展运用：2.53 分）进行了重复测量检验，结果显示，方差分析主效应极为显著，各维度之间均存在显著差异。这表明，修辞能力的三个分维度的发展不均衡。

体裁能力各分项的发展与体裁总体情况基本一致，与前面各维度的不同之处在于，体裁的拓展运用水平表现很好，其中初二年级是关键期。这种情况表明，体裁能力从了解用法到拓展运用，是一个完成较快的过程。

中学生基本文书能力的不同维度在各年级的标准差均较高（1.19～0.41分），这表明各年级各维度间均存在较为明显的个体差异，其中标点符号能力、体裁能力、字词能力和修辞能力方面的差异表现出较为明显的随年级增长而下降的趋势；词组能力离散程度随年级的变化不大；而句子能力则随年级的增长有所上升。综合各项能力的发展和离散程度情况，可以做以下三点分析。第一，中学生在基本文书能力方面存在较大的个体差异，即使在高年级这种差异依然较为明显。第二，不同的基本文书能力在个体差异方面有所不同，起点较高、发展较为成熟的维度，个体差异随年级增长而减小，这表明在较成熟的水平区间，中学生基本文书能力个体之间的差异较小；起点较低、发展较一般的基本文书能力，个体差异随年级增长而加大，这表明在较不成熟的区间，个体差异会随年级增长而有所加大，说明在发展相对较低的水平上，个体的表现更加不稳定。第三，发展幅度不大的维度，其个体差异随年级变化的情况不明显，这也说明了基本文书能力成熟水平对个体差异存在影响。从这些分析可以看到，中学生基本文书能力方面的个体差异普遍存在，它受到学生整体成熟水平的影响。当成熟水平较高时，个体差异趋于减少；当成熟程度为中、低水平时，个体差异趋于增加；而当发展相对较慢时，个体差异变化不大。由于基本文书能力可能直接受到训练的影响，我们建议教学上应该适当增加相关练习，以降低差异的幅度，特别是在中、低年级和相对较难的维度（如，句子能力）。

中学生基本文书能力不同维度及其分维度的发展，表现出明显的阶段性特点，除体裁能力之外，均在高三年级表现出迅猛上升的发展趋势。另外，标点符号、字词、词组、修辞在初三以前也存在一个明显的发展过程。由于从了解用法到模仿举例，再到拓展运用，是一个理解领会，逐步形成迁移的过程，所以三个分维度表现出明显的发展台阶顺序，而最终发展的水平受到两个方面的影响：一个是具体能力维度对智力水平和知识基础的要求（自身难度）；另一个是学习的时间和形式的安排。我们认为，多数基本文书能力的发展需要一个较长的消化吸收阶段，这个阶段较为集中地体现在初三到高二年级期间。中学生基本文书能力的发展，基本遵循从了解到模仿再到运用的发展规律，不同分维度的发展水平依其难度形成一定的梯度，一般表现为了解好于模仿，模仿好于拓展运用。除了词组和句子发展情况一般以外（2.19分，2.45分），其他基本文书能力的发展都达到了基本成熟的水平（接近或超过3分）。中学生基本文书能力的不同维度普遍存在较为明显的性别差异，女生优于男生。

第三节　基本文书能力不同维度的差异与关系

前面的研究显示，写作中不同基本文书能力的发展各有特点，并不完全相同。为了进一步探明中学生基本文书能力各维度之间的关系，我们对其差异和相关情况进行了探讨。

一、中学生总体基本文书能力分维度之间的差异和相关

各文本形成能力分维度平均得分情况见表5-7。

表5-7　六种基本文书能力的平均分　　　　（单位：分）

标点符号能力	字词能力	词组能力	句子能力	修辞能力	体裁能力
3.41	2.31	1.64	1.10	2.30	2.55

从表 5-7 可以看出，得分由高到低排序分别是：标点符号能力、体裁能力、字词能力、修辞能力、词组能力和句子能力。

为了探讨文本形成能力不同维度得分之间的差异，进行了重复测量检验，结果显示，方差分析主效应极为显著。事后比较结果显示，标点与字词、标点与词组、标点与句子、标点与修辞、标点与体裁、字词与词组、字词与句子、字词与体裁、词组与句子、词组与修辞、词组与体裁、句子与修辞、句子与体裁、修辞与体裁之间均存在显著差异。这表明，基本文书能力不同维度的发展是不均衡的。

相关分析的结果显示，修辞与其他文本形成能力之间的关系最为密切，字词与其他文本形成能力之间的关系较不密切。

二、不同年级不同基本文书能力之间的差异与相关

六种基本文书能力各维度的平均得分情况见表 5-8 和图 5-8。

表 5-8　六种基本文书能力不同年级的平均分　（单位：分）

	初一	初二	初三	高一	高二	高三
标点能力	2.86	3.01	3.54	3.57	3.53	3.81
字词能力	1.67	1.97	2.56	2.22	2.30	2.94
词组能力	1.30	1.65	1.47	1.56	1.52	2.19
句子能力	0.48	0.65	0.80	0.82	1.10	2.45
修辞能力	1.66	2.07	2.29	2.19	2.44	2.97
体裁能力	1.24	2.19	2.37	2.87	3.09	3.32

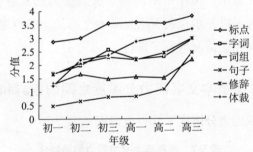

图 5-8　六种基本文书能力随年级增长的变化趋势

结果显示，六种基本文书能力随年级变化的情况不尽相同，它们

的起点基本水平不同，发展轨迹不同，最终达到的水平也不同。总体来看，各种能力在整个中学阶段不断增长。标点符号能力起点最高，最终发展水平也最高；句子能力起点最低，最终发展水平也较低；字词和修辞的起点和发展比较相似，处于中等水平；体裁起点不高但发展较好；词组的起点与体裁相近，但最终到达的水平却最低。

为了探查每一年级基本文书能力不同分维度之间的发展是否存在差异，对不同基本文书能力分维度之间的差异情况进行了分年级的重复测量检验，结果显示，所有年级方差分析主效应均达到极为显著的水平。事后比较结果显示，不同品质之间存在显著差异的情况为：初一年级，除字词与修辞、词组与体裁之间外，其他分维度之间均存在显著差异；初二年级，除字词与修辞和体裁、修辞与体裁之间外，其他分维度之间均存在显著差异；初三年级，除字词与体裁、修辞与体裁之间外，其他分维度之间均存在显著差异；高一、高二和高三年级，除字词与修辞之间外，其他分维度之间均存在显著差异。这表明，整个中学阶段，基本文书能力各维度的发展极不均衡。

为了探讨不同年级各基本文书能力之间的关系，研究还考察了不同年级各基本文书能力之间的相关情况。结果发现，与其他维度相关较高的维度是修辞和词组能力，相关值较低的是体裁和句子能力。

通观中学生基本文书能力的整体情况可以看到，基本文书能力的发展，特别是从了解用法到模仿举例，再到拓展运用的发展，在本质上是一个知识学习与迁移过程。在这个过程中，不同能力维度的表现各不相同。

结果显示，六种基本文书能力的发展是不均衡的，表现在平均分、发展高度和起止跨度三个方面。六种基本文书能力的平均成绩由高到低分别是：标点符号能力 3.41 分、体裁能力 2.55 分、字词能力 2.31 分、修辞能力 2.30 分、词组能力 1.64 分、句子能力 1.10 分；高三年级的平均成绩由高到低分别是：标点符号能力 3.81 分、体裁能力 3.32 分、修辞能力 2.97 分、字词能力 2.94 分、句子能力 2.45 分、词组能力 2.19 分；初一到高三之间的变化全距由大到小分别是：体裁能力 2.08 分、句子能力 1.97 分、修辞能力 1.31 分、字词能力 1.27 分、标点能力 0.94 分、词组能力 0.90 分。可以看到，整体水平最高的是标点符号能力；发展水平最好的是标点符号能力；发展最快的是体裁能力；平均分、发展高度和起止跨度整体较差的是词组能力和句子能力。我们分析，标点符号能力和体裁能力发展较好可能有两个原因：第一，标点符号是学生较早接触的学习内容，而体裁相对于其他方面而言较为简单，因此学生对这两个方面的学习较为容易，在知识积累和形成迁移所需的时间或难易程度方面较有优势；第二，学生在日常学习中，较频繁地使用这两个方面的知识，练习量较其他方面要大，这种应用训练促使了学生在这两方面的有效发展。关于词组能力发展较差的原因，我们分析可能是由于学生在对词组接触、积累方面的不足导致的。学生对书面语言词汇的积累来自于阅读，有研究表明（张向阳等，2004），中学生的课外文学读物的阅读量仅为小学生的 63%，这说明中学生在通过阅读增加词汇积累方面相当薄弱。另外，中学生平时各学科的作业量很大，较少有时间进行词组方面的训练。这些因素导致了中学生词组贫乏、对词组意义把握不精确的结果。中学生字词方面的发展也不是很好，除了上述原因之外，中学生语文作业中基本没有字词方面的练习也是一个原因。关于句子能力较差的原因，我们认为也与学生的分析能力、学习句子的时段和教学重视程度有较大关系。首先，句子，特别是复句的学习，需要学生认真分析、思考句子结构之间的关系，相对较难；其次，中学生关于句子的练习安排较少；第三，在一些地区，句子方面的知识被列为中考（考高中）的不考内容，这使得教学对这方面的学习较为忽视。

基本文书能力不同维度平均分之间比较的结果，进一步表明了其发展两极化的情形。结果显示，除了字词与修辞之间之外，其他所有维度之间都存在显著差异；分年级的情况也大致相同，发展情况相近的维度主要集中在字词与修辞和修辞与体裁方面，不同年级不同维度之间的差异情况普遍存在。这种情况表明，无论是在整体发展还是分年级的发展方面，各维度之间均存在较大差异。

从各基本文书能力的相关看，总体上修辞与其他能力之间的相关最高，不同年级中高相关出现频次较高的集中于修词和词组方面。这提示我们，修辞能力与其他能力之间可能存在某种关系。

总的来说，基本文书能力不同维度中发展水平最好的是标点符号能力；发展最快的是体裁能力；平均分、发展高度和起止跨度整体较差的是词组能力和句子能力。这种情况可能与学生本身的分析能力、不同维度的学习难度和所涉及的各种形式的训练有关。中学生不同基本文书能力的发展存在很大差异，另外，从相关的角度看，修辞与其他能力之间可能存在更加密切的关系。

第六章
中学生写作能力对作文的影响

写作能力是一个有机的系统，各维度之间存在其内在联系。写作能力之所以重要，不仅在于它能够描述和解释个体写作的基本素养，更在于它能够比较准确、稳定地对写作表现（或写作成绩）加以预测。因此，不仅应该对写作能力本身进行研究、描述和解释，也应该对写作能力的内部关系和写作能力对写作成绩的预测效果加以探讨，验证个体的写作能力是否能够真正反应其现实的写作水平，是否能够起到其应有的作用。这也是对写作能力测验的效度进行检验的有效方法。写作活动体现着由简单写作技巧到高级思维的一系列复杂认知活动，写作能力反映着个体在写作活动中不同侧面的表现状态。写作中个体所表现出来的写作能力，必然会对写作的结果——作品水平，产生直接的影响。写作能力研究的一个重要目的，就是要探明写作能力与写作表现的关系状况，即写作能力对写作成绩的影响程度。从中学生整体水平来看，本书涉及的三种主要写作能力及其所含维度，在发展的时间、速度和水平方面均存在着各自的特点。但写作能力与作品水平（成绩）的关系到底怎样，各种能力与写作成绩的关系有何特点，写作能力对学生整体和不同年级写作成绩的预测效果如何？这些都是写作能力研究必须回答的问题。在前述研究的基础上，本研究首先在通过统一命题、测试和评卷获得写作成绩的基础上，对写作能力与写作成绩各自的发展趋势和二者的相关进行了考察；其次对三种写作能力的相关进行了考察；最后就写作能力及其有关维度对写作成绩的影响情况进行了考察。

第一节　写作能力和写作成绩的发展趋势

一、写作能力和写作成绩的发展趋势比较

为了能够比较不同年级学生的写作成绩，研究对中学六个年级的作文测试统一使用了相同的题目要求和评分标准，并由三位有经验的语文教师对学生作文进行评阅。采用国内通用的内容、语言和结构三维度分项综合评分法，即由评分者先按照预先拟定的评分标准对每一维度打分，然后汇总。三位教师评阅结果的平均值作为学生的最终成绩。作文评分标准见表 6-1。

表 6-1　作文评分标准

	内容	语言	结构
90 分以上	中心突出，见解深刻，切合题意	行文流畅，语言准确	结构严谨，层次明晰，层次间内在联系密切

	内容	语言	结构
70～89分	中心明确，内容充实，符合题意	文从字顺，语言基本准确	结构完整，层次分明
50～69分	中心基本明确，内容比较充实，基本符合题意	语言通顺，有个别病句	结构完整，层次清楚
30～49分	中心不明确，内容空泛，不符合题意	语言不通顺，病句较多	结构不完整，层次不清
0～29分	文不对题，内容贫乏	文理不通	结构、层次混乱

注：内容、语言、结构的给分比例为 3.0∶3.5∶3.5。

经过统一培训，评分教师严格按照评分标准对学生的作文评分，并经过对三项写作能力进行合并计算，获得了中学生写作成绩与写作能力（总分）的结果，具体情况见表 6-2，其发展趋势见图 6-1 和图 6-2。

表 6-2　中学生写作成绩与写作能力的结果　　（单位：分）

	初一	初二	初三	高一	高二	高三	被试总体
写作成绩	49.2	60.2	71.4	76.9	79.4	88.8	71.8
写作能力	1.57	1.78	2.12	2.19	2.27	2.56	2.08

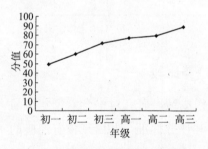

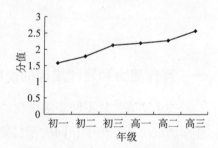

图 6-1　中学生写作成绩发展趋势　　　　图 6-2　中学生写作能力发展趋势

结果显示，中学生写作成绩呈随年级上升而增长的趋势，方差分析结果显示，年级差异极为显著，成绩由低到高的顺序为初一、初二、初三、高一、高二和高三；事后比较发现，除高一和高二之间不存在显著差异之外，其他各年级之间均存在显著差异。中学生写作能力（总分）呈随年级上升而增长的趋势，方差分析结果显示，成绩由低到高的顺序为初一、初二、初三、高一、高二和高三；事后比较发现，除初三和高一之间不存在显著差异之外，其他各年级之间均存在显著差异。这些结果表明，中学生写作成绩和写作能力显著发展，其发展趋势极为相近。

二、写作能力和写作成绩之间的相关

为了考察中学生写作能力与写作成绩之间的关系，首先做了写作能力与写作成绩之间关系的散点图。结果显示，写作能力总分、思维能力、文本形成能力和基本文书能力与写作成绩之间均存在线性关系，其中写作能力总分与写作成绩之间、思维能力与写作成绩之间的线性关系十分明显，文本形成能力与写作成绩之间、基本文书能力与写作成绩之间的线性关系相对较弱。在此基础上，进行了写作能力与写作成绩之间的相关分析，结果见表 6-3。

表 6-3　中学生写作能力与写作成绩之间的相关

	思维能力	文本形成能力	基本文书能力	写作能力（总分）
写作成绩	0.748**	0.360**	0.561**	0.705**

结果显示，写作能力各维度及写作能力总分与写作成绩之间，均存在十分显著的正相关关系，比较而言，文本形成能力与写作成绩的关系相对较弱。

为了进一步考察中学阶段不同年级写作能力与写作成绩之间的关系，研究对六个年级写作能力与写作成绩之间的相关进行了分析，结果见表 6-4。

表 6-4　不同年级中学生写作能力与写作成绩之间的相关

		思维能力	文本形成能力	基本文书能力	写作能力（总分）
写作成绩	初一	0.449**	0.320**	0.276**	0.413**
	初二	0.493**	0.315**	0.399**	0.540**
	初三	0.334**	0.179*	0.139	0.290**
	高一	0.414**	0.327**	-0.024	0.312**
	高二	0.420**	0.012	0.143	0.251**
	高三	0.326**	0.011	0.217**	0.266**

表 6-4 显示，在所有年级，思维能力与写作成绩之间均存在十分显著的正相关关系；文本形成能力在初一、初二和高一年级与写作成绩之间存在十分显著的正相关关系，在初三年级存在显著正相关关系；基本文书能力在初一、初二和高三年级与写作成绩之间存在十分显著的正相关关系；写作能力总分在各年级均与写作成绩之间存在十分显著的正相关关系，在高二和高三年级存在显著相关关系。可以看到，各年级均存在写作能力与写作成绩之间的显著正相关关系。但是同时，在随年级变化方面，不同能力维度与写作成绩的相关情况又有较大不同，其特点表现为，思维能力持续相关，文本形成能力前半期相关，基本文书能力间歇性相关。

三、不同写作能力之间的相关

中学生不同写作能力之间的相关见表 6-5。

表 6-5　中学生写作能力的相关

	文本形成能力	基本文书能力
思维能力	0.354**	0.601**
文本形成能力		0.358**

结果显示，三项写作能力之间均存在十分显著的正相关。

为了探查不同年级写作能力之间的关系，研究考察了各年级写作能力之间的相关情况，结果见表 6-6。

表 6-6　中学生不同年级写作能力的相关

		文本形成能力	基本文书能力
初一	思维能力	0.420**	0.468**
	文本形成能力		0.393**
初二	思维能力	0.294**	0.260**
	文本形成能力		0.377**
初三	思维能力	0.080	0.434**
	文本形成能力		0.107
高一	思维能力	0.164	0.150
	文本形成能力		0.082

		文本形成能力	基本文书能力
高二	思维能力	0.139	0.308**
	文本形成能力		0.234**
高三	思维能力	−0.065	0.101
	文本形成能力		0.243**

结果显示，初一、初二年级三项能力之间存在十分显著的相关；初三、高二年级思维能力与基本文书能力之间存在十分显著的相关；高二、高三年级文本形成能力与基本文书能力之间存在十分显著的相关。

从中学生总体情况来看，中学生写作的思维能力（品质）、文本形成能力和基本文书能力之间，存在中等程度或接近中等程度的正相关关系，并且均达到 $p<0.01$ 的十分显著的水平，这说明三项写作能力之间可能存在单向或者双向的影响关系。斯腾伯格（2000）认为，元成分是用于计划、控制和决策的高级执行过程，元成分对其他成分具有协调作用。斯腾伯格所说的元成分在很大程度上相当于思维能力。从三种能力之间可能存在的某种关系来分析，一方面由于文本形成能力是形成写作文本的执行能力，基本文书能力是具体文书操作能力，因此它们都会受到写作中处于更高水平的具有协调功能的思维能力的影响；另一方面，在写作的具体执行过程中，文本形成能力和基本文书能力也由于其具体、规范形式的特点，而使思维更为有序，使思维对写作执行过程的协调更加具有针对性。因此它们之间的关系应该是相互影响的。但是从整体综合的角度分析，最终还是思维在协调写作操作过程。所以，如果各个写作能力之间确实存在某种影响关系，应该说主要是思维能力影响文本形成能力和基本文书能力，因为起到统辖作用的是思维能力。

从思维能力（品质）与文本形成能力和基本文书能力的关系程度来看，前者与基本文书能力的关系更为密切。可以看到，这与三种能力的发展趋势和各自的特点有较大关系。从发展趋势来看，思维能力在整个中学都在成长；文本形成能力到初三以后基本不再发展；而基本文书能力则与思维品质的发展趋势有相似之处，即在中学阶段一直在发展，其不同之处在于，在初三到高一阶段存在明显的停滞现象。从三种能力各自的特点来看，思维品质是一种水平高、发展潜力大的能力；文本形成能力由于是一种形成写作文本的执行技能，对其达到基本水平所需的智力基础的要求相对来讲并不是很高，操作难度也不是很高，因此学生较早地达到了基本水平；而基本文书能力从了解用法到拓展运用则需要经历较长的形成、迁移的过程（当然，也依赖于长期的积累）。这两个方面形成了三者之间发展速度上的区别，进而形成了相关程度上的不一致，其本质在于各自操作要求和发展特点的差别。

这种差别通过不同年级各写作能力之间的相关的变化而明显地表现出来。思维能力与文本形成能力在初一、初二年级存在十分显著的相关，其他年级不存在显著相关；思维能力与基本文书能力除了在高一年级不存在显著相关之外，在其他年级均存在十分显著的相关。这种随年级增长而发生的相关关系的变化，支持了上述分析。而不同年级三种写作能力之间的关系，均为中等相关和弱相关，这表明三种能力既存在一定的关系，又相对独立。

因此可以说，写作能力之间的关系，可能体现为思维能力对文本形成能力和基本文书能力的影响关系；这种关系随年级的变化而有所不同，变化的本质原因在于不同能力各自的发展特点。三种能力既存在一定的关系，又相对独立。

第二节　写作能力对写作成绩的预测

在对写作能力之间和写作能力与写作成绩之间的关系进行考察之

后，为了进一步探明写作能力与写作成绩的关系，研究进行了写作成绩对不同写作能力维度的回归分析，并建立路径分析图。

一、不同写作能力与写作成绩的回归及路径图

为了对中学生三项写作能力与写作成绩的关系进行进一步的探讨，解释其是否存在因果关系，研究首先进行了多重逐步回归（stepwise）分析。结果发现，思维能力、文本形成能力和基本文书能力对中学生写作成绩构成显著回归效应。在不同写作能力被逐步纳入方程的过程中，各写作能力纳入后 R^2 的变化为：纳入思维能力后对写作成绩的解释率为 55.8%，纳入基本文书能力后对写作成绩的解释率达到了 57.7%，三项写作能力对写作成绩的解释率最终为 58.3%。

进一步的回归分析还发现，思维能力对文本形成能力构成极为显著的回归效应（$p<0.001$），思维能力对基本文书能力构成显著回归效应（$p<0.001$）。基于写作成绩受到写作思维、具体写作执行过程和写作相关知识及其运用方面的影响，以及具体写作执行过程和写作相关知识及其运用能力受到思维能力的影响的基本认识，根据前述写作能力之间的以及写作能力与写作成绩之间的相关研究的结果，本书对中学生的不同写作能力与写作成绩的关系做出如下设想：第一，写作思维能力影响写作成绩；第二，写作文本形成能力影响写作成绩；第三，写作基本文书能力影响写作成绩；第四，写作思维能力通过文本形成能力影响写作成绩；第五，写作思维能力通过基本文书能力影响写作成绩。

研究通过回归分析对上述有关影响路径进行了检验，检验结果表明，思维能力与写作成绩之间、文本形成能力与写作成绩之间、基本文书能力与写作成绩之间、思维能力与文本形成能力之间、思维能力与基本文书能力之间的标准化回归系数 β 值分别为 0.624、0.083、0.156、0.354 和 0.601，其显著性均达到 $p<0.001$ 的水平。

根据以上回归分析所得到的标准偏回归系数，即路径系数，可建

立思维能力、文本形成能力和基本文书能力对中学生写作成绩影响的路径模型（见图 6-3）。

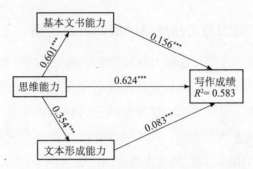

图 6-3　写作能力对中学生写作成绩影响的路径模型

　　根据三种写作能力在写作活动中的实际功能，结合思维能力、文本形成能力和基本文书能力对中学生写作成绩影响的路径模型和回归分析结果，可以看出，思维能力、文本形成能力和基本文书能力直接影响中学生写作成绩，此外，思维能力还分别对文本形成能力和基本文书能力产生影响。

　　从写作能力与写作成绩的发展趋势来看，两者是一致的。写作能力的发展基本上反映了写作成绩的发展。具体来看，两者都随年级的上升而逐步增长。写作能力在初一到初三年级和高二到高三年级存在两个加速上升阶段，初三到高二阶段发展相对缓慢；写作成绩在初一到高一年级和高二到高三年级也存在两个上升阶段，高一到高二阶段发展相对缓慢。从这个结果可以看到，无论是变化的方向方面还是变化的节奏方面，写作能力与写作成绩都极为相近。

　　写作能力与写作成绩相关研究的结果表明，写作能力总分、思维能力、文本形成能力和基本文书能力均与写作成绩之间存在十分显著的相关关系，其相关系数分别为 0.68、0.75、0.36 和 0.56，即写作能力及其分维度与写作成绩关系密切。

　　分年级的相关研究结果表明，大多数情况下，写作能力与写作成绩之间存在显著的相关关系，即在相关项的数量上具有明显的优势。

初一和初二年级所有写作能力均与写作成绩存在十分显著的相关关系；初三和高一年级除了基本文书能力之外，三种写作能力均与写作成绩之间均存在显著相关关系，其中初三年级的文本形成能力与写作成绩之间为显著相关关系，其他能力为十分显著的相关关系；高二年级写作能力总分与写作成绩的关系为显著相关关系，思维能力与写作成绩的关系为十分显著相关关系；高三年级写作能力总分与写作成绩的关系为显著相关关系，思维能力和基本文书能力与写作成绩的关系为十分显著的相关关系。可以看到，在不同年级写作能力与写作成绩的关系是不同的。思维能力在各年级均十分显著，这表明思维品质与写作成绩的关系十分密切而且十分稳定；文本形成能力与写作成绩的显著相关出现在高一年级及其以前，这表明中学高年级文本形成能力与写作成绩的关系并不密切，它们之间的关系具有阶段性特点，随年级的上升而消失；基本文书能力在初一、初二和高三年级与写作成绩之间呈十分显著的相关关系，初三到高二年级相关不显著，这是由于在整个中学阶段写作成绩不断增长的同时，基本文书能力出现了初三到高二年级的停滞情况，同时写作表现在此时更多地受到其他写作能力的影响。

无论是从中学生总体情况看，还是从分年级的情况看，所有的显著相关均为正相关，这表明各有关维度的变化是完全一致的。

如前所述，写作的思维能力、文本形成能力和基本文书能力在认知方面是写作所需的重要能力。其中写作的文本形成能力是写作者形成文本框架的程序性能力，它最终需要借助于写作者的想法和文字能力而发生作用；基本文书能力是写作者将包含头脑中的想法的文本转译成文字的能力，它包含了文字知识与技巧的运用；思维能力（品质）是写作者用以编织、完善包含文本形成结果和基本文书结果的文本（篇章）的组合调控能力，它使各种能力有机地结合在一起，完成符合逻辑、内容完整、表达准确、叙述精彩、具有创意的文本表述任务。写作者要完成一篇文章，三者缺一不可，因此写作能力必然直接影响写作成绩。另外，从对上述能力的相互关系的分析中可以看到，写作思维能力对文本形成能力和基本文书能力存在统合、协调作用。

前面有关写作能力与写作成绩的相关研究已经从二者之间的关系程度方面给予了我们一定的启示。在这个前提之下，研究进行了验证写作能力对写作成绩影响关系的回归研究。结果表明，写作能力对写作成绩的影响十分显著，从中学生总体情况看，写作成绩对思维能力、文本形成能力和基本文书能力均被纳入回归方程，三种写作能力的回归系数的显著性均达到了 $p < 0.001$ 的水平，对写作成绩的解释率达到了 58.3%。因此，从中学生总体来看，写作的思维能力、基本文书能力和文本形成能力对写作成绩具有显著的影响，进而可以对写作能力进行有效的预测。另外，通过对三种写作能力之间关系的研究结果的分析，思维能力除了直接对写作成绩产生影响之外，还对写作文本形成能力和基本文书能力产生影响。

二、不同年级不同写作能力与写作成绩的回归分析

从前述分年级的情况看，不同年级中学生的写作能力与写作成绩的相关不尽相同。为了进一步了解中学生不同年级各写作能力对写作成绩的影响，采用 stepwise 方法对中学生六个年级写作能力与写作成绩进行了多重回归分析。

多重回归分析的结果表明，在不同的年级，进入回归方程的能力维度是不同的。在初一年级，只有思维能力进入了回归方程（标准化 β 为 0.449，调整后 R^2 为 0.195）；在初二年级，思维能力和基本文书能力进入了回归方程（标准化 β 为 0.418 和 0.290，调整后 R^2 为 0.312）；在初三年级，思维能力进入了回归方程（标准化 β 为 0.334，调整后 R^2 为 0.195）；在高一年级，思维能力和文本形成能力进入了回归方程（标准化 β 为 0.370 和 0.266，调整后 R^2 为 0.228）；在高二年级，思维能力进入了回归方程（标准化 β 为 0.420，调整后 R^2 为 0.169）；在高三年级，思维能力和基本文书能力进入了回归方程（标准化 β 为 0.307

和 0.186，调整后 R^2 为 0.129)。针对于各年级的回归模型的检验显示，F 值均达到 $p < 0.001$ 的显著水平。

在不同年级，写作能力对学生的影响并不相同，具体表现为四点。第一，思维能力对所有年级的写作成绩均存在显著影响，其中在初一、初三和高二年级只有思维能力对写作成绩产生显著影响，并且思维能力在各年级的回归系数均达到 $p < 0.001$ 的显著水平，因此从对写作成绩的影响来看，思维能力是影响写作成绩的最为重要和稳定的写作能力；第二，基本文书能力在初二和高三年级与思维能力一起对写作能力产生显著影响，在基本文书能力被纳入回归方程之后，解释率有较明显的提高，这说明在初二和高三这两个年级，基本文书能力对写作成绩的影响十分显著；第三，文本形成能力在高一被纳入了回归方程，纳入后对写作成绩的解释率有较大提高；第四，各年级写作能力与写作成绩的回归方程均达到 $p < 0.001$ 的显著水平。

结合三种写作能力的发展情况和各自的特点，可以作如下分析。第一，写作成绩的提高受到思维能力持续而直接的影响。思维对学生写作的逻辑、深刻而灵活的思想表达、写作相关知识的灵活运用、新观念和表现风格的创用，以及对写作中问题的发现与纠正，进而完善作品，都发生着直接而重要的影响。这中影响对各种体裁的写作质量都非常重要。思维能力是一种持续发展的能力，它对写作能力其他两个维度的影响也是持续性的。因此，写作的思维能力对写作成绩的影响重要而稳定。第二，基本文书能力对写作成绩的影响，同时也受到相关知识学习的时间、知识的理解情况和形成迁移所经历的过程的影响。教学大纲规定，基本文书能力有关知识的学习安排在初二年级，因此学生的用法了解和模仿举例能力在初二年级开始发展起来，进而对写作成绩产生了积极的直接影响；从基本文书能力的发展特点看，高三是大幅度发展的年级，表现为知识及其运用能力的大幅提高，即学生经历了了解用法、模仿举例和拓展运用方面的迅猛发展过程，这种发展对写作成绩产生积极影响。第三，文本形成能力对写作成绩的影响，受到文本形成能力的发展与作文体裁形式的学习变化的影响。文本形成能力的发展从初二到高一年级达到第一个高点，之后呈波浪式的发展，这使文本形成能力在高一年级的水平能够较好地满足写作的实际要求；另一方面，初中的作文学习以记叙文为主，高中年级以议论文为主，由于议论文的主题往往揭示较为深层的意义，结构、内容更加讲究条理化，所以它与文本形成能力的要求较为贴近，这使得文本形成能力对写作过程的支持更为明显；而对于更高水平的写作，文本形成能力又显得支持力度不够，这需要思维能力才能够使写作水平更进一层。

概括起来讲，思维能力、文本形成能力和基本文书能力与写作成绩的关系，因年级变化而有所不同，原因在于三种能力的发展趋势不同。写作能力对写作成绩产生积极的影响，其中思维能力对文本形成能力和基本文书能力起统合协调作用。从学生总体看，写作能力可以较好地预测写作成绩。从分年级的情况看，思维能力因其对写作产生诸多方面的直接影响而稳定地影响各年级的写作成绩；基本文书能力对写作成绩的影响受制于了解用法、模仿举例、拓展运用等方面能力的逐步成熟的过程，因此在初二和高二年级影响显著；文本形成能力的发展特点以及高一议论文的学习，可能是文本形成能力对高一写作成绩发生显著影响的重要原因。

三、不同写作能力各维度与写作成绩的回归分析

为了探明中学生写作思维能力不同维度对写作成绩的影响，研究使用 stepwise 方法对五种思维品质与写作成绩进行了多重回归分析。结果显示，最先进入回归方程的是灵活性思维品质，对写作成绩的解释率为 42.9%（标准化 β 为 0.436，$p < 0.001$）；之后，其他思维品质均依次进入，其顺序和累计解释率及其 β 值与显著性水平分别为：独创性（54.1%，标准化为 0.286，$p < 0.001$）、深刻性（57.9%，标准化 β 为 0.232，$p < 0.001$）、批判性（60.4%，标准化 β 为 0.195，

$p<0.001$）、敏捷性（60.6％，标准化β为-0.091，$p<0.001$）。结果显示，写作成绩对敏捷性的回归系数为-0.091，且在敏捷性品质被纳入方程后，回归方程的决定系数仅增加了0.002。进一步分年级的分析结果显示，所有年级均没有将敏捷性纳入方程，这表明在本研究中敏捷性对写作成绩的影响很小。

为了探明中学生文本形成能力不同维度对写作成绩的影响，研究使用stepwise方法对五种文本形成能力与写作成绩进行了多重回归分析。结果显示，最先进入回归方程的是组材能力，对写作成绩的解释率为8.0％（标准化β为0.199，$p<0.001$）；之后，其他三种文本形成能力依次进入，其顺序和累计解释率及其β值与显著性水平分别为：表达能力（12.7％，标准化为0.188，$p<0.001$）、选材能力（14.5％，标准化为0.119，$p<0.001$）、立意能力（14.8％，标准化为0.073，$p<0.001$），显然，立意能力的纳入对文本形成能力对写作成绩的解释率的提高并不明显。结果显示，审题能力没有被纳入回归方程。

为了探明中学生基本文书能力不同维度对写作成绩的影响，我们使用stepwise方法对六种基本文书能力与写作成绩进行了多重回归分析。结果显示，最先进入回归方程的是体裁能力，对写作成绩的解释率为19.3％（标准化β为0.215，$p<0.001$）；之后，其他三个基本文书能力依次进入，对写作成绩的解释率随有关分项的进入有较明显的提高，其顺序和累计解释率及其β值与显著性水平分别为：句子能力（26.9％，标准化为0.232，$p<0.001$）、字词能力（32.0％，标准化为0.207，$p<0.001$）、标点能力（33.8％，标准化为0.1558，$p<0.001$）。词组能力和修辞能力没有被纳入回归方程。

从前面的分析讨论已经知道，写作能力对写作成绩产生积极影响，效果显著；但是并不是三种写作能力所包含的所有维度都在起作用，思维能力、文本形成能力和基本文书能力的情况各有不同。

思维能力各个分维度与写作成绩之间的多重回归的结果显示，五种思维品质以如下顺序全部进入方程：灵活性、独创性、深刻性、批判性、敏捷性。但是结果同时提示，最后进入方程的敏捷性品质对方程累积解释率的累加贡献只有 0.2%。关于思维品质中灵活性、独创性、深刻性和批判性对写作成绩的影响在前文已经作过讨论，不再赘述。关于敏捷性对写作成绩仅有较少累加解释率，并显示存在低量负效应的情况，可能存在如下原因：敏捷性是质量和速度的综合表现，在时间充足的情况下，学生会采用尽量首先满足质量的策略，时间的效应会被弱化，反之亦然；相同的时间对于高年级来讲意味着时间充足，对低年级则是不够，当时间充足并且质量达到较高水平的时候，增加时间则意味着降低敏捷性的得分，这种情况在敏捷性的发展研究结果中已经表现出来。在写作成绩随年级上升而增加、敏捷性成绩在高年级随年级上升而有所停滞或下降时，敏捷性会对写作成绩表现出一定的负向影响，这表现出高、低年级的学生在不同时间条件下的策略选择情况及其效果。另一方面，其他品质也有可能改变了敏捷性对写作成绩产生的影响，因为在进一步的分析中发现，当单独计算敏捷性对总体学生写作成绩的影响时，β 为显著正值。本研究采用的方法是不设时间限制，但是如果限时，由于年级跨度大，较难确定适中的时间要求。关于这一点，需要专设研究予以探查。

关于文本形成能力，其分维度多重回归的结果显示，有关分项以如下顺序进入方程：组材能力、表达能力、选材能力和立意能力，方程 F 值检验达到 $p < 0.001$ 的显著水平。我们注意到，审题能力并没有进入方程，这说明在统计学意义上，在文本形成能力对写作成绩的影响中，并不包含审题能力；研究还注意到，进入方程的最后一项为立意能力，它的纳入仅使累积解释率增加了 0.3%，因此可以说，立意能力对写作成绩的影响不大。从审题和立意能力的特点来看，虽然学生在较为复杂的条件下，对审题和立意的把握有所欠缺，但这并不至于会使中学生因之发生较大的误解或跑题现象。在这种情况下，衡量学生写作成绩的其他文本形成能力则相对变得更为重要。因此可以说，由于在实际写作中，审题和立意对于一般要求的作文而言较为容易操

作，因此学生在这两项能力上较容易达到基本要求并且变化较小，进而其结果较少地影响到写作成绩。

基本文书能力各分维度与写作成绩的多重回归结果显示，有关分维度以如下顺序进入方程：体裁能力、句子能力、字词能力和标点符号能力，方程 F 值检验达到 $p < 0.001$ 的显著水平。我们分析，词组和修辞能力没有进入回归方程的主要原因在于，它们从初一到高三的发展跨度都相对较小，与写作成绩的发展幅度不太一致，即发展较慢，处于平缓状态。这说明它们的发展与写作成绩的发展处于不同的状态，不能够对写作成绩形成较为有力的影响。与其相对应，其他四种进入回归方程的能力则在这方面表现较为突出，较有力地影响了写作成绩。

可以看到，虽然三种写作能力均对写作能力存在显著影响，但是并不是其中的所有分维度都在起着显著的作用，其原因在于是否能够对写作发展提供同步支持。

综上所述，中学生写作能力之间存在显著的相关关系，思维能力影响文本形成能力和基本文书能力。中学生三种写作能力均影响写作成绩，其中思维能力因其影响更稳定和显著而最为重要。三种写作能力所含分维度中有些对写作成绩产生影响，有些基本没有影响。写作能力与写作成绩之间的关系随年级上升而产生变化的原因，主要在于写作能力是否能够对写作发展提供同步支持。

但是，应该特别指出的是，无论是在哪个层次，没有进入方程的能力仍然对写作活动存在基本的支持作用。原因很简单，没有那些没能进入方程的维度（或分维度），写作活动将无法进行。因此，回归分析的结果所告诉我们的是，进入方程的因素是预测某一学段写作成绩的良好指标，但是这并不说明没有进入方程的因素就对写作过程不产生作用。

第七章
中学生写作认知能力的总体分析与培养建议

写作能力因其与智力的核心成分——思维的密切关系，以及在人类进步中重要的积极作用，必然会受到心理学和教育研究的重视。心理学可以以写作领域作为研究高级智力活动的切入点，科学的教育也必然以心理发展规律为重要基础。中学阶段是思维、写作能力发展的重要时期，针对写作能力展开研究，对心理学的发展和写作教育的推进具有双重的理论和实践意义。

鉴于以往国内外研究的成果和近期研究的结果，本章以写作能力的研究内容为基点，综合讨论中学生写作（认知）能力的构成要素，中学生写作能力的发展特点，以及中学生写作能力对写作成绩的影响、预测的问题。此外，本章还将根据研究结果提出针对中学生作文教学的建议。

第一节　中学生写作认知能力的综合分析

一、中学生写作能力的构成

对写作能力进行实证研究首先要面对三个问题：写作能力的构成因素、写作能力的维度划分和写作能力的研究内容。

以往写作能力构成因素的观点多来自于经验性的思辨研究（周泓，2002），涉及面十分广泛，各方面的观点并不完全一致。大体可分为写作能力包含写作专门能力和智力因素的观点，以及写作能力仅由写作专门能力构成的观点（Jones，2001；章熊，2000a），写作专门能力又可分为基本书写的能力和形成文本的能力。写作能力是否包含智力因素（思维能力）是写作能力构成观点分歧的关键。

本书赞同写作的基本书写能力和形成文本的能力是写作能力的重要组成部分的观点，因为缺少这两种能力，写作者将无法呈现文章。但是同时，本书坚持思维能力是写作能力重要组成部分的观点，因为思维能力广泛、深度地参与和影响写作过程，并基本上独立于其他的写作能力。正如 Bransford 等（1991）所说，"新手和专家的差别不单纯在某一领域的知识方面，也在使用不同方法高质量地组织这些知识方面"。

写作能力是否包括思维能力的分歧，主要表现在三个方面：第一，写作是否有思维的深度参与，它决定着思维能力在写作中的重要程度；第二，写作中的思维能力是否能够由其他能力所包含替代，它决定着思维能力是否独立存在；第三，不同智力活动中的思维能力是否相同，它决定着写作中的思维能力是否具有独特性。

关于第一个方面，所有研究者都认为，写作过程需要大量的思维能力的参与，国内外的理论就写作与思维的关系作过精辟的论述（Mayer，1983；Kellogg，1994；朱智贤等，1986），本研究以及以往关于写作的实证研究（周泓，2002；孙素英，2002；戴健林等，2002；黄洁华等，2001b）也对此提供了有力支持。思维能力是写作者成功完成写作任务必不可少的能力，因此写作能力应该包括思维能力。关于第二个方面，写作需要综合分析能力，当把各种写作因素加以统合时，这种需求尤为突出，而这种统和能力无法由其他能力所替代，它是独立存在的。关于第三个方面，当代心理学理论普遍认为，认知发展存在领域特殊性，即不同领域的认知发展存在差异。加德纳（1999）提出多元智能理论，他认为存在许多不同的、相互独立的认知能力，即人具有不同的认知能力和认知方式，其中包括语言智能，而且这种分类还可以细化。这个理论得到了与教育密切相关的实证研究的证实，它在本质上阐释了个体在不同领域的能力存在差异和在相同领域方面个体之间存在能力差异的原因。这表明，写作中所表现出来的思维能力具有独特性。

本书认为，对写作能力的构成要素进行研究，既要重视理论研究，也应注重对学生的广泛深入的观察，以及在此基础之上的科学分析，特别是量化分析。国内外关于写作能力构成因素的观点之所以纷繁多样，主要是因为研究者各自所占的角度不同。理论研究者的优势在于具有理论水平，高度严谨的科学思维方法；不足在于观点多出于个人观察和思考，了解的范围和深度有限。有些研究还较少考虑到心理方面的因素，这难免使某些观点有失偏颇。从实证研究的角度看，以往很多观点属于理论假设，这种假设需要实证研究加以验证。

对中学生写作能力构成因素研究的另一有效方法是教师的观察评价。智力测验的先驱比内的智力量表所使用的方法就是教师评价，他依靠教师提名来确定平均智力和智力极端的学生，承认其准确确定和成功区分学生的能力（Dimakos，1998）。当然，一线教师较为缺乏理论高度和整体性，因此，对他们的意见需加以分析，综合多方见解，取其主流观点。所以，本研究在对文献进行研究之后，采用了教师调查和专家访谈相结合的方法，对中学生写作能力的构成要素予以探查，使对中学生写作能力的前期研究拥有理论基础、实证支持和高水平的概括，为后续研究奠定了科学可靠的基础。

理论研究和调查结果为我们提供了可能构成写作能力的多个方面。那么，对于已经获得的诸多影响写作的因素应该如何归类？本书认为，应该本着不可或缺和功能基本独立的原则予以操作解决。

在实际操作中，国内主要是从写作过程（环节）的角度进行，把写作能力划分为审题、立意、选材、组材、表达和修改等维度（朱作仁，1991；周泓，2002）；国外主要是针对书写技能的不同方面和整合、创造能力进行，较全面的测验（Dimakos，1998）将其划分为字迹易读性、作文流畅性（文章中词的数量）、单词使用（词汇的质量和多样性）、语言使用（句法和语法规则的应用）、拼写技能、文本合成技能（写出结合良好、逻辑、流畅句子和段落的能力）、主题发展技能（深刻细致地发展和展示话题的能力）、创造写作能力、标点符号和大小写技能等方面。国内观点的不足在于一些研究者并没有把思维或书写等能力包含在内，并且将修改这个贯穿整个写作过程的维度与其他形成文本的能力相并列；国外观点的缺陷在于各维度在关系上存在层次混乱和重叠的情况。

根据不可或缺和功能独立的原则，在写作能力的认知方面主要可分为思维能力、文本形成能力、基本文书能力和观察与积累等方面。首先，写作需要深刻周密的分析综合能力、灵活运用能力、监控能力、创造能力和快速完成任务的能力，等等，它们可以通过写作思维的深刻性、灵活性、批判性、独创性和敏捷性予以展现。其次，写作需要形成文章的能力，要了解题意（审题）、确定主题（立意）、选择材料（选材）、形成结构（组材）、落于笔端（基本表达），这是写作者对写作各个环节的基本执行能力。再次，写作需要文书能力，要能够写出字、词、句，有基本写作技巧（修辞），懂得标点符号的用法，知道各种体裁并会使用。这些能力还应该分成了解、模仿和运用三个层次，以体现写作者对上述方面的掌握程度，这是对写作能力要素进行层次化分析所必需的。最后，写作还要有日常的观察和积累，因为对主题的知识来自于这些方面。思维能力是完成写作任务的智力条件；文本形成能力是形成符合基本结构要求的文章的执行手段；基本文书能力是写作的文字基础；观察和积累是写作的材料保障。其中观察和积累能力不在研究的范围之内，这在前面已经提到，在后面的讨论中还会涉及。

本书认为，用于研究的写作能力要素应该具备四个特点：①稳定；②可测量；③体现写作重要侧面水平；④适用于所有年龄阶段的写作者。

写作能力的因素必须具有可测性和稳定性。本研究的调查结果和以往一些关于写作能力的观点（刘荣才，1986；万云英，1988；徐小华，1998；马笑霞，2001）均把观察及生活积累纳入了写作能力的要素。但是，出于对稳定性和可测性方面的考虑，不宜将它们纳入本研究要考察的因素范围。这是因为，如果完全使用自陈量表来测查观察能力，较难保证结果的真实性；而采用通过学生操作来获得观察能力数据的方法又难以实施。此外，观察能力对写作产生影响的有效性，取决于写作内容与观察内容的匹配程度，而这种匹配程度可能会与个体稳定的一般观察能力并不完全一致。例如，对某一事物的观察可能仅仅是因为兴趣，而这种兴趣并不总是在其他方面表现出来。从稳定性来看，不同的个体拥有不同的经历，相同的事物和活动也会给他们带来不同的体验，这种变化会导致测验结果的不稳定性；从可测性来看，由于观察和积累的内容一般是针对文章主题而言的，而文章主题会不断变换，写作能力的测验不可能穷尽所有主题。因此，将观察和积累，特别是积累，作为评价学生写作能力的内容，虽然是符合实际情况的，但却不能满足测量的需要。

写作能力应该体现写作的重要侧面和水平。思维能力（品质）、文本形成能力和基本文书能力分别体现了写作能力的不同方面。布卢姆把教育目标分成较低和较高两个水平（Freese，1998），较低的水平包括知识、理解和应用；较高的水平被分成分析、综合和评价。研究要测量写作的思维能力（思维品质）、文本形成能力和基本文书能力，这体现了写作能力的不同方面；同时，测量应该尽量反映不同水平层次，即了解观念与材料的能力，理解一般使用方法的能力，在新环境下使用信息的能力，以及分析、综合、评价的能力，前三种能力能够较好地反映中学生对基本文书能力的掌握程度，后三种能够较好地反映思维品质。这样能够较为全面、多层次地反映学生写作能力的状况，使采用相同或基本相同的方法对不同年龄层次学生进行评价成为可能。

写作能力维度还必须能够对所有学段的学生进行考察。以往有些实证研究，可能出于对某一学段学生写作发展水平的考虑，只考察写作能力的某些要素，如小学阶段只考察文本形成能力和写作创造力等方面。这对小学生而言，具有相当的适用性，但是这种写作能力结构对中学却不适宜。从我们研究的结果可以看到，中学生的写作更多地取决于思维能力，而且在高中阶段基本文书能力还存在一个迅猛发展的过程。仅适宜于某一学段的测量维度体系会带来发展特点描述方面不可克服的困难：①不能够对个体写作水平持续发展的现象做出完整的解释；②不能够对其他学段发展明显且对写作产生影响的能力要素提供连续性解释。所以，研究的维度应该全面、统一。

本研究的测量工具来自于对上述研究结果的认识。从随后获得的研究结果看，研究的内容较为合理、方法较为恰当，较为完整、客观地反映了中学生的写作能力及其发展的情况，基本上达到了预期目标。

二、中学生写作思维能力的发展

从目前的资料来看，对于包括上述三个维度的写作能力进行全面实证研究，尚属首次。以往研究均是从某一侧面展开，这形成了对写作能力发展认识的局限。本研究的结果显示，中学生写作能力整体上表现出随年级增长逐年上升的发展趋势，其中初一到初三和高二到高三是两个明显的发展阶段，初三到高二阶段的发展相对平缓。下面对三种写作能力发展的主要方面作进一步的讨论。

斯腾伯格（2000）提出，对物体或符号的内部表征进行操作的基本加工过程包括元成分、操作成分和知识—获得成分，其中元成分是用于计划、控制和决策的高级执行过程。以往研究和分析已经表明写作能力包括思维能力，写作中五种思维品质在具体功能上包含了写作的计划、控制和决策过程。不论是元成分还是思维品质，都属于智力活动的最高层次，而思维品质则对这种高层次的智力活动给予了较好的划分，而且思维品质可以较好地区分于具体操作层次的能力。

此外，将独创性在思维品质中作为一个维度予以考察，避免了与其他维度相混淆。而在斯腾伯格的理论中，顿悟和应对新异性的能力被解释为卓越的成分能力，本书认为这个观点有失偏颇。因为结果显示，独创性与其他品质之间的关系总体来看处于弱正相关。而在有些研究中创造力则被独立于写作能力之外。

本书赞同斯腾伯格关于在对符号的内部表征进行操作的基本加工过程中，存在用于计划、控制和决策的高级执行过程的观点。本书同时认为，五种思维品质的理论较好地涵盖了当前写作思维能力研究的各个方面，在反映个体写作的统合、协调层次的特点方面更加具有明显的针对性优势。

如前所述，以往有关写作中思维能力研究的不足之处在于：①研究的维度缺少系统性；②较少涉及发展方面；③实证研究较少。本研究希望能够弥补以往研究在这些方面的不足。

研究的结果显示，中学各年级学生在写作中普遍表现出五种思维特点，这说明五种思维品质反映了中学生写作思维的一般性特征。写作思维能力的研究结果较突出地表现了发展性、差异与层次性和受教育影响性三个特点。

①发展性特点。写作的思维能力的发展趋势尽管在不同的品质之间有所差异，但总体上是向上的。研究结果显示，写作思维能力在整个中学阶段持续发展，初二到初三发展迅速，高三年级基本形成，但尚未达到比较成熟的水平（86.3%的学生得分在 2.00～2.99 分之间，但只有 1.00% 的学生超过 3 分），仍有继续发展的空间，这与以往对初中学生的相关研究的结果是部分一致的（孙素英，2002）。本书认为，中学生写作思维能力的发展情况，隐含着两个事实。第一，写作思维是高级复杂的心理活动。由于一般的智力成熟理论认为，个体的智力成熟在 15～16 岁，其后的发展是成人所特有的辩证思维的发展，写作深刻性、灵活性和批判性在较高水平上都或多或少地渗透着辩证思维的特点。因此，写作思维能力是形式思维与辩证思维的结合，这种情况的存在是由写作活动本身的复杂性特点所决定的。第二，写作思维是一种需要长期发展才能够达到完全成熟的能力。

②差异与层次性特点。写作思维的差异性表现在不同思维品质，以及不同个体之间。写作思维不同维度的发展差异具体表现为深刻性、灵活性品质发展较好和批判性、独创性发展较差。这一结果验证了我国心理学家（林崇德，1999，2003）提出的独创性和批判性的发展较为迟缓的观点，而目前所见到的国内外其他有关写作思维的研究，较少涉及这个方面。本研究认为，写作思维能力不同维度存在差异的结果与个体思维的发展水平和学校教学有关。

布卢姆（1986）将较高的教育目标水平由低到高分为分析、综合和评价三个层次。首先，深刻性和灵活性与分析、综合层次相对应，是直接基于归纳、概括，通过分析综合而发展起来的思维能力，形式思维的发展成熟对它们的发展产生直接影响。而形式思维是个体在青少年期较早发展和成熟的思维形式，因此中学生深刻性与灵活性的发展较为顺畅。批判性与布卢姆所提出的评价层次相对应，它高于分析和综合水平，而独创性与斯腾伯格所说的顿悟和应对新异性基本对应

（卓越的成分能力），它们需要以深刻性和灵活性为基础，是更高水平的再加工，因此批判性和独创性的发展与深刻性和灵活性相比显得要晚一些、差一些。其次，我国学校的教育形式较为固定，教学各方面与聚合思维的发展为贴近，更加有利于思维深刻性和灵活性的发展，而对于批判性和独创性的发展较少缺乏支持，随着年级的不断上升，这种教育环境对思维品质发展的影响愈为明显。此外，认知心理学认为（Flavell et al.，2001），人类语言强烈受到规则的支配，尽管这种看法是用来解释语法结构的，但是我们分析，这种情况有可能同时存在于其他方面，进而可能会制约独创性的发展。因此，批判性和独创性品质在高年级呈波浪式的发展趋势。

写作思维在个体之间存在差异，其中独创性的差异最大，是最富于个性特点的品质；深刻性和灵活性较为一致，从年级发展来看两头高中间低。本书认为，这种变化与形式思维的成熟和辩证思维的发展有关，初三和高一是形式思维走向成熟的阶段，差距减小；高二以后，可能是由于学生辩证思维发展的不一致，导致离散程度加大。批判性的个体差异相对较小，主要是因为中学生整体上发展水平较低造成的。

差异与层次性特点说明，思维品质反映了智力的个性特点及其发展的复杂性。思维品质之间相互依赖的关系，充分体现了写作思维发展在量变到质变、时间性、速度和协调一致性四个参数方面的变化特点。

③受教育影响性特点。Bransford 等（1991）指出，思维不是在某一课程中可以学到的，它是需要日常练习的生活方法。人们思维和学习能力的发展在很大程度上由儿童所处环境的社会关系造就，只有通过环境中的各种中介事物，儿童才能够学会注意什么、怎样解释事件、什么具有思考价值，等等。他们认为，这是对皮亚杰理论的修正，只有强调中介事物，构造主义者的地位才变得更加稳固。

本书同意上述观点，同时进一步提出，写作思维只有通过教育中介事物才能得到更好的发展，这个中介事物就是基于学生生活的写作活动。这是因为：①写作活动与思维活动的关系密切，指向同一目标，同时进行；②写作可以产生最有条理的思维，是训练思维的有效方式；③写作的内容基于真实生活，学生比较熟悉，可用资源丰富，可操作性很强；④写作活动可以一直伴随学生的学习生活，有教学要求提供保障，可以做到坚持不辍。

思维发展通过写作活动受到教育的积极影响，反过来思维的发展可以进一步提高写作的水平，所以，写作其他方面的素质也不断地通过思维的成长而得到滋养。

三、中学生写作文本形成能力的发展

研究者（刘荣才，1986；张鸿苓等，1982；万云英，1988；马笑霞，2001；朱作仁，1991；吴立岗，1984；周泓，2002）广泛认同写作能力包括审题、立意、选材、组材和表达等方面。根据其在写作中的作用，本书将其称之为写作的文本形成能力。这方面最有代表性的实证研究是周泓（2002）的"小学生写作能力研究"，研究者把写作能力分为审题、立意、选材、组材、语言表达和修改六个维度。结果表明，按照 100 分满分计算，六年级到三年级的平均分分别为 79 分、71分、70 分和 63 分，其中条件较好的学校分数更高。研究未涉及对写作能力与写作成绩关系的探讨。从该研究所获得的结果可以看到，小学生的文本形成能力已经发展得相当好。但是十分明显，用这六个维度来解释中学生的写作能力可能存在困难。本研究的研究的结果证实了这个推断。

本书认为，文本形成能力是写作能力的重要组成部分，但并不同意它是中学生写作的唯一主要能力。这是因为，它不能够较完整地解释作品水平不断提高的发展问题，对较高年级尤其如此。本书也不同意将思维能力纳入文本形成能力，因为如果纳入的话，相关的分维度就会十分复杂，如立意多么深刻、选材如何恰当、组材怎样周密精巧等等。要回答这样一些问题，写作者只有在更为复杂的作品环境中才能够较为充分地展现其复杂的深度水平。这样做的话，有两个问题无法解决：第一，作品受写作者经历的影响很大，测评者所得到的结果在一定程度上可能会来自于作者对主题的熟悉程度，像立意、选材和组材这样一些能力究竟是由于对内容的熟悉程度，或是由思维发展水平，还是由对写作操作过程的掌握程度造成的，很难加以区分；第二，写作会受到多方面因素的影响，如情感、兴趣等，那么作品所表现的情况就会极不稳定，很难说清结果是不是受到兴趣和情感的影响，这时所得到的写作能力就会部分地失去价值。将文本形成能力与思维能力分开并以客观试题的形式予以考察，既避免了写作表现与写作能力之间互相混淆，又使测量具有可操作性，较为合理恰当，这是本研究对写作能力的基本看法与做法之一。

本研究的结果显示，中学生的文本形成能力起点较高，初三年级是发展的关键期，高中阶段发展平缓。这表明，中学阶段的文本形成能力是在小学的基础上继续发展的结果。结合以往对小学阶段的类似研究（周泓，2002）的结果进行分析，可以看到，初中三年级学生的文本形成能力达到了基本形成的水平；高中阶段学生的写作水平，较少受到文本形成能力的影响。同时，综合参考本研究所涉及的另外两个写作能力维度与写作成绩之间关系的有关结果，可以进一步地推断，高中阶段的写作更多地受到写作思维能力和基本文书能力的影响。

上述结果及其所说明的问题，证明了仅用文本形成能力作为学生的写作能力是不完整的，不能够完全解释写作水平不断发展的实际情况，这在以往研究中没有提及。

有研究者（Bransford et al.，1991）提出，思维能力紧密嵌入于各个领域的所有层面。我们认为，初中三年级的学生的文本形成能力之所以可以达到基本形成的水平，这是因为文本形成能力本身对分析综合能力的要求并不很高，比较容易达到一个基本的水平。文本形成能力受到心理因素的影响的情况，具体表现在个体在不同分维度的表现受到任务条件的复杂程度（条件数量）、抽象程度、关系类型等方面的影响方面。例如，被试在审题方面，对条件单一的题目完成较好，对条件复杂的题目完成较差；在立意和选材方面，对具体事物和记叙文的题目完成较好，对抽象观念和议论文的题目完成较差；在组材方面，对时间、空间顺序关系的题目完成较好，对抽象逻辑关系的题目完成较差。这些分维度在不同项目上存在的差异均达到极为显著的水平，审题、立意、选材和组材分维度的总体水平受到了这些方面差别的影响。可以看到，文本形成能力受到心理因素的影响，这种影响与完成任务所依赖的智力水平相对应。所以，一方面一般层次的文本形成能力因为对较高层次的思维能力依赖较少，而较早达到了基本形成的水平；另一方面，由于较高层次的文本形成能力受到心理发展水平的制约，而使其整体发展水平在中学没有达到很高的水平。

此外，生成文本的操作过程是中小学生作文练习的必经历程，生成文本方面的操作如果残缺，学生将无法呈现作文的基本形式，因此它是学生写作必须要做到的事情。学生从小学开始接触写作学习任务，经历了很长的时期，这种长期训练使学生对文本形成能力相对应的操作不断熟悉，从而使学生这方面的能力达到了基本的熟练水平。而长期训练并没有使其发展达到很高水平的原因，除了心理发展水平之外，也许同时与这种长期操作的教学针对性程度有关。

由此可见，文本形成能力的水平与学生的心理发展水平和持续训练及其针对性程度存在直接的关系。

综合这些分析，本书认为：第一，写作文本形成能力不能涵盖写作思维能力；第二，在中学阶段，写作文本形成能力不是写作能力的唯一重要的方面，不能够用以完全解释写作水平不断发展的实际情况；第三，写作文本形成能力包含很大程度的心理成分，其水平受到心理发展水平的制约；第四，写作文本形成能力受到长期训练的影响。

由此可见，采用以往认为文本形成能力即为写作能力的观点解释中学生的写作能力，尚存在一定的局限。文本形成能力对于小学生的写作发展水平可能具有相当程度的解释力，但是对于解释中学生的写作发展水平却存在明显缺陷。

四、中学生写作基本文书能力的发展

从已有的关于写作能力构成的观点看,几乎所有的研究者都把基本文书能力作为写作能力的组成部分,一般称之为"书写文面"或"书面语言"等。本研究把基本文书能力与文本形成能力分开,并独立作为一个维度,是因为两者在作用功能方面完全不同,而后来的研究结果也表明,它们的发展特点存在较大的差别。

对以往写作能力发展理论进行分析后可以看到,研究者(赵欲仁,1930;熊先约,1987;万云英,1981)比较注重小学或初中阶段的基本文书能力的发展,也有研究者(黄仁发,1990)认为基本文书的有关能力(标点符号、词语、句子)在高一年级达到最高水平。

本研究的结果对基本文书能力的发展情况有进一步的发现,对以往观点有所补充。研究结果表明,中学生基本文书能力的发展存在两个明显的上升阶段,第一个阶段在初一到初三年级,第二个阶段在高二到高三年级,而以往研究对第二个急速上升的发展阶段没有提及。从具体发展情况看,初三年级有大半学生(62.7%)超过 2 分,从初三到高二逐步上升,但相邻年级没有显著差异。高二到高三年级急速发展,主要表现为 3 分以上学生的比例由高二年级的 5.8% 上升为高三年级的 47.5%,2 分以下的比例由高二年级的 21.5% 下降为 1.9%。这表明,初三年级是中学生基本文书能力发展的初步形成时期,高三年级是成熟时期。

黄仁发(1990)提出,语言发展存在潜伏现象,书面语言的发展是教学的结果。儿童经受教育,明显改观,成绩陡然上升,但多停滞于理论的表面,真正发挥其应有效能,并不在于教学的当时,而在于教学之后的一定时间,其潜伏期大致是一年。结合中学教学大纲对基本文书能力学习的内容安排,在初二年级的情况,可以做两个方面的分析。第一,这两个发展的关键期具有完全不同的意义:第一个关键期表现了学生有关知识学习的近期直接效果，表明学生对有关知识达到了初步掌握的水平；第二个关键期表明学生对知识了解、模仿和运用的迅猛发展，体现了相关知识的迁移达到成熟水平。第二，中学生达到对于基本文书能力的完全掌握需要一个较长的时期，一般为三年，当这个过程完成之后，会发生明显的质变。从整个中学阶段的发展情况看，基本文书能力的发展是阶梯式的，不是渐进的，从初三到高二的过程，体现了知识技能形成迁移的过程。结合中学生，特别是高年级段学生的学习特点，可以断定，这种迁移来自于训练，特别是综合训练。

本书同意黄仁发（1990）关于语言发展存在潜伏期的观点，认为教育会直接迅速提高学生在相关方面的理论知识，产生成绩效果。但是，本研究的结果还表明，在中学阶段这个潜伏期较长，大约是三年，这与前人的观点有所不同。出现这个情况的主要原因在于，以往研究并没有发现基本文书能力在高三年级存在明显上升的现象，高三迅猛发展的情况使我们看到了中学阶段基本文书能力发展的全貌，而以往的观点因被试所涉及年级的宽度而受到限制。以往的研究较好地描述了高一以前的发展情况，和我们的研究结果并不冲突，只是以往研究没有涉及高三年级的情况，因而有失于完整性，本研究的结果对之给予了补充。

布卢姆所提出的教育目标的较低水平（Freese，1998）包括知识、理解和应用。Winch 等（2001）认为，根据布卢姆教育目标分类，可以测量不同的写作技巧，其中包括：知识——记忆或回忆观念与材料的能力，理解——了解、转化和使用交流内容的能力，应用——在新环境下使用信息的能力。本书认为，布卢姆对较低水平的目标分类，较为适合于基本文书能力的研究。

为了能够较好展现中学生基本文书能力的发展状况，我们把其所属各分维度分为了解用法、模仿举例和拓展运用三个层次加以考察，基本上分别对应布卢姆提出的知识、理解和应用三个层次。研究结果较一致地呈现出三个层次（了解用法、模仿举例和拓展运用）的发展处于不同水平的情况，这表明，中学生在完成同一内容的不同层次任务方面存在较大差异，其原因在于不同层次的难度不同。显然，基本文书能力受到了智力水平的影响，国外有关研究也表明，拼写能力与智力存在中度相关（Kreiner et al.，2002）。从不同分维度的发展水平看，标点符号和体裁较好，词组和句子较差，结合中学教学的实际情况，可以看到训练对其发展的影响作用。

综合上述结果与分析，可以看到：第一，中学生基本文书能力的发展需要经过知识掌握和运用两个阶段，需要长期学习才能成熟；第二，基本文书能力在初三年级到高二年级的发展，本质上反映了个体对有关知识形成迁移的过程；第三，基本文书能力的发展受到心理发展水平的影响；第四，基本文书能力受到教育的影响，不同分维度之间存在差别的原因之一在于练习程度不同，可以通过综合训练得到改善。

有研究者（Swayze et al.，1998）指出，写作过程本身十分复杂，写作者必须使其想法适应于本人和读者的情况，注意写作的具体动作，符合写作的结构、形式和技术要求。因此，写作是综合性很强的智力活动。

中学生写作能力的发展贯穿于整个中学阶段，在初一年级到初三年级和高二年级到高三年级存在两个迅速发展的阶段。中学生写作能力各个维度的发展各具特点。

思维能力在整个中学阶段持续显著发展，高三年级达到基本形成水平，它的发展与写作水平的提高保持着同步状态；深刻性和灵活性品质发展好于批判性和独创性品质，这可能与不同思维品质的加工水平和学校教育的影响有关。对写作中的思维能力的系统研究过去较少涉及，希望本书提供的有关结果对心理学和写作教育的发展有所帮助。

文本形成能力的发展在初三年级达到较高水平，初三以后发展平缓。文本形成能力没有在整个中学阶段与写作表现始终保持同步发展，这说明它不是影响写作表现的唯一成分。进而表明，以往认为文本形成能力是写作的主要能力的观点存在一定的缺陷。

基本文书能力的发展存在初三和高三这两个发展关键期，前者标志着写作者对基本文书能力的初步掌握，后者则表明写作者对相关知识的掌握经过消化吸收的过程形成迁移、走向成熟；前一个关键期的研究结果与以往的观点和研究结果相一致，后一个关键期的研究结果则对这一领域的研究给予了补充。

文本形成能力和基本文书能力有关维度在分维度上的发展差异，揭示了心理水平对写作相关能力存在直接影响的情况。

研究结果表明，三种不同写作能力可能因其发展水平和趋势方面的不同而对写作表现产生不同的影响。写作能力的发展体现了思维能力的持续性、文本形成能力的早成性和基本文书能力的阶段性特点，这反映了智力、过程操作能力和知识掌握运用能力的不同发展特点。三种写作能力之间存在着密切关系。写作思维能力体现着心理发展水平，它影响制约着另外两种写作能力的发展，进而影响整体写作能力；反过来，写作文本形成能力和基本文书能力又在其发展过程中影响着思维能力的发展，因为如果没有问题解决过程的程序化或自动化，注意容量将会超负荷（Bransford et al. , 1991）。

教育是连接三种能力协调发展的纽带。从研究结果可以清晰地看到，教育对写作能力的发展产生直接影响，这种影响体现在教育的方式、内容、要求和时间等各个方面。

本书认为，文本形成能力和基本文书能力是形成文章的基本能力，它们决定着个体的写作活动是否能够形成文章的基本结构并以文字形式加以呈现，而思维能力则决定着文章达到的水平。据此，本研究推论，在较低年级（作文标准较低时），文本形成能力和基本文书能力是影响写作表现的首要因素；在高年级（作文标准较高时），写作思维能力是影响写作表现的首要因素。

五、中学生写作能力对写作成绩的预测效果

本书认为，写作能力和写作的作品质量是两个联系密切但又存在差别的概念，前者指写作者的写作素养，就本研究而言，它包括写作思维能力、文本形成能力和基本文书能力；后者指写作者的写作表现，即写作成绩。写作能力应该能够影响、预测作品质量。

有研究者认为（伍新春，1998；黄洁华，2001），写作受到主题知识、信息加工策略、文章结构、组织及图式、连贯性知识、决定何时结束文章的能力、读者眼光、理解监控能力、体裁、工作技艺等多个方面的影响。而这些方面除去不宜测量的项目之外，均可归于本研究的三种写作能力之内。从以往关于写作能力发展的观点（Wlkinson，1980[①]；Kroll，1981；赵欲仁，1930；朱智贤，1979；林崇德，1999，2003；熊先约，1987；黄仁发，1990；朱作仁，1993）可以看到，个体写作方面的发展，体现了三种写作能力不断发展的过程。实证研究结果表明（戴建林等，2002，2001），提纲对写作成绩存在积极影响，长时构思带来更好的文本质量。构思过程体现了文本形成能力和一部分思维能力，间接地证明了这两种写作能力对写作成绩产生影响。

以往研究具有很高的参考价值，但也存在一定的不足，主要表现在：①研究没有涉及完整的写作能力维度；②构思能力十分复杂，笼统的结果很难解释究竟何种成分在起作用；③发展方面的研究较少；④实证研究较少。本书希望能够从发展的角度，提供写作能力影响写作成绩的较为全面的实证依据。

从研究结果来看，写作能力与写作成绩之间的所有相关均为正向，结合回归结果可以看到，三种写作能力都对写作成绩产生显著的积极影响。

---

① 转引自：朱作仁，祝新华. 小学语文教学心理学导论. 上海：上海教育出版社，2001：203

从整体看，思维能力是影响写作能力的首要因素，其次是基本文书能力，最后是文本形成能力，这个结果可能与受影响的年级数量（或学生数量）有关系。思维品质对所有年级的写作成绩都产生积极影响，它的影响是持续性的，代表着影响因素的主流；基本文书能力对初二年级和高三年级产生积极影响，这种影响是间歇性的；而文本形成能力只对高一年级产生影响，影响是早期性的。

对于不同写作能力对写作成绩存在不同影响的情况，可以从写作成绩的一般评价标准方面加以分析。我国普遍使用的作文评价要素包括作文的内容、语言和结构（章熊，2000a），其中内容方面主要包括中心、见解和题意；语言方面主要包括行文流畅和语言准确；结构方面主要包括结构、层次及相互联系。可以看到，这些方面的良好表现，要以基本文书能力和文本形成能力作为基础，通过思维能力的组织、协调和升华，才能够较好实现。一般情况下，对作文的评价主要是从整体上进行的，不论是语言还是内容，都注重其整体性。教师评分时，较少把重点放在具体细节上，更多的是看学生对文章各部分的组织和整体表达。在组织和整体表达方面，思维能力毫无疑问地起着更为重要的作用，因为组织和整体表达需要思维能力的各个方面（品质）的积极参与。从研究结果看，中学生在基本文书能力和文本形成能力方面较早地达到了基本的水平，文本质量的差别应该更多地取决于思维能力方面，这也是中学生作文与小学生作文有所区别的重要方面。中学生不同写作能力的发展特点和作文评价的要素，决定了中学生不同写作能力对写作成绩的影响程度。

斯腾伯格（2000）指出，只有元成分可以直接激活另一种成分，或者直接从其他成分接受反馈。本书认为，在写作中，思维能力对其他能力具有组织、协调作用。从写作能力对写作成绩影响的路径分析结果可以看到，写作成绩受到思维能力和其他两种写作能力的影响，同时思维能力也对另外两种写作能力起协调作用。因此本书认为，尽管三种写作能力均对写作成绩产生积极影响，但是思维品质占有更为重要的地位，这种情况是由中学生写作的特点、思维品质的作用，以及作文评价的标准决定的。思维能力的影响与其他能力的影响具有本质的不同，因为思维能力的影响是自上而下的，它拥有对整体能力系统进行综合协调的作用，使系统协同工作，起到统合与完善的作用；它也可以弥补其他某种能力存在的不足，灵活地处理写作中的困难；它还可以监控写作过程，降低错误的可能性，等等。

文本形成能力对写作成绩的预测效果主要体现在高一年级，基本文书能力对写作成绩的预测效果主要体现在初二和高三年级，这是因为这些能力在这些年级或其前后，均发展较快，对作文质量的提高产生了明显的积极影响。从这里可以看到，能力的发展状况决定着自身对写作成绩的影响。

需要明确指出的是，尽管写作诸能力与写作成绩的相关和回归分析结果均显示，写作中的思维能力相对于其他两种写作能力对写作成绩存在更为明显的预测效果，但是这并不能说明另外两种写作能力的作用就一定明显较小。这是因为，思维能力是以另外两种写作能力为展现基础的，没有其他两种能力，思维能力的作用将无从谈起。思维能力与写作成绩的突出关系只能表明，在中学阶段，在文本形成能力和基本文书能力先期发展的基础上，思维能力对写作成绩的进一步提高起到了较为重要的作用。这里，有一句话应该重复：写作能力的特点包括功能独立和不可或缺，即使是在成人阶段，文本形成能力和基本文书能力也依然是写作重要的基础能力。

对不同写作能力各分维度进一步的研究结果提示人们，多数分维度都对写作成绩存在积极影响，而没有被纳入影响因素的分维度或影响明显较小的分维度有：思维品质的敏捷性、文本形成能力的审题和立意、基本文书能力的词组和修辞。从这些分维度的发展情况可以看到，和其所在能力维度中的其他分维度相比，这些分维度在整个中学阶段发展相对平缓。也就是说，这些分维度在随年级增长而变化方面相对稳定，因此对作品质量影响不大。这再次说明，能力的发展状况决定它对写作成绩的影响程度。教师在对学生的培养过程中，应该加强这些方面的教育力度，争取有所突破，以达到其对写作成绩（表现）产生积极影响的目的。

由于有思维能力的参与，写作的文本形成能力和基本文书能力才能够更有效率地发挥作用，这使得中学生的作文更加逻辑、周密、深刻而生动，更加具有创意和感染力。

第二节　中学生写作认知能力的培养建议

教育的魅力在于它能够塑造人类美好的理想，而理想的实现则要依靠基于这种理想的操作。人们希望能够通过教育来提高写作能力，而对写作能力的培养则依赖于对写作能力进行实证研究的成果，人们对写作能力进行培养的所有操作，都应该建立在对写作能力发展状态清楚认识的基础之上，这包括写作能力的发展水平、速度、趋势和它本身所包含的各个要素之间的内在关系。

一、中学生写作能力发展状态对写作培养的要求

对中学生进行写作能力的培养应全面考虑各方面的因素，包括思维能力、文本形成能力和基本文书能力，同时培养也要根据其发展特点有所侧重。培养写作能力要同时兼顾各个方面，使之协调发展，也要主次有别、循序渐进。

总体来看，在本书主要涉及的三种写作能力中，在发展起点方面，思维能力最低，基本文书能力中等，文本形成能力最高；在最终发展高度方面，思维能力最低，文本形成能力中等，基本文书能力最高；在发展幅度方面，文本形成能力最小，思维能力中等，基本文书能力最大。从发展趋势上看，思维能力持续显著发展，高三年级达到基本

形成水平；文本形成能力在初三年级达到较高水平，此后发展平缓；基本文书能力在初三年级达到初步掌握的水平，在高三年级达到较为成熟的水平，初三年级和高三年级之间是发展的潜伏期。三种能力的发展趋势见图7-1。

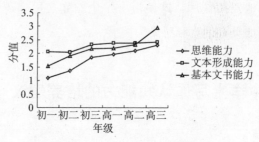

图7-1　三种写作能力的发展趋势

从三种写作能力之间的关系看，思维能力处于核心的影响地位，思维能力的发展对其他写作能力具有支撑作用；同时，文本形成能力和基本文书能力是写作思维能力发展的条件，写作思维能力不是空中楼阁。

所以，对写作能力的培养，应以思维能力为主线，要以文本形成能力和基本文书能力为操作形式，在各种具体的写作环节和整合环境中全面实施培养操作。

（一）思维能力的培养要求

由于思维能力是写作表现最重要的影响因素，而且由于思维能力与其他两种能力相比是初一年级发展起点和高三年级发展最高水平都较低的能力，因此，应该作为培养的重点之一。在思维能力中，不同的思维能力发展情况不尽相同（见第三章图3-7）。

深刻性和灵活性的发展趋势基本相同，其中深刻性又是思维品质中最为基础性的部分，其他能力的发展均以深刻性为依托，所以应自始至终地予以重视，放在写作能力培养的首要地位。从其发展的趋势来看，高中一年级是深刻性和灵活性较为薄弱的阶段，应该予以加强。如前所述，深刻性与灵活性在高中及其以后阶段，除了包括形式思维所具有的特点之外，也包括更高层次的"第五阶段思维特征"，即对认识相对性的意识、接受矛盾和在辩证的整体内整合的特点，这在写作能力培养过程中应该予以体现。深刻性的三个分维度的发展情况并不一致，其中概括性在初一到高一阶段的发展均好于逻辑性和全面周密性，后两个分维度起点较低，在中学中低年级阶段有待加强。灵活性在高二年级及之前发展较好的是观点鲜明易接受和方式灵活分维度，尤其需要加强的是层面角度分维度。

批判性在五种思维品质中是发展相对较差的方面，它的发展以深刻性和灵活性为基础。具体而言，中学生对自身监控能力的评价是比较准确的，不足之处表现在执行能力方面，而且自我评价的能力和执行能力差距很大。在执行能力方面字词发展较好，标点和句法次之，论点、结构、修辞和选材较差，其中选材最差。可以看到，较差的方面集中于整合要求较高的方面。因此，对批判性的培养应注意执行能力的较高层次的整合方面。

独创性和批判性一样，也是发展较差的方面。独创性发展相对较好的分维度是作品数量，然而作品数量并不是独创性较为本质的特征。由于作品的创造性特点是较为重要的方面，而独创性的发展又较为薄弱，因此对独创性的培养就显得极为重要。独创性的发展在高中阶段处于停滞状态，所以教育应更加注重在高中阶段利用中学早期获得的经验发展独创性品质，而具体方面则应针对内容、中心和方式等。

任何任务的完成都应该有时间要求，但是敏捷性的培养应在保证操作质量，即精确程度的前提下进行，对敏捷性的培养应与其他四个品质的培养同时展开。

总的来讲，思维能力的培养，深刻性和灵活性是基础，批判性和独创性是重点，这些品质的培养要与具体的写作形式相联系，做到既有针对性，又能解决实际问题，达到在写作过程中提高思维品质的目的。此外，由于初中阶段的学生表现出更大的差异性特点，所以应加强对个别学生的了解与辅导，因材施教，循序渐进。

(二) 文本形成能力的培养要求

中学生文本形成能力的发展主要是在初中三年级，从初三年级到高三年级不存在统计学意义上的差异。中学生文本形成能力在高三年级达到最高水平，但仍存在较大的发展空间（见第四章图4-1），其不足之处主要体现在对心理发展水平要求较高的方面。因此，对文本形成能力的培养应着力加强高中阶段的相应措施，注意与影响其发展的心理品质相结合，做到有的放矢。

中学生文本形成能力不同维度的发展起点基本相同，但到高三年级的情况却各不相同，相比之下审题能力的发展较为滞后，到高三年级甚至有所下滑。审题能力是中学生写作的基础性能力，审题出现问题，会对整个写作工作产生重大影响。审题能力不足的原因在于学生对复杂条件的分析处理上，当条件较多时，审题会出现条件遗漏。这种状况在整个中学阶段一直存在，并与单一条件下的审题表现形成持续性的差距。因此，培养应针对条件数量的增减进行。

中学生立意能力的发展比审题略好，但仍较为薄弱。中学生立意能力表现较好的方面体现在具体事物方面，当立意体现为思想观念的内容时，情况较不乐观，并与前者形成显著差异。显然，这种差异主要取决于立意内容的抽象程度。虽然，从初三年级到高二年级思想观念分维度有较明显的发展，但仍与具体事物分维度存在差异。尽管从皮亚杰认知发展理论的角度分析，高中生已经处于形式运算的成熟时期，但涉及写作领域，相对于具体内容而言，对抽象观念内容的论述仍存在一定的困难，需要相应的措施予以培养。

选材能力在文本形成能力各维度中处于中等发展水平，尽管在随年级增长的过程中不同体裁（记叙文和议论文）的发展存在交织现象，但总的来看，对记叙文的选材要显著好于议论文，这既体现在初一年级起点上，又体现在高三年级的最终发展水平上。两种体裁发展的差异，体现着学生对现实世界具体事件与抽象观念关系的理解和操作水平，反映了思维在抽象概括与具体化的过程中的运作水平，选材能力的整体水平受到这方面的影响。写作教学应根据这一特点进行安排，加强对观念与事实关系认识的训练。当然，这种训练应以作文环境为依托。

组材能力在文本形成能力中发展最好，具体表现为学生对所给材料的组织安排能力上。组材能力发展较好的方面体现在对时空顺序的合理安排上，这方面与现实生活联系较为密切，操作环境比较熟悉。另一方面，从逻辑关系来看，各个年级的情况均不如前者，并形成极为显著的差异。值得注意的是，这种情况在高年级也没有明显改变，这清楚地说明，中学生在完成逻辑关系安排这种更为抽象的任务时，始终存在明显的困难，而这一点又明显地与思维发展水平相联系。因此，教学要加强学生对不同材料的组织能力的训练，特别是要从逻辑关系的角度进行分析，这样不但能解决材料呈现的顺序问题，同时也是理清文章脉络的过程。

基本表达能力在中学阶段的发展和前四个维度相似，而且发展较好。从整体平均分和发展起点看，三个分维度之间没有显著差异，但在高三年级连贯得体和生动变化要明显好于准确简明，后者较低是因为高中阶段的向下波动造成的。因此，加强高中阶段的要求和训练显得十分必要。

中学生文本形成能力的培养应注意有针对性地做好与抽象概括能力相关联的具体维度的教学工作，同时应做到不同维度的专项训练与整合训练相结合。只有在精度和水平方面有所突破，才能收到预期效果。

(三) 基本文书能力的培养要求

中学生基本文书能力与其他两种能力相比，是发展水平最高的能力，总体上达到成熟的水平。总的来看，基本文书能力的发展有两个较为明显的特点，其一是在初三年级到高二年级之间存在一个较长的潜伏期；其二是在理解模仿到拓展运用之间存在较大差距。基本文书能力各维度之间的差别十分突出（见第五章图5-8），其各自的分维度的发展不尽相同。因此不同维度的培养目标要求有所不同。标点符号方面的发展最好，起点和最终达到的水平都好；句子和词组方面的发展较差，起点和最终达到的水平都相对较低；其他三个方面的发展情况处于相对中等水平。

在标点符号方面，初中一年级已经达到相当好的水平（2.86 分），高三年级达到 3.87 分（满分为 4 分），这说明标点符号的发展相当好。中学生在标点符号方面的不足表现在，在高中三年级之前，了解模仿与拓展运用之间一直存在较大差异，后者显著差于前者。在实际教学中，教师也经常遇到学生具体操作时的种种不足的情况，这种情况甚至在大学阶段也会经常出现。存在这种情况的主要原因在于，学生标点符号运用方面缺少训练的针对性和要求的精确性。由于标点符号是小学阶段的主要学习内容，而在小学阶段，学生的写作任务相对较为简单，较少处理复杂书面语任务，因此，相应的训练任务较为简单，运用能力存在一定的不足。因此，中学写作教学应该针对上述情况采取措施，加强训练。同时，应将这种训练尽量提前，使中学生的标点符号运用能力尽早达到完善的水平。

中学生对字词和修辞的理解掌握处于中等水平，初三年级之后呈 U 形发展趋势，初三年级与高三年级之间没有显著差异。尽管三个分维度的发展趋势基本相同，中学生字词和修辞能力的理解模仿和拓展运用之间的差异却始终十分显著。研究发现，相当一部分中学生对这两个方面的运用能力存在明显的不足，这表明学生的字词和修辞运用水平亟待提高。因此，应加强其字词和修辞运用方面的训练，并且应该把重点放在高中阶段。不同于标点符号的是，这两个方面的训练会因写作任务的不断改变而较为缺少重复训练的机会，因此，教师写作教学的操作会存在较大难度，这更需要加强作文教学与课文讲授和阅读教学之间的联系。

中学生在词组方面表现为理解模仿较好而拓展运用明显较差的情况，后者即使到了高三年级也表现不佳，很多学生不能够将看似相近的词组加以区分使用。总体来看，初一到高二年级的变化不大，高三年级迅猛发展。由于高三年级的训练内容较多、强度较大，所以我们认为这种发展趋势是综合训练的结果。因此，应加强对词组掌握和运用的练习，使学生通过多种途径接触、熟悉、使用常用词组，以达到明显改善的目的。

在高一年级之前，中学生对句子的掌握状况一直处于较低水平，高二年级有所改善，高三年级迅猛发展，其中了解用法相对较好，模仿和运用明显表现不佳。研究结果表明，中低年级学生普遍缺乏对句子有关知识的了解，包括简单句的成分和复句的结构，相当一部分学生不能够按照要求写出相应的复句，甚至混淆不同类型的复句。学生对句子掌握的缺陷是多维度的，不少学生既不明白也不会用。句子是构成篇章的语言单位，其重要意义不言自明，因此应尽早全面培养。

中学生对体裁的掌握较好（3.32 分），随年级上升不断提高，对体裁的了解和运用较少存在困难。

中学生基本文书能力的发展贯穿整个中学阶段，由于种种原因，其发展存在阶段性和潜伏期。中学阶段对基本文书能力的关注相对较少，这使得不少学生在高中毕业之前的水平相对较低。根据对日常教学的观察和与教师的访谈结果，在多数教学活动中，与基本文书能力相对应的教学内容主要以讲授或一般的写作形式进行，这使得学生较为缺少针对性较强的训练机会。前述基本文书能力的两个较为明显的特点，均与此有较为密切的关系，需要引起教师的注意。

二、中学生写作培养的基本操作建议

尽管合格的教师都了解教育学、心理学的基本理论，都懂得正确的理论能够保证丰硕的教学成果的道理，然而教育的效果却千差万别，这种差别的根源在于，不同教师对具体教学过程的操作采取了不同的策略。就整体学生而言，前述研究的结果以及基于这些结果所提出的教学要求，可以为我们提供一个大体的教学培养的着手点。但是，就具体操作而言，写作教学还要解决好操作化与循序渐进的问题，突出概括能力的培养，坚持从认识到实践的发展路线，保证学生在认知水平允许的条件下解决最主要的发展问题。

（一）操作化与循序渐进

中学生写作能力的培养，首先需要明确两点，一是培养的操作化；二是循序渐进。

所谓操作化原指在社会调查研究中，将抽象的概念和命题逐步分解为可测量的指标与可被实际调查资料检验命题的过程，是对复杂的社会现象进行定量研究的一种方法。在这里培养的操作化是指，教师将经过调查研究所获得的对学生进行培养的基本认识或想法，具体化为可以执行的操作行为步骤。例如，经过观察，某学生的写作水平较低，其中文本形成能力中的选材能力较差，教师认为应将提高该学生这方面的能力作为实施培养的第一步。但这只是教师的想法，而只有想法是不能展开具体教学工作的。因此，教师还要拟定实施该方面培养的具体方案，明确先做什么；再做什么；要达到怎样的标准；如何检验效果，等等。有时候，教师还要拟定设计寻找确定具体培养方法的方案，因为严格地讲，任何有针对性的教学行为都不会有现成模板可以直接套用。

如前所述，教育应遵循循序渐进的原则。要做到循序渐进，首先要确定学生现有的状态水平，即基线水平。教师通过教学观察可以了解学生的现有水平，但应注意避免笼统、直觉的结果。因此，应保证观察过程的科学性和观察结果的量化，如学生在哪些方面处于何种等级，可以在什么方式和力度的教育干预下达到怎样的水平等，这样才能保证教学行为的起点和目标的准确，这也是使教学不走弯路的基本保证。教学目标往往是分步达到的，从系统的教学行为看更是如此。所以，教育应在确定最终教学目标的同时，根据不同学生的具体情况，设计分步目标及其实施方案，以保证学生的能力快速稳步发展。为此，教师应不断地准确把握教学进程及其效果，修正教学方案，调整具体的教学行为，使之适应教学进程所带来的学生的变化，提高教学效率。

（二）抽象与概括能力是一切能力的基础

写作能力的培养必须以抽象与概括能力的培养为基础。之所以这样讲，一是因为思维能力的基础是抽象与概括能力，而思维能力又在写作能力中起着统领协调的作用；二是因为抽象与概括是完成各种写作任务首先要面对的工作。

抽象是把事物的本质和非本质的属性与特征加以区分，并将本质属性与特征抽取出来的过程；概括则是将具有共同特征的事物或将已经分出来的一般、共同的属性、特征结合起来，即把个别事物的本质属性，推及为同类事物的本质属性的过程。

人们通过思维展开写作工作，揭示写作所涉及内容的本质及各方面的规律性关系，这就需要抽象与概括。不同人的抽象与概括过程具有不同的水平，这表现在抽象与概括对象的层次、精确程度与"缩减"程度等方面。抽象与概括可以是针对某一个别的具体事物概念的，也可以是针对某一条件下各种事物之间关系的；可以是大体的、不准确的，也可以是十分精确、恰当的；可以以繁杂的形式展现，也可以以简约的形式展现。抽象与概括的水平具体表现为写作者对写作对象的认识和把握程度上，它决定着写作作品的水平。抽象与概括的水平还影响着与逻辑推理直接联系着的深刻性与批判性思维能力，影响着与灵活迁移直接联系着的灵活性与独创性思维能力，影响着与"缩减"程度直接联系着的敏捷性思维能力。所以，抽象与概括是写作思维能力的基础，也可以说是实施写作操作的基础。

抽象与概括是写作者发现以至于创造出作品中各个有关写作对象各方面的共性和个性特点的过程，写作内容的组织工作是从认识和分析开始的。在进行作文教学时，总是要面对具体的写作任务，无论是写人、记事、写景、状物、抒情、写游记、议论、写说明，还是写日记和书信，都要从抽象与概括开始。写作首先要抓住写作对象的一般性特点，使写作对象与它所属的群体或事物相一致，使事件的发展过程与真实世界相一致，这样才能使写出的内容具有代表性，才能使其真实可信。比如，要写张华如何努力学习为国争光，首先要考虑如何从学生的角度去展现他的心理、行为、物理环境和与人的关系，这需要针对这些方面进行抽象和概括。一般情况下，写作教学多是以学生写自己所熟悉的人物或事物着手，这主要是为了使学生有东西可写，其根源就在于学生可以以具体的熟悉的人物或事物为依托，展现其真实面貌。培养学生抽象和概括的能力，等于是教给学生如何归纳写作对象的基本特点，这可以使学生更加全面有序地思考，进而展现某类人物或事物的基本特点，避免或者尽量少出现所写人物或者事物与现实世界相脱节的情况发生。记事、写景、状物、抒情或议论的道理也一样，只要抓住了主要的特征，对对象的描述就不会出现大的偏差。因此，有意识地针对写作对象进行抽象概括的训练，对提高写作能力和效果是十分必要的。

在抽象和概括的基础上，突出被描述对象本身的特点，就会形成既真实又有特色的效果，使所写事物既合情合理又与众不同。抽象与概括工作做得好，就会把握好普遍性与特殊性两个方面；写出特点要以抽象与概括为基础，突出特点是对抽象与概括结果的画龙点睛。

对抽象概括能力的培养，要以具体任务为依托，无论具体写作任务的对象是什么，都要根据写作的具体要求，围绕不同的方面进行思考。在思考和写作的过程中，要尽量地发掘写作对象的本质特点，尽量从多种角度进行综合分析，不断审视，发现写作中可能存在的问题，在充分综合概括的基础上有所创新，使写作思维能力得到锻炼和提高。

(三) 正确处理理解、实践与发展的关系

有一位中学教师这样说过："我一讲，学生就全都会了。"这样的说法对吗？不少中学语文老师认为，只要老师把课讲好学生把课听好，学生自然就会把知识掌握好。而事实却并非如此。学生的口头反馈和实际教学效果往往相差很大。事实上，学生的任何学习都要经历从不懂到明白，从明白到能初步操作，再由基本操作到灵活运用的完整过程。不同的学生对知识掌握的快慢确实存在差别，这是因为比较而言不同学生学习中的理解过程和练习消化过程长短不一。学生对学习内容的接受，是听明白、练会的，任何未经过练习的学习，都不会真正地内化为能力，听课的理解过程不能代替练习消化过程。不少学生存在会说不会做或者做不好的情况，原因就在这里。当然，在实际教学中，教师确实会发现一些学生较少练习甚至"一听就会"，其实这些学生实际上也进行了练习操作，只不过是把外部练习行为变成了内部操作，在本质上并没有舍去练习消化的过程。写作能力的获得和其他领域能力的获得一样，遵循从认识理解到模仿再到拓展运用的发展规律。学习如同盖楼房，没有基本练习作为基础，就不会有运用能力的顶层。除了认识上的原因之外，由于传统教学中用于针对写作的练习时间较少，因此这方面的问题尤为突出。

在认识理解、模仿和拓展运用三个环节方面，认识理解是基础。认识理解就是学生对写作能力各个方面的要求有一个基本的了解，知道应该怎样去做。教师的责任是要让学生对这些方面有十分清楚的认识与理解。

学生应该知道在写作过程中必须思考哪些问题，该怎样去思考这些问题。为了要写好一篇作文，学生要考虑尽量去揭示涉及写作内容的最为实质性的问题，要尽量做到全面而有侧重；为了使作品更有说服力，学生要尽可能地从尽量多的角度描述、论证、揭示主题，尽可能地采用多样化的方式将自己的想法展示出来；为了少出现错误并使文章尽可能地完美，学生要在整个写作过程中及写作前后，不断地对思路、结构和行文等各个方面进行审视，发现不足，予以纠正；学生应考虑怎样使作文不落俗套、出奇出新，并且保证文章的逻辑与流畅；学生还要注意写作的速度，保证安排文章在规定的时间内较好地完成。

学生还应知道，完成写作任务应该包括哪些具体环节。第一步，要了解写作的要求，要根据给定条件，从时间、空间、行为和心理的范围与重点等角度，细心地正确分析、领会文章题目要求的准确含义，做出正确判断，明确写作要求；第二步，要确定自己写作的目的，要写的文章需要说明什么道理和要表达怎样的情感，要使自己写作的目的符合情理、积极健康；第三步和第四步，要从自己所能使用的材料中正确筛选出那些能够有力说明中心思想或者与中心思想相一致的材料，要尽可能使材料丰富并具有针对性，要按照正确、逻辑、恰当的结构或顺序安排这些材料，要从时间、空间、行为和逻辑关系等方面加以综合考虑，第三步和第四步往往通过列提纲完成；第五步，要准确、简明、连贯、得体、生动和有变化地将上述思考见诸笔端，形成文字。

除了上述两个方面，学生还要在行文时，以平时学习的语文知识为基础，尽可能地准确使用标点符号、字、词组、句子和修辞手法，准确选择文章的体裁。

教师将这些知识通过讲授的方式按照计划分步、分项地教给学生的时候，应该配有相应的基础性练习，使讲授与基本练习匹配进行，以保证学生能够独立进行基本的写作。从目前学校的实际教学情况看，尽管在其他学科的教学中，讲授与专项练习同时进行是较为常见的教学方法，但是在作文教学方面，这种方法却较少有教师采用。事实上，相当一部分学生在着手完成写作任务时，并不是十分清楚基本的写作程序，也不清楚自己的作文是否符合写作要求，更无法对自己完成的作文做出准确的评价，其中的原因就在于学生对写作缺少较为完整的操作知识和基本练习。在这样的情况下，学生每次面对新的写作任务时，都以为这是在面对一次新的挑战，不知道该如何下手，只好冥思苦想，想一段写一段，直到字数达到标准要求时停笔。而有时，一些学生面对这种挑战甚至会感到无法应对。当然，几乎所有的语文教师都会向学生提出草拟提纲的要求，但并不是所有的教师都会就草拟提纲对学生进行专门的练习，而对学生进行草拟提纲提出细节要求，并对练习的效果进行检查、反馈和补救性教学的情况更是相对较少。

针对于讲授内容的最初的匹配练习，还应配有可供参考的范例，使学生的最初练习有据可依，更加直观，也就是说让学生的学习有一个模仿过程。由于写作活动是较为复杂的认知活动，增加直观的参考材料，会降低学生的学习难度，有利于学生的写作学习从"知"到"用"的过渡。

此外，由于写作是复杂的学习任务，其操作由多个环节、多个方面构成，因此，教师在最初的讲授与练习的时候，应将写作教学的目标进行分解后加以完成，分项练习达到目标之后再进行整合练习。这样学生会始终对面临的任务和操作方法十分清楚，学生便于把握，练习效果好，教学效果会更明显。

当模仿练习达到教学目标之后，教师应设计与模仿练习相比具有一定跨度的类似练习。当然跨度越大，难度就越大，这就是迁移练习。迁移练习的关键在于尺度的把握，而尺度的把握要依据教师对学生学习程度或效果的了解。在本书第二章中，国外关于基于课程的评价和文件夹评价的方法可以借鉴，此处不再赘述。教学所设计的迁移的程度越高，对拓展运用能力的要求就越高，对发展目标的设定就越高。

教师教授写作的过程，伴随着对教学进程的分步设计，伴随着对学生学习进展的不断检测，伴随着学生对写作学习内容理解和练习的不断深入，是科学的循序渐进的操作过程。

（四）培养必须考虑学生的认知发展水平

中学生写作能力的培养首先要有针对性，即针对前述中学生写作中出现的问题展开有关教学工作。写作能力的培养更要以突出问题为出发点，应始终坚持以集中解决重点、核心问题为工作目标，避免同时解决数个问题或要解决的初始问题过于复杂的情况发生。学生解决问题不能超出其处理问题的能力，否则就会形成认知超载，造成学习困难的情况出现。

学生完成写作任务的质量，受到认知发展水平的影响，这一点已在对写作能力的研究中进行了探讨。中学生的认知发展跨越了从形式运算逐步成熟到辩证思维开始快速发展的智力水平迅速走向成熟的阶段，初中和高中学生认知水平的差别很大，知识经验的积累程度差别也很大，因此对不同年级的学生应有不同的目标要求和教学设计。

初中阶段是形式运算能力形成的时期，初中生写作能力的培养应更多地以与深刻性、灵活性相关的方面相联系；而在高中阶段，随着形式运算的成熟和辩证思维的发展，写作能力的培养也要对批判性和独创性给予侧重。这并不等于说，在初中阶段不去发展批判性和独创性，而是说培养的方面应有所侧重。

中学生的写作受到任务的复杂程度、抽象程度和关系类型等方面的影响，这些方面与认知的负荷和思维的发展阶段相联系。教师在培养过程中应始终注意这些方面的因素。这样做不仅是因为要考虑认知发展对写作水平的制约，使写作教学适应认知发展水平，同时也是为了能够有意识地逐步培养上述各方面的能力，使培养目标既有明确的方向又有具体的水平。

中学生写作能力培养的具体目标水平，需要教师根据学生的具体情况，在教学实践中加以定位。针对不同的学生，应有不同的要求和培养方法。同时，根据学生具体情况而设定的目标水平和相应教学方法，应尽可能准确地适应学生的情况。例如，关系类型不一定是纯粹的时间顺序关系或者纯粹的逻辑关系，它也可以是一种混合类型的关系，对于学生来讲，后者比前者中的纯粹逻辑关系要更容易把握，可以作为从前者到后者的过渡形式，这对教学操作具有实际意义。

中学生写作能力的培养要以实证研究成果为依据，以学生现有水平的实际情况为起点，以科学的方法为支撑。中学生写作能力培养应该是循序渐进的科学操作过程。

参 考 文 献

白学军.1994.儿童思维发展水平测验的编制与测试结果.心理发展与教育,1：22～25

布卢姆.1986.教育目标分类学,第一分册：认知领域.上海：华东师范大学出版社

陈英和.1996.认知发展心理学.杭州：浙江人民出版社

戴健林,莫雷.1999.西方关于写作过程的自我调控研究的进展.心理发展与教育,3：54～57

戴健林,莫雷.2002.提纲策略对写作成绩影响的实验研究.心理科学,25（2）：167～169

戴健林,许尚侠,莫雷.2001.作文前构思时间分配及其对写作成绩影响的研究.心理发展与教育,2：36～40

戴健林,朱晓斌.2003.写作心理学.广州：广东高等教育出版社

冯忠良,伍新春,姚梅林等.2000.教育心理学.北京：人民教育出版社

弗拉维尔ＪＨ,米勒ＰＨ,米勒ＳＡ.2002.认知发展（第四版）.邓赐平译.上海：华东师范大学出版社

高湘萍,沈臻慧,李慧渊等.2003.时间压力、创造性激励与初中作文关系研究.心理科学,26（5）：812～813

郭本禹.2003.当代心理学的新进展.济南：山东教育出版社

郭望泰.1991.普通写作学教程.太原：山西高校联合出版社

何更生.2001.现代心理学的写作能力观及其教学含义.华东师范大学学报（教育科学版）,19（4）：60～65

何更生.2002.写作策略性知识教学的实验研究.心理科学,1：100～103

何更生.2003.写作内容知识教学的实验研究.心理科学,5：912～913

胡会芹.1999.认知心理学对写作过程的研究及其教学含义.宁波大学学报（教育科学版）,2：22～26

黄洁华,莫雷.2001a.任务图式对文章修改的影响研究.心理科学,24（2）：167～170

黄洁华,莫雷.2001b.写作修改的认知过程研究新进展.心理学动态,2：124～128

黄洁华.2001.写作的认知过程研究述评.汕头大学学报（人文科学版）,3：28～34

黄仁发.1990.中国儿童青少年语言发展与教育（二）——中小学生语言发展与教育//朱智贤.中小学生心理发展与教育.北京：中国卓越出版公司

黄煜烽，杨宗义，刘重庆等.1985.我国在校青少年逻辑推理能力发展的研究.心理科学通讯，5：26～33

加德纳（H. Gardner）.1999.多元智能.沈致隆译.北京：新华出版社

加德纳（H. Gardner）.2004.智力的重构——21世纪的多元智力.雷力岩，房阳洋译.北京：中国轻工业出版社

姜英杰，李广，车文博等.2005.非英语专业大学生短文写作元认知发展的一般特点.心理发展与教育，2：68～74

姜英杰，周国韬，李广.2003.ESL学生英文写作元认知研究综述.心理学报，2：323～329

拉德任斯卡雅.1982.苏联的作文教学.吴立岗编译.北京：教育科学出版社

李春密.2002.高中生物理实验操作能力的发展研究.北京：北京师范大学博士学位论文

李伟健，李锋盈.2003.目标定向与进步反馈对优差生写作成绩影响的实验研究.心理科学，26（6）：1086～1090

林崇德，白雪军，李庆安.2004.关于智力研究的新进展.北京师范大学学报（社会科学版），181（1）：25～32

林崇德.1999.教育的智慧.北京：开明出版社

林崇德.2002.教育与发展.北京：北京师范大学出版社

林崇德.2003.学习与发展.北京：北京师范大学出版社

刘淼，张必隐.2000.作文前计划的时间因素对前计划效应的影响.心理学报，32（1）：70～74

刘淼.2000.国外作文评价指标研究及其启示.学科教育，3：46～49

刘淼.2001.作文心理学.北京：高等教育出版社

刘荣才.1986.小学教育心理学.武汉：湖北教育出版社

刘儒德，陈琦.2000.不同情境下临场自我调节学习活动对学习结果的中介影响.心理学报，32（2）：197～202

刘远我，张厚粲.1998.概化理论在作文评分中的应用研究.心理学报，2：211～218

马笑霞 . 2001. 语文教学心理研究 . 杭州：浙江大学出版社

祁寿华 . 2000. 西方写作理论、教学与实践 . 上海：上海外语教育出版社

申继亮，谷生华，严敏 . 2001. 中学语文教学心理学 . 北京：北京教育出版社

司继伟，张庆林 . 2000. 写作过程的自我监控实证研究 . 心理科学，1：111～112

斯腾伯格 . 2000. 超越 IQ——人类智力的三元理论 . 俞晓林，吴国宏译 . 上海：华
    东师范大学出版社

孙素英，肖丽萍 . 2002. 认知心理学视域中的写作过程 . 北京师范大学学报（人文
    社会科学版），1：134～140

孙素英 . 2002. 初中生写作能力及相关因素研究 . 北京：北京师范大学博士学位论文

覃可霖 . 2003a. 试论写作活动中语言与思维的关系 . 广西社会科学，9：101～103

覃可霖 . 2003b. 写作思维与言论 . 学术论坛，5：104～108

覃可霖 . 2004. 试论写作思维与语言的流变 . 西南民族大学学报（人文社科版），8：
    162～164

万云英，翟惠文 . 1981. 浅谈看图说话教学中发展学生的思维能力//上海教育出版
    社编 . 小学生智力发展初探 . 上海：上海教育出版社

万云英 . 1988. 小学生作文用词、造句和构思特点初析 . 心理发展与教育，2：12～15

王权 . 1995. 中学高年级学生作文能力结构特征的研究 . 心理科学，18（2）：80～84

王松泉，王柏勋，王静义 . 2002. 语文教学心理学基础 . 北京：社会科学文献出版社

韦志成，韦敏 . 2004. 语文教育心理学 . 广西：广西教育出版社

吴立岗 . 1984. 小学作文素描教学 . 杭州：浙江教育出版社

吴履平 . 2000. 20 世纪中国中小学课程标准·教学大纲汇编 . 北京：人民教育出
    版社

伍新春 . 1998. 西方关于写作构思心理研究的进展 . 心理科学，3：254～257

伍新春 . 2001a. 小学四年级学生写作构思策略培养的实验研究 . 心理科学，24
    （1）：42～45

伍新春 . 2001b. 小学六年级学生写作构思策略培养的实验研究 . 心理发展与教育，
    4：52～56

熊先约 . 1987. 写作智力活动方式的结构初探 . 课程教材教法，7：39～41

徐小华 . 1998. 中学生写作能力试析 . 语文教学与研究，1：18

薛庆国，庞维国 . 2000. 现代认知心理学对写作过程的研究进展 . 心理科学，

4：458～465

叶丽新，陈英敏．2005.写作能力研究三问．当代学科教育，1：55～57

查有梁．1999.系统科学与教育．北京：人民教育出版社

张鸿苓，吴亨淑，张锐等．1982.语文教学方法论．北京：北京师范大学出版社

张丽娜，耿淑英．2005.谈形象思维和抽象思维在写作中的应用．辽宁师专学报
（社会科学版），1：17～18

张向阳，何先友．2004.中小学生课外阅读时间及时间分配与阅读成绩的关系研
究．心理发展与教育，3：51～55

张肇丰．2003.当代西方写作过程模式的研究与发展．心理科学，2：346～347

章熊．2000a.中国当代写作与阅读测试．四川：四川教育出版社

章熊．2000b.中学生写作能力的目标定位．课程·教材·教法，5：30～34

赵保纬．1987.小学生作文参照量表．长春：北方妇女儿童出版社．

赵亚夫（译）．1999a.日本最新初中国语教学大纲（一）．中学语文教学，9：45～47

赵亚夫（译）．1999b.日本最新初中国语教学大纲（二）．中学语文教学，10：43～45

赵欲仁．1930.小学国语科教学法．上海：商务印书馆

周泓，张庆林．2003.近二十年国内写作心理研究述评．心理科学，4：690～693

周泓，张庆林．2004.小学生写作能力测验的编制报告．心理学探新，4：72～77

周泓．2002.小学生写作能力研究．重庆：西南师范大学博士论文

周学章．1932.作文评价．北平：师范大学研究院

朱晓斌，张积家．2004.工作记忆与小学生文本产生、书写活动的关系．心理科
学，27（3）：555～558

朱晓斌．2001.西方写作教学研究的新进展．心理科学，4：493，504

朱智贤，林崇德．1986.思惟发展心理学．北京：北京师范大学

朱智贤．1979.儿童心理学．北京：人民教育出版社

朱作仁，祝新华．2001.小学语文教学心理学导论．上海：上海教育出版社

朱作仁．1990.小学生作文量表．西安：陕西人民出版社

朱作仁．1991.语文测验原理与实施法．上海：上海教育出版社

朱作仁．1993.小学作文教学心理学．福州：福建教育出版社

祝新华．1991.作文测评理论与实践．武汉：湖北教育出版社

祝新华．1993.青少年作文能力结构及其发展特点的研究．华东师范大学学报（教

育科学版），3：79～82

Alamargot D，Chanquoy L. 2001. Through the Models of Writing. Nether Lands：Kluwer Academic Publisher

Allal L，Chanquoy L，Largy P. 2004. Revision：Cognitive and Instructional Processes. Massachusetts：Kluwer Academic Publishers

Antonietti A，Ignazi S，Perego P. 2000. Metacognitive knowledge about problem-solving methods. British Journal of Educational Psychology，70：1～16

Archibald Y M，Wepman J M，Jones L V. 1967. Nonverbal cognitive performance in aphasic and nonaphasic brain-damaged patients. Cortex，3：275～294

Baldo J V，Dronkers N F，Wilkins D et al. 2005. Is problem solving dependent on language？. Brain and Language，92：240～250

Barton D，Hamilton M. 2000. Situated literacies：Reading and writing in context. London：Routledge

Bereiter C，Scardamalia M. 1987. The psychology of written composition. NJ：Lawrence Erlbaum Associates

Bereiter C. 1980. Development in writing//Gregg L W. Steinberg E R. Cognitive Processes in Writing. Hillsdale：Laurence Erlbaum

Borod J，Carper M，Goodglass H. 1982. WAIS performance IQ in aphasia as a function of auditory comprehension and constructional apraxia. Cortex，18：199～210

Bransford J D，Goldman S R. 1991. Making a difference in people's abilities to think：reflections on a decade of kork and some hopes for the future//Okagaki L，Sternberg R J. Directors of Development. New Jersey：Lawrence Erlbaum Associates

Brooke N M，Richard P. 2001. Critical Thinking. New York：The McGraw-Hill Companies

Bruce S. 2004. Improve writing ability. Intervention in School and Clinic，39（5）：310～314

Butterfield E C，Hacker D J，Albertson L R. 1996. Environmental，cognitive and metacognitive influence on test revision：assessing the evidence. Educational Psychology Review，8（3）：239～297

Carruthers P. 2002. The cognitive functions of language. Behavioral and Brain Science, 25 (6): 657~674

Chanquoy L. 2001. How to make it easier for children to revise their writing: a study of text revision from 3rd to 5th grades. British Journal of Educational Psychology, 71: 15~41

Chenowith N A, Hayes J R. 2001. Fluency in writing. Written Communication, 18 (1): 80~98

Cline K S. 2005. Numerical methods through open-ended projects. Primus: problems, resources, and issues in mathematics undergraduate studies. West Point, 15 (3): 274

Crawford L, Helwig R, Tindal G. 2004. Writing performance assessments: how important is extended time? . Journal of Learning Disabilities, 37 (2): 132~142

De Renzi E, Faglioni P, Savoiardo M et al. 1966. The influence of aphasia and of the hemispheric side of the cerebral lesion on abstract thinking. Cortex, 2: 399~420

Dimakos I C. 1998. Teacher Assessment of students' Writing Skill. Doctoral Dissertation. USA: Graduate School of Syracuse University

Dodd A W. 2001. Writing and assessment: some practical ideas//Charles R D. Assessing Writing Across the Curriculum. North Carolina: Carolina Academic Press

Duke C R, sanchez R. 2001. Giving students control over writing assessment// Charles R D. Assessing Writing Across the Curriculum. North Carolina: Carolina Academic Press

Duke C R. 2001. Student writing: response as assessment//Charles R D. Assessing Writing Across the Curriculum. North Carolina: Carolina Academic Press

Edwards S, Ellams J, Thompson J. 1976. Language and intelligence in dysphasia: Ard they related? . British Journal of Disorders of Communication, 11: 83~94

Elder L, Paul R. 2006. Critical thinking and the art of substantive writing, part Ⅱ. Journal of Developmental Education, 29 (3): 38

Espin C A, Paz L D S, Scierka B J et al. 2005. The relationship between curriculum-based measures in written expression and quality and completeness of expository writing for middle school students. The Journal of Special Education, 38 (4): 208~217

Fazio R H. 2003. Implicit measures in social cognition research: their meaning and use. Annual Review of Spychology, 54: 297

Field J. 2003. Psycholinguistics. New Jork: Rutledge

Fitzgerald J. 1987. Research on revision in writing. Review of educational research, 57 (4): 481~506

Flower L S, Hayes J R, Carey L et al. 1986. Detection diagnosis, and the strategies of revision. College composition and communication, 37: 16~55

Freese J R. 1998. An old friend of the social studies teacher. Canadian School Studies, 32 (4): 124

Gansle K A, Noell G H, VanDerHeyden et al. 2002. Moving beyond total words written: the reliability, criterion validity, and time cost of alternate measures for curriculum-based measurement in writing. School Psychology Review, 31 (4): 477~497

Gilhooly K J . 1982. Thinking: Directed, undirected, and creative. Lundon: Academic Press

Gleason J B. 2005. The Development of Language. Beijing: World Publishing Corporation

Gloria I, McLeod L. 2004. Thinking aloud on paper: an experience in journal writing. Journal of Nursing Education, 43 (3): 134

Graham S, Harris K R, MacArthur C A et al. 2003. Primary grade teachers' instructional adaptations for weaker writers: a national survey. Journal of Educational Psychology, 95: 279~293

Graham S, Harris K R. 2005. Improving the writing performance of young struggling writers: theoretical and programmatic research from the center on accelerating student. The Journal of Special Education, 39 (1): 19~33

Gregg N, Mather N. 2002. School is fan at recess: informal analyses of writen language for students with learning disabilities. Journal of Learning Disabilitites, 35 (1): 7~22

Hayes J R, Flower L S, Schriver K et al. 1987. Cognitive processes in revision// Rosenberg S, Advances in spycholinguistics. Vol. 2: Reading, writing, an language Processing. Cambridge: Cambridge University Press

Hayes J R, Flower L S. 1980. Identifying the organization of writing prosesses// Gregg L W, Steinberg E R. Cognitive processes in writing. Hillsdale: Lawrence Erlbaum

Hayes J. 1996. A new framework for understanding cognition and affect in writing// Levy C M, Ransdell S, The Science of Writing: Theory, Method, Individual Differences, and Applications. Mahwah: Lawrence Erlbaum As sociation

Heck R H, Crislip M. 2001. Direct and indirect writing assessments: examining issues of equity and utility. Educational Evaluation and Policy Analysis, 23 (3): 275~292

Hermer-Vazquez L, Spelke E S, Kastnelson A S. 1999. Sources of flexibility in human cognition: dual-task studies of space and language. Cognitive Psychology, 39 (1): 3~36

Jay T B. 2004. The Psychology of Language. 北京: 北京大学出版社

Jones C. 2001. The relationship between writing centers and improvement in ability. An assessment of the literature. Education, 122 (1): 3~20

Kellogg R T. 1988. Attentional overload and writing performance: effects of rough draft and outline strategies. Journal of Experimental Psychology: Learning, Memory, and Cognition, 14: 355~365.

Kellogg R T. 1994. The Psychology of Writing. New Jork: Oxford University Press

Knudson R E. 1998. College students' writing: an assessment of competence. Journal of Educational Research, 92, 1: 13~19

Kos R, Maslowski C. 2001. Second grades' perceptions of what is important in writing. The Elementary School Journal, 101 (5): 567~585

Kreiner D S, Schnakenberg S D, Green A G et al. 2002. Effects of spelling errors on the perception of writers. Journal of General Psychology, 129 (1): 5~17

Kroll B M. 1981. Developmental relationships between spaking and writing//Kroll B M, Vann R J. Exploring Speaking-Writing Relationgships: Connections and Contrasts. Urbana: National Council of Teachers of English

Kuhlemeier H, Bergh H, Rijlaarsdam G. 2002. The dimensionality of speaking and writing: a multilevel factor analysis of situational, task and school effects. British Journal of Educational Spychology, 72: 467~482

Lavelle E, Smith J, O'Ruan L. 2002. The writing approaches of secondary students. British Journal of Spychology, 72: 399~418

Lumley T. Assessment criteria in a large-scale writing test: what do they really mean to the raters? . Language Testing, 19 (3): 246~276

Markman A B, Gentner D. 2001. Thinking. Annual Review of Spychology, 52: 223~247

Mayer R E. 1983. Thinking, problem solving, and cognition. San Francisco: W H Freeman and Company

Mc Cutchen D, Covill A, Hoyne S H et al. 1994. Individual differences in writing skill: implications of translating fluency. Journal of Educational Psychology, 86 (2) 256~266

Mc Cutchen D. 2000. Knowledge, processing, and working memory: implications for a theory of writing. Educational Spychologist, 35 (1): 13~23

Miller D. 2002. Developmental writing: trust, challenge, and critical thinking. Journal of Basic Writing, 21 (2): 92

Nelson N W, Meter A M V. 2002. Assessing curriculum-based reading and writing samples. Topic in Language Disorders, 22 (2): 35~59

Nelson N W. 1989. Curriculum-based language assessment and intervention. Language, Speech, and Hearing Services in School, 20: 170~184

Owens R E. 2001. Language development: an introduction. Boston: Allyn & Bacon

Panagopoulou-Stamatelatou A, Merrett F. 2000. Promoting independence and fluent writing through behavioral self-management. British Journal of Spychology, 70: 603~622

Randall J R. 1994. Using frames to promote critical writing. Journal of Reading, 38 (3): 210~218

Rohman D G. 1965. Pre-writing the stage of discovery in the writing process. College Composition and Communication, 16: 106~112

Rosenthal R, DiMatteo M R. 2001. Meta-analysis: recent developments in quantitative methods for literature reviews. Annual Review of Spychology, 52: 59~82

Ryder R J. 1994. Using frames to promote critical writing. Journal of Reading, 38 (3): 210~218

Schoonen R. 2005. Genralizablity of writing scores: an application of structural equation modeling. Language Testing, 22 (1): 1~30

Sharples M. 1999. How We Write. London: Routledge

Sternberg R J, Kaufman J C. 1998. Human abilities. Annual Review of Spychology, 49: 479~502

Street B. 2003. What's 'new' in new literacy studies? Critical approaches to literacy in theory and practice. Current Issues in Comparative Education, 5 (2): 77~91

Swayze M, Wade B. 1998. Investigating the development of writing. Educational Review, 50 (2): 173

Torrance M, Thomas G V, Robinson E J. 1999. Individual differences in writing behaviour of undergraduate students. British Journal of Educational Psychology, 69: 189~199

Winch G, Ross-Johnston R, Holliday M et al. 2001. Literacy: Reading, Writing and Children's Literature. New Jork: Oxford University Press

Witt S P, Cherry R D. 1986. Writing processes and written products in composition research//Cooper C R, Greenbaum S. Studying writing: Linguistic approaches (Vol. 1) . Beverly Hills: Sage Publications

Zimmerman B J, Kitsantas A. 1999. Acquiring writing revision skill: shifting from process to outcome self-regulatory goals. Journal of Educational Spychology, 91 (2): 241~250

Zimmerman B J, Risemberg R. 1997. Caveats recommendations about self-regulation of writing: a social cognitive rejoinder. Contemporary Educational Psychology, 22: 115~122

附录1 中学生写作思维品质测验（部分样题）

（基本信息项目和指导语略）

一、写议论文提纲。议论文提纲一般由四部分组成：1. 中心论点，2. 引论（提出问题），3. 本论（分析问题），4. 结论（解决问题）。

以下是题目为"时间啊，时间"的议论文写作提纲。

（题例略）

请以议论文"人往高处走"为题，依照上面例子的格式，尽可能详细地写出提纲，相应部分中列出准备使用的具体观点、方法和要用的引语、事例（不要笼统地写成"反映题目观点"或"此处举例说明"等）。

1. 中心论点：_____

_____

2. 引论：_____

_____

_____

3. 本论：_____

_____

_____

4. 结论：_____

_____

二、以"种子"为题，写一篇短文。要求：①观点鲜明，②合理采用尽可能丰富、灵活和易于接受的表达方法，③从不同角度论述，④350字以内。

三、请阅读以下文章，改正画线部分（后面标有题号）存在的错误，把错误原因简要地写在文章右面相应题号后。

成功的背后

原因：

　　成功，一个响亮辉煌的名词，它包含着奖章、鲜花，掌声和敬慕的眼光，[1] 是无数人所热切向往的，人们往往羡慕成功者有如此好机遇，[2] 认为他们是命运的宠儿。然而谁又能想到，他们在成功的背后，难道没有付出过辛苦的劳动吗？[3]

1：

2：

3：

　　对此，德国科学家斯坦门茨做出了一个巧妙的回答。可见，成功背后付出的努力的价值远远超过了成功的本身。"成功本身只值一美元，而成功背后付出的努力价值却值 9999 美元。"[4]

4：

　　（下略）

　　四、请根据你自己写作文时的真实情况，想想以下各方面，在右面打√选择。

	没有	偶尔	有时	经常	总是
1. 能够发现标点符号方面的问题并准确改正。	☐	☐	☐	☐	☐

　　（下略）

　　五、请用下面这五句话，尽可能多地写出不同的逻辑合理的故事。要求：①每个故事必须包含下面五个句子的内容，可以加自己的话；②为自己编写的故事加上题目，写出要表达的中心意思；③每段故事不超过 150 字。如果地方不够，可以写在右边空白处。

　　1. 陈明的导师叹道："中国人真了不起。"

　　2. 德国以优厚的待遇想留下陈明。

　　3. 陈明以惊人的毅力用全优的成绩获得博士学位。

　　4. 陈明被派往德国学习。

　　5. 陈明说："祖国更需要我！"毅然回国。

　　故事题目：　　　　　　　故事中心思想：

　　故事内容：

六、女儿常趴在阳台上聆听邻家琴声。于是父亲拼命挣钱。终于父亲攒足了买一架钢琴的钱，这天，带上钱兴冲冲地走向琴行……请续写这个故事的结局，要求：①情节合理而又出乎意料，②写出尽可能多的结局，③为自己续写的故事加上题目和要表达的中心思想，④每个结局字数不超过100字。如果地方不够，可以写在右边空白处。

题目与中心思想	续写内容

再次感谢你对这项研究的支持！

附录2 中学生写作文本形成能力测验（部分样题）

（基本信息项目和指导语略）

一、请根据要求选择答案，并把答案序号写在每题后的括号内（答案可能多于1个）

1. 作文题目是"我发现了他（她）的美"，以下哪些想法能准确地反映题目？

①在一件事情中我偶然知道了他（她）的突出优点，这在以前被忽略了。

②大家公认他（她）具有优良的品质，他（她）因此很美。

③他（她）长得帅气（美丽），应该写他（她）。

④我突然看到了他（她）内心深处具有一般人所不知道的长处。

（ ）

（下略）

二、请为以下每篇作文内容排序，把你认为正确的顺序写在每题后面的括号内（只写编号）

1. 作文题目是"拜年"，请为以下内容安排顺序：（ → → → → ）

①屋里立刻响起了笑声，大家都很高兴。

②拜年的人到了家里。

③午夜的钟声刚刚敲响，相对的安静便被一片持续的响声震得粉碎。

④人们准备拜年。

⑤看着他们远去的背影，心中充满感激。

2. 以下是一篇文章的片断，请为以下内容安排顺序：（ → → → → ）

①只见他手握着书本，两眼注视着前方。

②我们走过天井来到中堂，只见一个大玻璃柜子立在中央，里面陈列着南溪书院的模型。

③柜子的后面是一座两米多高的朱熹的塑像。

④而东西两侧的墙上则挂着古代文人的书画。

⑤像的后面挂着四块写着名言的木匾。

（下略）

三、下面是六组意思基本相同的句子或短文，请在每组中选出你认为更好的句子（或短文），把相应的题号写在该题前的括号里，然后简要说明你这样选择的理由。

1.①风不是很大，你可以听到树叶在沙沙作响。

②你可以听到树在风中轻声唱歌。

（　　）选择这一句的理由是：_____

（下略）

再次感谢你对这项研究的支持！

附录3 中学生写作基本文书能力测验（部分样题）

（基本信息项目和指导语略）

一、标点符号部分

1. 下面的4句话分别说明的是哪种标点的用法？把选项字母写在每个说明后的括号里。

选项：a. 句号　b. 叹号　c. 问号　d. 引号　e. 分号　f. 冒号

① "用于陈述句的末尾"。　　　　　　　　　　　　　（　　　）

② "用于称呼语后面，表示提起下文"。　　　　　　　（　　　）

③ "用于行文中直接引用的部分"。　　　　　　　　　（　　　）

④ "用于复句内部并列分项之间的停顿"。　　　　　　（　　　）

2. 这样的"聪明人"还是少一点好。请用这句话中的引号的用法仿写一个句子，再用引号的其他用法另写一个句子。

仿写句子：_____

其他用法的句子：_____

（下略）

二、文字部分

找出下面词语中的错别字并画线，把正确的词写在词语后面的括号内，然后再用错别字和你改对的字各组尽可能多的词，并写在括号内。

例：题纲

题纲（提）

题（问题，试题，课题，……）

提（提出，提醒，提问，……）

1. 波滔（　　　）

_____（　　　　　　　　　　　）

_____（　　　　　　　　　　　）

（下略）

三、词组部分

1. 请用下面四个词为下面四个句子填空（把选项字母写在句子后面的横线上）。

选项：a. 应接不暇　b. 琳琅满目　c. 目不暇接　d. 美不胜收

①博物馆里陈列着各种奇珍异宝，古玩文物，令人_____。

②玉器厂展品室里陈列着鸟兽，花卉，人物等各种展品，神态各异，栩栩如生，真是_____。

③汽车向神农架山区奔驰，只见奇峰异岭扑面而来，令人_____。

④货柜上摆满了具有传统特色的珠宝，翡翠，玉雕，品种齐全，真是_____。

2. 请用下面的词造句。

应接不暇：_____

琳琅满目：_____

目不暇接：_____

美不胜收：_____

3. 请用与"应接不暇"、"琳琅满目"、"目不暇接"意思相近的不同的词，可能多地造句。

_____

_____

_____

_____

四、修辞部分

1. 请判断下面四个句子采用了所提供的哪种修辞方法（把选项字母写在句子后面的括号内）。

选项：a. 比喻　b. 拟人　c. 顶真　d. 夸张

①小明飞一般的跑了出去。　　　　　　　　　　　　（　　）

②海边到处是一方块一方块的盐田，像布满天空的星星一样。
　　　　　　　　　　　　　　　　　　　　　　　　　　（　　　）

③春雨欢舞着滋润大地。　　　　　　　　　　　　　（　　　）

④人们在明媚的阳光下生活，生活在人们的劳动中变样。（　　　）

2. 请用"比喻，拟人，顶真，夸张"的修辞方法各写一句话。

_____

_____

_____

_____

（下略）

五、句子部分

1. 写出句子成分并举出句子实例。

①句子成分的位置通常为：

（　　）语＋（　　）语＋（　　）语　　例如：_____

②句子成分的位置也可以为：

宾语＋（　　）语＋谓语　　　　　　　　例如：_____

③句子成分的位置也可以为：

_____　　　　例如：_____

④句子成分的位置还可以为：

　　　　　　　　　　　　　　　　　　　例如：_____

2. 按要求写出以下类型的句子。

①连动句_____

②并列复句_____

③假设复句_____

④多重复句_____

_____

六、体裁部分

1. 判断下面四种情况说明的是什么文体（把选项字母写在每个说

明后面的横线上）。

选项：a. 说明文　b. 记叙文　c. 散文　d. 议论文

①用逻辑思维的方法，通过议论说理，阐明客观事物的本质、规律、内在联系和作者表明观点、认识、态度的文体是_____。

②以叙述描写为主要表达的文体是_____。

③通过写人、记事、写景，来抒发作者主观感受的文体是_____。

④以说明为主要表达方式的一种文体是_____。

2. 在写作文时需要选择适当的体裁。选择作文体裁时，如果给你相似的实例，你比照实例选择使用体裁的情况是（把选项字母写在后面的括号内）：（　　）

a. 不能正确选择使用体裁　　b. 有时能正确选择使用体裁

c. 经常能正确选择使用体裁　　d. 总能正确选择使用体裁

3. 在下面作文题目后写出这个作文题目最适合使用的体裁。

作文题目　　体裁　　　　　作文题目　　体裁

①愉快的回忆（　　）　　②自由与纪律（　　）

③汽油的提炼（　　）　　④烛光颂　　（　　）

再次感谢你对这项研究的支持！